Sedef Ecer

All die Frauen, die du warst

SEDEF ECER

All die Frauen, die du warst

ROMAN

Übersetzung aus dem Französischen
von Sonja Finck

PIPER

Mehr über unsere Autorinnen, Autoren und Bücher:
www.piper.de/literatur

Dieses Buch erscheint im Rahmen des Förderprogramms des französischen Außenministeriums, vertreten durch die Kulturabteilung der französischen Botschaft in Berlin.

Das Motto auf S. 7 stammt aus: Toni Morrison: *Heimkehr*, aus dem Englischen von Thomas Piltz © 2014, Rowohlt Verlag GmbH, Hamburg.

Zitatnachweis S. 277: Umberto Eco: *Im Wald der Fiktionen*, aus dem Italienischen von Burkhart Kroeber © 1994 Carl Hanser Verlag GmbH & Co. KG, München

Unser Versprechen für mehr Nachhaltigkeit
• Klimaneutrales Produkt
• FSC®-zertifiziertes Papier
• Hergestellt in Deutschland

FSC
www.fsc.org
MIX
Papier aus verantwortungsvollen Quellen
FSC® C014496

ISBN 978-3-492-07131-4

Titel der französischen Originalausgabe:
»Trésor national«, Éditions JC Lattès, Paris 2021

Gesetzt aus der Sabon LT Pro
Satz: Eberl & Koesel Studio, Altusried-Krugzell
Druck und Bindung: GGP Media GmbH, Pößneck
Printed in Germany

Für Henry.

Wem gehört dieses Haus? Meins ist es nicht.
Ich hab von einem anderen geträumt, wohnlicher,
heller. (…) Dieses Haus ist fremd. Seine Schatten
lügen. Sag mir, warum mein Schlüssel hier passt.

Toni Morrison, *Heimkehr*

Prolog

Als Esra Zaman mich bat, für ihre Beerdigung – die sie im Stadttheater von Istanbul feiern wollte – eine Trauerrede zu schreiben, wurde ich wütend und weigerte mich entschieden. Doch dann setzte sich die Idee in mir fest. Nach ein paar Tagen begann sie mir sogar zu gefallen, auch wenn sie mir immer noch panische Angst einjagte, und zwar aus einem simplen Grund: Esra Zaman ist meine Mutter. Und die größte Ikone des türkischen Kinos.

Eines Morgens im Jahr 2016, einige Wochen nach dem Putsch, der die Türkei erschüttert hatte, begann ich zu schreiben. Und konnte nicht mehr aufhören. Nicht, weil die Thematisierung meiner töchterlichen Schuldgefühle mich nicht mehr in Panik versetzt hätte, nein, der Schwindel war noch da, sogar schlimmer denn je. Nein, einfach, weil es zu spät war, ich konnte an nichts anderes mehr denken.

Und auch wenn ich wohl nie an Baudelaire, Virginia Woolf, Colette, Romain Gary, Albert Cohen, Jean Cocteau, Sartre, Marguerite Duras, André Gide, Camus, Toni Morrison und viele andere, die sich an ihrem »Leiden an der Mutter« abgearbeitet haben, heranreichen werde, begriff ich beim Schreiben, wie romanhaft das Leben meiner Mutter gewesen war und wie außergewöhnlich unser Schicksal.

Jetzt musste ich nur noch berichten. Vom ersten Satz an zum Wesentlichen vordringen. Zur Erzählung. Zu den Tatsachen.

Ich sagte mir: Ich muss von Anfang an Farbe bekennen. Es so halten wie der Koryphäe in der antiken Tragödie und schon im Prolog das unvermeidliche Unheil ankündigen.

Deshalb will ich mit den drei Militärputschen beginnen, die unser Leben bestimmt haben.

Drei Militärputsche, wie ein Dreiakter im Theater

Der erste Putsch 27. Mai 1960

Du bist sechsundzwanzig Jahre alt.

Noch bist du nicht »die Sultanin der Leinwand«, aber man munkelt bereits, du seist »die türkische Antwort auf Claudia Cardinale«. Ein Journalist hat diesen Spitznamen geprägt, er macht dich rasend, aber du wirst ihn nicht mehr los. Du hast tatsächlich etwas von Claudia Cardinale: den Mund, vielleicht auch die Augen, vor allem aber den Gang und die weiblichen Rundungen, dieses *maggiorata*-hafte einer italienischen Schauspielerin aus den Fünfzigerjahren.

Seit dem Frühjahr tourst du durch Anatolien. Gemeinsam mit dem Regisseur und einer Handvoll Schauspielern nimmst du an den Premierenfeiern von *Frucht des Vergessens* teil, einem wunderschönen Schwarz-Weiß-Film à la Antonioni, in dem du die Hauptrolle spielst. Jeden Abend seid ihr in einer anderen Stadt, die Säle sind ausverkauft, ihr besucht Galas, und nach den Vorführungen buhlen die Bürgermeister darum, dich an ihren Tisch zu holen.

Die letzte Premierenfeier findet am 26. Mai in Ankara statt, der Hauptstadt der jungen Republik. Vor dem Sinema Majestik entsteigst du einem Cadillac wie eine

Hollywooddiva: Etuikleid, Perlenkette, tiefes Dekolleté, Frisur *allabardo* (ein nachlässig geschlungener Haarknoten à la Brigitte Bardot). Du siehst dein Gesicht auf einem überdimensionalen Plakat und lächelst. Im Foyer hängen Fotos von dir und Zeitungsartikel über den Film und über dein Leben. Journalisten und Zuschauer belagern dich, wollen dich sehen, anfassen, betteln um ein Autogramm.

Du weißt nicht, dass die umliegenden Straßen wenige Stunden zuvor der Schauplatz gewaltsamer Zusammenstöße zwischen Studenten und Polizei waren.

Im Foyer stellt dich der Produzent einigen Anwesenden vor, darunter einem jungen Journalisten, İshak, der Fotos von dir machen soll. Hochmütig erklärt er, er sei wegen einer Reportage über die demonstrierenden Studenten in der Stadt und nur auf Bitten der Zeitung kurz im Majestik vorbeigekommen, ganz so, als wollte er von Anfang an klarstellen, dass er sonst keine so trivialen Fotos mache. Er bittet dich, vor dem Filmplakat zu posieren, erst mit der ganzen Crew, dann allein. »Etwas weiter nach rechts, ja, gut so, nein, das ist zu weit, stopp, ich habe nicht die richtige Kamera für Porträts dabei, einen Schritt nach vorn, wären Sie so freundlich?« Er hat keine Ahnung, wer du bist, und das bringt dich auf die Palme. »Verzeihen Sie meine Unwissenheit, die Welt der Stars ist nicht meine.« Du fragst, welche Art von Fotos er denn sonst so mache. Da lächelt er endlich und murmelt: »Ein Filmstar, der den Journalisten befragt, das ist doch eine verkehrte Welt.« Ihr lacht. Er erzählt, dass er viel unterwegs sei und auf der ganzen Welt über politische Konflikte berichte. Mit seinen beiden Leicas um den Hals hat er bereits den gesamten Osten der Türkei bereist, aber auch Indochina und Algerien. Er ist anders als die Männer, die dich sonst umschwirren. Du beeindruckst ihn nicht. So ist İshak, kein überflüssiges Wort, keine Prahlerei, er erwähnt seine Fotos aus Kalifornien nicht, die in Frankreich Furore gemacht haben. Er gefällt dir, dieser junge Mann aus gutem Hause.

Es wird Zeit, die Zuschauer sitzen auf ihren Plätzen, der Produzent ruft nach dir, du sollst die Vorführung eröffnen. »Sehen wir uns nachher beim Umtrunk?« Er verneint, er verlässt noch am selben Abend die Stadt. Er hat alle Fotos im Kasten und muss die Negative in der Redaktion vorbeibringen, morgen früh geht es wieder auf Reisen. »Wohin?« – »Weit weg.« – »Wie weit?« – »Havanna. Eine französische Agentur hat mich mit einer Reportage über Kuba beauftragt. Ich weiß noch nicht, wann ich zurückkomme, es kann Wochen dauern.« – »Kuba?« – »Ja, die Lage dort spitzt sich zu.« – »Tatsächlich?« – »Ja.« – »Mir wäre es lieber, man hätte Sie mit einer Reportage über eine türkische Schauspielerin beauftragt.« Wieder lacht ihr, und in dem Moment spürst du, dass du ihn wiedersehen wirst, für so etwas hast du eine Antenne. Du wirst ihn ausfindig machen, wirst Freunde nach seiner Adresse fragen, wirst bei seiner Zeitung vorbeischauen, es wird eine Lösung geben, diesen Mann kannst du nicht ziehen lassen. Ihr schüttelt euch die Hand, und er geht.

Der Saal ist voll besetzt. Achthundert Zuschauer, das einfache Volk auf dem Balkon, die bessere Gesellschaft im Orchester, dazwischen zwei Reihen mit Würdenträgern. Du betrittst die Bühne, Blumen, Applaus, Jubel, Pfiffe. Die neue Mittelschicht hat sich in Schale geworfen und ist außer Rand und Band. *Diese Bauerntrampel werden nie wissen, wie man sich in einer richtigen Stadt benimmt.* Es wird »pst« und »es reicht« gerufen, endlich wird es still im Saal, du kündigst den Film an, verlässt die Bühne, das Licht erlischt, und sobald die ersten Bilder über die Leinwand flackern, ziehst du das Publikum in deinen Bann.

Während der Vorführung geht dir İshak nicht aus dem Kopf. Beim Umtrunk langweilst du dich zu Tode. Du gibst Autogramme, unterhältst dich mit Geschäftsmännern und ihren wie Hollywood-Filmstars gekleideten Ehefrauen. Du trinkst zu viel, lächelst zu viel, redest zu viel.

Und dann geschieht ein Wunder.

Plötzlich ist İshak wieder da. Er bleibt an der Tür stehen. Du bist von Menschen umringt, er traut sich nicht näher. Du brichst das Gespräch mitten im Satz ab und gehst zu ihm. Sein Redakteur hat sich gemeldet, die Armee rückt an. Er will mit der Kamera vor Ort sein, es wird sicher eine ereignisreiche Nacht. Du zündest dir eine Zigarette an. Er sagt leise: »Vielleicht gibt es sogar einen Putsch.« – »Einen Putsch?« – »Ja.« – »Und was bedeutet das?« – »Ich weiß es nicht, aber es verheißt nichts Gutes.«

Die Auslandsreise ist abgeblasen.

Ihr weicht einander nicht mehr von der Seite. Fünf Jahre später komme ich zur Welt. Ich nenne euch nur selten Mama und Papa. Für mich seid ihr Esra und İshak, Held und Heldin eines Films in Technicolor.

Der zweite Putsch
12. März 1971

Ich bin sechs, du siebenunddreißig. Nach einer Feier im Stadttheater von Istanbul hat euch ein Dienstwagen nach Hause gebracht. Ich höre euch mit Melek reden, unserer Concierge, die abends oft auf mich aufpasst, und im Flur laut lachen.

Du kommst in mein Zimmer, İshak im Schlepptau. In deinem langen fuchsiafarbenen Kleid mit dem psychedelischen Muster, den falschen blaugetuschten Wimpern und dem orangenen Lippenstift strahlst du wie eine Sonne. Ihr seid jung, schön und beschwipst. Du sagst: »Der Minister hat mich zum nationalen Heiligtum ernannt.« Ich verstehe kein Wort, du wiederholst: »Stell dir nur vor, er hat gesagt, ich ernenne Sie zum nationalen Heiligtum«, du wiederholst noch einmal »nationales Heiligtum«. Ihr lacht. Ich weiß nicht, was das bedeutet. Du zeigst mir eine Statue, auf der in goldenen Lettern dein Name steht. Ich frage, wie die Blume auf der Statue heißt. Papa antwortet, das sei ein Lotus und er habe Zauberkräfte. Ihr müsst wieder lachen. Dann setzt du dich auf mein Bett und erzählst mir folgende Geschichte, die – wie ich später erfahren werde – aus der *Odyssee* stammt: »Ein Schiff strandet nach einem Sturm auf einer Insel. Die Bewohner der Insel ernähren sich ausschließlich von Lotusfrüchten, der Frucht des Vergessens. Der Kapitän schickt drei Männer los, sie sollen das Dorf erkunden, und als sie nicht zurückkommen, macht er sich auf die Suche nach ihnen. Er findet sie, aber seine Gefährten erkennen ihn nicht wieder: Die Schiffbrüchigen haben von der Lotusfrucht gekostet und schlagartig vergessen, wo sie herkamen, genau wie die Inselbewohner. Sie wollen nichts, als auf der Insel bleiben und sich ewig an Lotusfrüchten laben. Der Kapitän isst von den Früchten und vergisst ebenfalls, wer er ist.«

(Einige Jahre später werde ich überprüfen, ob deine Version der Geschichte mit Homers Erzählung übereinstimmt. Odysseus berichtet nicht viel über die Inselbewohner. Man erfährt nur, dass sie Lotophagen heißen und eine Gesellschaft erschaffen haben, in der alle damit zufrieden sind, Früchte zu essen und in Erinnerungslosigkeit zu versinken. Mehr wollen sie nicht vom Leben.)

Mit sechs Jahren macht mir diese absolute Selbstaufgabe Angst. Ich frage, ob die Bewohner der Insel unglücklich seien. Nach kurzem Nachdenken antwortest du, dass sie weder glücklich noch unglücklich seien, weil sie sich an nichts erinnern. Zum ersten Mal bin ich mit der Vorstellung vom Nichts konfrontiert. Als ihr meinen erschrockenen Blick seht, lacht ihr wieder, du gibst mir einen Kuss und murmelst: »Gute Nacht, meine Şeker« (du nanntest mich oft »mein Zuckerstück«). Dann verlässt du mein Zimmer, deine Statue in der Hand. Ich höre euch im Flur, du äffst den salbungsvollen Ton des Festredners nach: »Verehrte Frau Zaman, hiermit ernenne ich Sie zum nationalen Heiligtum«, und Papa sagt lachend: »Stell dir nur vor, Liebling, jetzt bist du ein nationaler Lotus.« Die Haustür fällt hinter euch ins Schloss, ihr geht das Ereignis mit euren Freunden in Monsieur Sironyans armenischem Lokal feiern.

An diesem Abend im März 1971, verängstigt von der Geschichte über Menschen ohne Erinnerung und ohne Herkunft, kann ich lange nicht einschlafen.

Am nächsten Morgen sitzt ihr mit euren Freunden im Wohnzimmer, Nilüfer, Aziz, Fırat, Bahar und ein paar anderen. Überall auf dem Boden stehen Gläser, Flaschen, volle Aschenbecher. Offenbar habt ihr am Abend vorher spontan beschlossen, zu uns nach Hause zu gehen, und habt die ganze Nacht durchdiskutiert. Du zündest dir eine Zigarette an und sagst: »Die Paschas haben die Macht übernommen, meine Şeker. Das verheißt nichts Gutes.«

Papa nimmt mich in den Arm und hält mich fest. Ein paar Wochen später wird er verhaftet und verschwindet. Wie Tausende von politischen Gefangenen.

Ich würde ihn nie mehr wiedersehen.

Der dritte Putsch
12. September 1980

Ich bin fünfzehn. Es ist die Premiere von *Klytämnestra* im Stadttheater. Ich sitze in der ersten Reihe neben İsmail, der seit Papas Verschwinden dein Liebhaber ist. Hin und wieder übernachtet er bei uns, aber ihr zeigt euch nur selten zusammen in der Öffentlichkeit. Er ist verheiratet und hat Kinder.

Während der Vorstellung habe ich Bauchschmerzen. Ich will nicht neben İsmail sitzen, und ich hasse es, dich in der Rolle der Königin von Argos, einer Ehebrecherin und Verräterin, zu sehen. Ich kenne die Geschichte, weil ich bei den Proben dabei war, ich weiß, dass dein Sohn den ersten Stein werfen wird, und dass du am Ende zu Tode gesteinigt wirst, weil du deinen Ehemann Agamemnon nach seiner Rückkehr aus dem trojanischen Krieg ermordet hast, mithilfe deines Liebhabers.

Schlussmonolog, Musik von Wagner, Vorhang, Standing Ovations.

Wie alle anderen muss ich aufstehen und applaudieren. Ich bin eine normale Jugendliche: Ich habe eine nahezu körperliche Abneigung gegen dich. Es ist nicht gerade originell, sich in Abgrenzung zu den Eltern zu konstruieren. Gezwungen zu sein, die eigene Mutter öffentlich zu bewundern, ist es schon eher. Du verlässt achtmal die Bühne und kommst wieder heraus, um dich zu verbeugen, zwei kleine Mädchen überreichen dir einen Blumenstrauß, es dauert ewig, und die ganze Zeit muss ich dir Beifall klatschen.

Nach der Vorstellung gehen wir nach unten in deine Garderobe, wie immer ist dort kein Platz. Überall Kostüme, Schminkutensilien, Blumensträuße, Premierengeschenke, wartende Fans. Du sagst: »Geht schon mal vor, wir sehen uns im Restaurant.« İsmail und ich haben beide gelernt, mit deiner Berühmtheit umzugehen, wir verlassen das Theater und machen uns zu Fuß auf den Weg zu Monsieur Sironyans Lokal. Er fragt, wie mir deine Darbietung gefallen hat.

»Ich hasse es, sie auf der Bühne zu sehen. Ich hasse es, wenn sie all diese Frauen spielt. Ich finde sie unehrlich, nicht authentisch. Schauspielerinnen sind Lügnerinnen!«

Erschrocken über meine heftigen Worte antwortet İsmail, dass genau darin ja dein Talent bestehe, all diese Rollen mit Leben zu füllen und sich sogar in eine Gattenmörderin einfühlen zu können. Ich will nicht mit ihm diskutieren, ich fand von Anfang an, dass er eine dunkle Seite hat. Ich spüre, dass sich hinter seiner Freundlichkeit etwas Finsteres verbirgt.

Im Lokal gesellst du dich zu uns. Wir essen mit der Filmcrew, deinen Freunden und ein paar Journalisten zu Abend. Nach einer Stunde holt ein Mann mit Mütze und Schnurrbart İsmail ab. Er flüstert ihm etwas ins Ohr. Dann sagt İsmail leise ein paar Worte zu dir und geht.

Ich nutze die Gelegenheit und mache mich ebenfalls auf den Weg. Zu viele Komplimente, zu viel Fröhlichkeit, zu viel Gläserklirren, zu viel Gelächter, zu viel Alkohol, zu viel Zigarettenrauch. Ich verabschiede mich von allen Anwesenden und gehe nach Hause, wir wohnen nur zwei Straßen entfernt.

Am nächsten Morgen sitzt du genau dort, wo du auch beim vorigen Putsch gesessen hast, in deinem grünen Sessel mit Blick aufs Meer.

»Sie haben eine Ausgangssperre verhängt, meine Şeker, du musst zu Hause bleiben.«

Der Fernseher läuft, man hört nationalistische Sprechchöre, Demonstranten preisen die Tapferkeit der Soldaten, dann verkündet ein Nachrichtensprecher, die Generäle hätten die Macht übernommen.

In der Ferne, weit unter uns, rollen Panzer auf den Eingang des Bosporus zu. Du zündest dir eine Zigarette an und sagst tonlos: »Das verheißt nichts Gutes, all diese Panzer.«

Im Winter bestätigen sich dann meine schlimmsten Befürchtungen. Ich erfahre alles über İsmail und über Papas Verschwinden, und im nächsten Sommer ziehe ich von zu Hause aus und kehre nicht mehr zurück.

Jetzt

Als Erstes will ich dir von meinem Leben erzählen, *anne* – es fühlt sich merkwürdig an, dich wieder *anne*, »Mama«, zu nennen –, will dir kurz von all den Jahren berichten, in denen wir uns nicht gesehen haben.

Ich lebe immer noch in Paris. Immer noch mit demselben Mann. Wie du weißt, ist er Botaniker. Er forscht zu Tropenwäldern, kennt Hunderte von Pflanzenarten. Er ist freundlich, klug, lustig, auch wenn du das anders siehst. Kultiviert. Manchmal etwas brummig, aber zuverlässig. Ja, genau, auf ihn kann man sich verlassen. Ein aufrichtiger, verantwortungsbewusster, besonnener Mensch. Ein bisschen wie Papa, nur in einer französischen Version. Mein Mann jammert nie herum, spielt sich nicht in den Vordergrund, ist nicht übermäßig laut. Er geht geradlinig durchs Leben, und ich muss ihm nur folgen. Seine ruhige Entschlossenheit ist ansteckend, sie schützt mich vor dem Wahnsinn meiner Vergangenheit, vor dem Fluch meiner Familie. Er weiß alles über mich und ich alles über ihn oder fast. Ich liebe alles an ihm, das Gute, das Schlechte und das Mittelmäßige, und ich liebe die Frau, die ich an seiner Seite bin. In seiner Gegenwart bin ich nicht ich selbst, und weil wir schon sehr lange zusammen sind, ist ein neues Ich an die Stelle meines alten Ichs getreten und im Laufe der Zeit zu meinem eigentlichen Ich geworden. Ich komme mir vor wie eine schlechte Geige, deren schlechte Saiten von einem schlechten Geigenbauer aus schlechtem Darm gefertigt worden waren, die aber das große Glück hatte, an einen Musiker zu geraten, der ihr einen melodischen Ton entlocken kann. Mein Mann ist vermutlich der einzige Mensch auf der Welt, dessen Neurose perfekt zu meiner passt. Sein und mein Sprung in der Schüssel heben sich gegenseitig auf. Mit ihm zusammen zu sein, ist seit über dreißig Jahren meine Lieblingsbeschäftigung, und mehr habe ich dazu nicht zu sagen. Tolstoi hat recht, alle glücklichen Familien ähneln einander. Wir lieben uns, unsere Tochter ist mittlerweile groß, und mehr habe ich dazu wirklich nicht zu sagen.

Der Apfel fällt nicht weit vom Stamm – auf Türkisch sagtest du immer: »Birnbäume tragen keine Äpfel«, was noch hübscher ist. Jedenfalls schreibe ich fürs Fernsehen. Das weißt du. Doch damit wir uns nicht missverstehen: Ich gehöre nicht zu den Autorinnen und Autoren, die du dein Leben lang verehrt hast, ich schreibe keine Arthouse-Filme wie die, in denen du deine melancholische Anmut zur Schau getragen hast. Ich arbeite für eine Produktionsfirma, die austauschbare Drehbuchschreiber beschäftigt. Man gibt uns die Handlung vor, setzt eine Deadline, und wir leiern uns ein Primetime-kompatibles Skript aus den Rippen. Oft arbeiten wir zu mehreren an einer Sitcom, die hohe Einschaltquoten bringt und sich gut ins Ausland verkaufen lässt. Meine Texte sind nicht gesellschaftskritisch; ich gehöre nicht zu den Menschen, die mit ihren Geschichten die Welt verändern wollen, für die Schreiben »eine Frage des Überlebens« ist, die vielleicht sogar alles »am eigenen

Leib erfahren« wollen, um »authentischer davon berichten« zu können. Nein, im Gegenteil, ich habe große Angst vor dieser Art von Besessenheit. Deshalb sage ich auch nicht, dass ich Autorin bin, wenn man mich nach meinem Beruf fragt, sondern dass ich fürs Fernsehen arbeite. Ich bin nur der ausführende Arm meiner Produzentin. Ich nenne sie »die Hyäne«, weil sie mich an eine dieser Fleckenhyänen erinnert, die auf dem Cover von *National Geographic* einer Herde Gnus auflauern. Meine Hyäne ist Expertin für Marktanteile, sie lässt sich ihre Falten mit Botox wegspritzen, residiert in einem Vierhundert-Quadratmeter-Büro im sechsten Arrondissement und besitzt die Handynummer aller französischen Stars. Im Durchschnitt setzt sie mich pro Jahr auf zwei Serien an, und von meinem Honorar und dem Gehalt meines Mannes können wir gut leben. Ursprünglich wollte ich nicht in diesem Bereich arbeiten, ich wollte etwas Anständiges studieren und mich hinterher »Marketingchefin« oder »Projektleiterin« nennen dürfen, aber mir wurde schnell klar, dass ich dafür nicht gemacht war. So wie man als Sohn eines Kochs intuitiv die richtigen Gewürze mischt oder als Tochter eines Tischlers mühelos den Hobel führt, fällt mir das Geschichtenerzählen leicht. Mir wurde schnell klar, dass ich für alles außer fürs Schreiben zwei linke Hände habe. Irgendwann habe ich mich damit abgefunden, aber ich gehe trotzdem nicht vollständig in meinem Beruf auf. Denn ich mag es nicht, wenn die Grenzen zwischen Realität und Fiktion verschwimmen, ich ziehe das echte Leben vor, in dem man aus echten Gründen lacht oder weint und nicht wegen Situationen, die man sich selbst ausgedacht hat. Mehr als alles auf der Welt fürchte ich die Einsamkeit der Autorin, deshalb halte ich mich von der Kunst fern und stelle mein begrenztes Talent lieber in den Dienst der Unterhaltung. Bis heute achte ich akribisch darauf, auf der Suche nach einer guten Idee nicht in alten Wunden zu stochern oder mich im Labyrinth meiner Gefühle zu verirren und keine Figur zu erfinden, die mir selbst zu nah ist. Da die Hyäne mich gut kennt, vertraut sie mir meist die Ausarbeitung der Handlung an und überlässt die psychologische Gestaltung der Figuren denjenigen meiner Kollegen, die sich dem Wahn des Schreibens nur allzu gern hingeben.

So sieht es in meinem Leben aus, *anne,* seit ich von zu Hause weg bin.

In den Monaten nach meiner Ankunft in Frankreich rief ich dich einmal pro Woche aus einer Telefonzelle an. Später kamst du ein paarmal nach Paris, ich traf dich in deinem Hotel und nahm die Geschenke entgegen, die du aus deinem Koffer zogst. Wir aßen in einem deiner Lieblingsrestaurants zu Mittag, gingen danach am Ufer der Seine spazieren und verabschiedeten uns, ohne über irgendetwas Wichtiges geredet zu haben. Im Laufe der Zeit wurden meine Anrufe seltener, deine Besuche auch. Als ich später, erst mit meinem Mann, dann mit meiner Tochter, in die Türkei reiste, tat ich es als französische Touristin. Zu Beginn unserer Ehe waren mein Mann und ich zwei- oder dreimal bei dir, aber seit über zwei Jahrzehnten haben wir keinen Kontakt, außer am ersten Januar, wenn wir uns ein frohes neues Jahr wünschen. Da ich hin und wieder auf einen Artikel über dich stoße, weiß ich, dass du immer noch in Istanbul lebst, dass du mit 85 weiter Filme drehst, Theater spielst, Interviews gibst. Ich weiß auch, dass du Journalisten manchmal von mir erzählst, dass du irgendetwas in der Richtung sagst: »Ja, ich habe eine Tochter, aber sie lebt schon lange in Paris/Sie schreibt fürs Fernsehen, kleine Komödien und so/Ah, Paris!/Ich hätte mehrmals dort arbeiten können, ich hatte viele Angebote, aber es kam immer etwas dazwischen/Ich tröste mich mit dem Gedanken, dass meine Tochter in der Stadt lebt/Ja, in den Sechzigerjahren hätte ich in Paris ein Star sein können/Doch, doch, fast hätte ich Anouk Aimées Rolle in *Ein Mann und eine Frau* übernommen, *schabadabada*, das Lied kennen Sie sicher, die Szene, in der die Kamera das Liebespaar am Strand umkreist/Und die Rolle, die Jeanne Moreau in *Jules und Jim* spielt, hatte Truffaut mir auf den Leib geschrieben …« Du erfindest aberwitzige Geschichten, damit du nicht über mich sprechen musst, damit du weiter so tun kannst, als hätten wir ein normales Verhältnis.

Wenn ein Journalist nach dem Vater deines einzigen Kindes fragt, lenkst du schnell vom Thema ab: »Reden wir lieber über meinen neuen Film«, oder: »Was bringt es, alte Geschichten aufzuwärmen?«

Ja, *anne*, was bringt das?

Und weil es eben nichts bringt, habe ich einen Großteil der Vergangenheit aus meiner Erinnerung gestrichen. Ich habe mir ein banales Schicksal erfunden, ein normales Leben. Normal und vor allem französisch. Natürlich verbinden mich noch ein paar Dinge mit meinem Geburtsland (Erinnerungen, Freunde, Orte, Filme, Gerüche, Gegenstände), aber ich versuche, sie möglichst unter Verschluss zu halten, und im Großen und Ganzen gelingt mir das auch. Nach jahrzehntelanger Übung bin ich Meisterin darin, mein Gehirn nahezu hermetisch vor jedem Gefühl, das von der Vergangenheit – von dir – aufsteigt, zu verschließen.

Madame Klajmann (ja, ja, wie alle Pariser oder New Yorker Drehbuchautorinnen habe ich eine jüdische Psychoanalytikerin) sagt, das sei eine Frage des Überlebens:

»Sie haben alles, was mit Ihrer Mutter und Ihrer Herkunft zu tun hat, abgespalten. Sie mussten eine ›schizophrene‹ (sie malt Anführungszeichen in die Luft) Persönlichkeit entwickeln, um ein ›normales‹ (wieder die Anführungszeichen) Leben führen zu können.«

Ich glaube, Madame Klajmann hat recht: Weil ich in meiner Kindheit und Jugend einer Überdosis Exzentrik ausgesetzt gewesen bin, habe ich als Erwachsene eine geradezu pathologische Sehnsucht nach Normalität entwickelt. Aus diesem Grund wollte ich mich unbedingt »als Französin wiedererfinden«, wie Madame Klajmann es formuliert.

Als Erstes habe ich vor zwanzig Jahren meinen Vornamen geändert. Ich telefonierte gerade mit einem Theaterverlag und wollte ihnen ein urfranzösisches Boulevardstück verkaufen, als ich mit einem Mal fürchtete, mein »orientalischer« Vorname könnte zu dem Irrtum verleiten, es handele sich um einen anstrengenden vierstündigen Monolog zum Thema Exil. Da hörte ich mich statt »Hülya« (mit einem langen, lasziven A wie fließende Seide) »Julya« (mit einem kurzen, harten A wie kratzige Wolle) sagen. Während des Telefonats kamen die Laute im Affekt aus meinem Mund, später, beim Erwerb der französischen Staatsbürgerschaft, ließ ich meinen Vornamen dann in einem langwierigen Prozess hochoffiziell ändern. Als meine neuen Ausweispapiere eintrafen und mein Mann feststellte, dass aus Hülya Julya geworden war, traute ich mich nicht, ihm zu gestehen, dass ich die Änderung selbst beantragt hatte. Aus Angst, er könnte meine Entscheidung missverstehen, behauptete ich, es handle sich um einen Irrtum der französischen Behörden, und fügte hinzu, ich fände es aber eigentlich ganz praktisch, einen weniger exotischen Vornamen zu haben. Die neue Schreibweise meines Vornamens hatte noch größere Auswirkungen auf mein Leben als die veränderte Aussprache, denn von Berufs wegen glaubte ich an die Macht der Schrift. Der urfranzösische Nachname meines Mannes, kombiniert mit einem hybriden Vornamen, der nicht mehr mein eigener war, aber auch kein urfranzösischer, half mir, ein neuer Mensch zu werden. Endlich war ich in meiner Wahlheimat angekommen, endlich gehörte ich dazu. Wenn ich mich als Julya vorstelle, brauche ich keine Tricks mehr anzuwenden, um der nervigen Frage nach meiner Herkunft auszuweichen. Die Leute, die ich seitdem kennengelernt habe, wissen kaum etwas von meiner Kindheit und Jugend und rein gar nichts von dir. Niemand ahnt, dass ich die Tochter einer Sultanin bin. Vor allem ahnt niemand, wozu diese Sultanin eines Tages fähig gewesen ist.

Seit meiner Namensänderung habe ich einen wiederkehrenden Albtraum. Mein Bauchnabel verschwindet, er versinkt in meinem Körper, und die Haut darüber glättet sich, bis nichts mehr von der Nabelschnur, die uns einst verbunden hat, zu sehen ist. Madame Klajmann sagt, dieser »Abnabelungstraum« (natürlich malt sie dazu Anführungszeichen in die Luft) bestätige ihre Vermutung: Ich musste mein altes Ich zerstören, um zu mir selbst zu finden, und das tat ich, indem ich meinen Geburtsnamen ablegte, und zwar sowohl den Vornamen, den du mir gegeben hattest (»*hülya*« bedeutet auf Türkisch interessanterweise »Traum«), als auch deinen berühmten Nachnamen.

Mittlerweile beherrsche ich alle kulturellen Codes Frankreichs, als hätte ich sie mit der Muttermilch eingesogen. Ich kenne mich leidlich mit Wein aus, kann die bekanntesten Chansons der Siebziger- und Achtzigerjahre mitsummen und liebe Käse, sogar Munster, der eigentlich ungenießbar ist, wenn man nicht in eine Familie hineingeboren wurde, deren Stammbaum sich bis Louis IX. zurückverfolgen lässt. Die einzigen verräterischen Hinweise darauf, dass mein Leben doch nicht absolut durchschnittlich ist, sind 1.) mein Akzent, der manchmal durchkommt, wenn ich müde bin oder zu viel Weißwein getrunken habe, und 2.) meine Gesichtszüge, die Vorfahren in einem Gebiet erahnen lassen, das sich von Lateinamerika bis zum östlichen Mittelmeer erstreckt – was allerdings auf die Hälfte der französischen Bevölkerung zutrifft. Wie auch immer, ich glaube, dass ich meistens als »normale Französin« durchgehe, was bedeutet, dass du nicht existierst. Weil wir uns nicht ähnlich sehen und ich auch dein emotionales Erbe abgelehnt habe, verbindet uns nichts mehr. Rein gar nichts. Ich spiele nie die Dramaqueen, breche nicht wegen jeder Kleinigkeit in Tränen aus, neige nicht zu öffentlichen Wutanfällen und schwinge nicht laszív die Hüften, sobald irgendwo drei Takte Musik erklingen.

Könnte ich die Vergangenheit komplett verdrängen, würde ich das als meinen größten Erfolg im Leben verbuchen, aber das ist leider nicht so einfach. In meinem

Beruf darf man nicht ganz und gar gefühllos sein. Zum Ausgleich umgebe ich mich in meiner Freizeit nicht mit Künstlern, die in einer Fantasiewelt leben: Unsere Freunde sind alle sehr normal. Wir laden einander zum Abendessen ein, servieren Braten, unterhalten uns über unsere Steuererklärungen, über die Schulnoten der Kinder, und an Geburtstagen tanzen wir steifbeinig auf Classicrock. Unsere Freunde, die alle normale Berufe haben, mögen mich sehr und finden, dass ich eine Prise Exotik in ihr Leben bringe, und im Gegenzug bieten sie mir die Normalität, nach der ich mich so sehr sehne. Unsere rührende Durchschnittlichkeit tut mir gut, ich liebe meine Freunde, und sie lieben mich, auch wenn wir es nie aussprechen. Da du perfekt Französisch kannst, weißt du natürlich, dass es in dieser Sprache für »lieben« und »mögen« nur ein einziges Wort gibt. Man mag oder liebt gleichermaßen sein Kind, seinen Partner und das Essen auf seinem Teller. Allerdings sagt man fast nie zu seinen Freunden, dass man sie mag oder liebt. Vielleicht liegt es daran, dass wir immer einen gewissen Sicherheitsabstand einhalten, wie auf der Autobahn, dass wir uns nie streiten, um uns hinterher umso leidenschaftlicher zu versöhnen, so wie ich es tausendmal bei dir und deinen Freunden miterlebt habe. Nur eins stört mich an unseren Pariser Abenden: dass wir nach dem Essen nie singen.

Als halbwegs normale Mutter beschert mir meine Tochter natürlich auch alle möglichen Gefühle. Doch ich habe mir rechtzeitig eine Strategie überlegt, um das Muster unserer Familie zu durchbrechen. Damit meine Tochter ein ausgeglichenes Wesen entwickelt, haben wir ihr einen absolut unkreativen Vornamen gegeben (von einer dieser Listen in Frauenzeitschriften) und sie von klein auf dazu ermuntert, sich einen risikoarmen Beruf zu suchen. Nach einigen jugendlichen Eskapaden hat sie sich dann auch für ein normales Leben entschieden, was mich sehr beruhigt.

Natürlich weiß sie, wer du bist, sie weiß, dass ich dich nicht mehr sehen will, und sie weiß auch warum (anders als du hasse ich Familiengeheimnisse, also habe ich ihr alles erzählt, sachlich und ohne jedes Drama: unter welchen Umständen Papa verschwunden ist, was İsmail getan hat und welche Rolle du dabei gespielt hast). Interessanterweise hat sie keine weiteren Fragen gestellt und das Thema nie wieder erwähnt. Als sie klein war, hast du sie dreimal zu Gesicht bekommen. Ein einziges Mal wolltest du sie von dir aus sehen, da war sie vier, und ich habe Nein gesagt (ich hatte gerade den Dokumentarfilm gesehen, in dem İsmail und Papa vorkommen). Seitdem hast du nie wieder nach deiner Enkelin gefragt. Ich weiß nicht, ob du dich überhaupt noch an ihren Namen erinnerst.

Langsam, aber sicher – *piano ma sano,* wie du gern in deinem perfekten Italienisch sagtest – habe ich mich von der Vergangenheit gelöst. Mittlerweile läuft mein Leben rund. Der einzige Fehler im Uhrwerk bist du. Ich bin zu einer Lotophagin geworden, und die Vergangenheit ist tatsächlich vergangen.

Jedenfalls glaubte ich das.

Bis zu diesem neuen Putsch, 36 Jahre nach dem, der uns voneinander getrennt hat.

Rückkehr ins Land der Lotophagen

Am 15. Juli 2016 treffen beunruhigende Nachrichten aus der Türkei ein. Ich gehe auf Twitter und sehe die Bilder: Kampfflugzeuge, die über Istanbul hinwegdonnern, Straßenschlachten, Panzer auf der Bosporus-Brücke. Ich treffe die ungeheure Entscheidung, dir eine Nachricht zu schicken. Ich weiß nicht, ob du noch immer dieselbe Handynummer hast, ob du schläfst, ob du in deinem Alter überhaupt noch deine Nachrichten liest, aber ich muss es versuchen: »Alles in Ordnung?« Ich drücke auf den kleinen Pfeil, mein Gesicht wird heiß. Wenige Minuten später leuchtet mein Display auf. »Ja. Ein weiterer Putsch, meine Şeker. Was soll ich sagen, wir leben in einem Land der Lotophagen.«

Bei dem Wort, Lotophagen, sind alle Gefühle sofort wieder da. Wie eine trockene Alkoholikerin, die einen Rückfall hat, schreibe ich dir eine zweite Nachricht, auch wenn ich weiß, dass meine Frage völlig absurd ist: »Kann ich irgendwas für dich tun?« Wieder vibriert mein Smartphone: »Mach dir keine Sorgen, meine Şeker, die Sippe ist für mich da ☺.« (Ich hätte nicht gedacht, dass du SMS mit Smileys verschickst, die findet sogar meine Tochter »voll baby«.)

Du sprichst von deiner »Sippe«, wie früher. Immer,

wenn du für ein Theaterstück geprobt oder einen Film gedreht hast, hattest du eine Sippe, zusätzlich zu deinen vier besten Freunden. Eine Sippe, die du dir selbst ausgesucht hast, einen Clan, eine Wahlfamilie als Ersatz für unsere echte Familie. Du hattest oft flüchtige, mehr oder minder platonische Romanzen mit deinem jeweiligen Film- oder Bühnenpartner, du sprachst alle Beteiligten mit den Vornamen ihrer Figuren an, und die jungen Schauspieler, die deine Kinder darstellten, nannten dich »*anne*«.

Wieder leuchtet mein Display auf. Diesmal ist es meine Tochter.

»*Maman*, was ist in der Türkei los?«

»Keine Ahnung. Wahrscheinlich wieder ein Putsch. Das verheißt nichts Gutes.«

Ich zünde mir eine Zigarette an, die erste seit fünfzehn Jahren.

***

Im Sommer 2016, in den Tagen und Wochen nach dem Putsch, wird die Situation in der Türkei immer unerträglicher. Ein bewaffneter Mob lyncht junge Soldaten, wütende Menschenansammlungen fordern die Wiedereinführung der Todesstrafe, Hochschullehrer, Journalisten und Künstler werden grundlos verhaftet. In den sozialen Medien beschimpft eine Armee von Trolls jeden, der auch nur die leiseste Kritik äußert, und Oppositionellen unterstellt man, Teil einer internationalen Verschwörung zu sein. Dutzende Zeitungen, Presseagenturen und Verlage müssen schließen. Am Ende des Sommers sind nur noch wenige unabhängige Internetseiten übrig, auf denen man sich informieren kann.

Ich erfahre, dass Bekannte entlassen oder inhaftiert worden sind, dass Menschen von heute auf morgen wegen eines Artikels, eines Kommentars, einer vor Jahren unterschriebenen Petition oder eines banalen Satzes in den sozialen Medien ihren Job verlieren oder ihr Pass eingezogen wird. Mit einigen von ihnen tausche ich mich aus. Wir schreiben Nachrichten hin und her und haben Angst vor jedem Wort, meine Gesprächspartner wissen, dass sie abgehört werden. Ab und zu machen wir Witze darüber und malen uns aus, wie die Geheimdienstler unsere Nachrichten lesen. Manchmal wenden wir uns auch direkt an sie und warnen sie vor einem Angriff aus dem Weltraum, den wir mit Unterstützung der CIA planen, oder schicken ihnen Pornobilder, die den Stempel »*halal*« tragen.

Ich schreibe dir eine weitere Nachricht. Du antwortest: »Es geht mir gut. Ich bereite mich auf meinen nächsten Auftritt vor.« Kein Wort über die politische Lage, ob du dir Sorgen machst, wie es dir geht. Ich hatte ganz vergessen, wie gut du die Wirklichkeit ausblenden und dich in deiner Arbeit vergraben kannst. Ich hatte vergessen, dass du die finstersten Kapitel der Geschichte deines Landes durchlebt hast, ohne es so richtig mitzubekommen, dass du dich für die Opfer in Gefahr gebracht und zugleich Umgang mit den Tätern gepflegt hast. Jetzt wird mir wieder bewusst, wie sehr du in einer Traumwelt lebst.

Ein paar Tage später klingelt mein Telefon. Zum ersten Mal seit der Jahrtausendwende höre ich deine Stimme.

Der Anruf

Ich hätte nicht gedacht, dass ein einziger Anruf all meine Anstrengungen, ein geruhsames Leben als Lotophagin zu führen, zunichtemachen würde. Dass all die harte Arbeit vergeblich gewesen sein könnte, dass ich erneut den Boden unter den Füßen verlieren würde, wie in der Nacht, in der ich für immer von zu Hause weggegangen bin.

Mein Telefon klingelt rhythmisch, ich lese *Unbekannte Nummer*, und gleich beim ersten Atemzug weiß ich, dass du es bist.

»Hülya?«

»Ja.«

»Ich bin's.«

Als bestünde die Gefahr, dass ich deine Stimme nicht erkenne. Deine unverwechselbare Stimme, deine »sonore« Stimme, wie Journalisten tausendfach geschrieben haben, deine berühmte Stimme, die den Filmproduzenten zu Beginn deiner Schauspielkarriere nicht gefiel, weshalb sie sie von einer Sängerin mit höherer Stimme synchronisieren ließen, »wie bei Claudia Cardinale«, sagtest du immer.

»Ja, *anne*, ich weiß.«

Was empfindest du, als ich dich »*anne*« nenne? Du bist kurz still, dann lachst du. Ich erinnere mich noch gut an dieses grundlose Lachen: So hast du schon immer gelacht, über irgendeine Nichtigkeit, die nicht einmal lustig sein muss; ein Lachen wie Glas, das im Hals zerspringt, ein Lachen, das früher fröhlich klang, aus dem ich heute aber eine große Müdigkeit heraushöre. Dann verstummst du abrupt und flüsterst, als wolltest du mir ein Geheimnis anvertrauen: »Liest du immer noch die Zukunft aus dem Kaffeesatz?«

»Nein. In Paris gibt es keinen guten türkischen Kaffee.«

»Schade. Sonst wüsstest du es schon.«

»Was?«

»Dass ich nicht mehr lange habe.«

Du schweigst. Denkst du darüber nach, was du als Nächstes sagen sollst? Wie du es mir sagen sollst? Du musst husten, schnappst nach Luft, kämpfst dagegen an, es funktioniert nicht, du legst auf. Ich warte eine Weile, aber du rufst nicht noch einmal an.

Vor meinem inneren Auge erscheinen die Nachmittage und Abende meiner Kindheit, in denen ich Mama und ihren Freunden die Zukunft aus dem Kaffeesatz las.

In der Nacht träume ich von dir. Du trägst ein langes Kleid mit psychedelischem Muster und hältst mir deine Statue in Form einer Lotusblüte hin.

***

Am nächsten Morgen rufst du zurück, und diesmal klingt deine Stimme kräftiger. Du stehst wieder auf der Sonnenseite des Lebens, plapperst drauflos, als wäre nichts gewesen, lässt mich nicht zu Wort kommen. Leichthin verkündest du, das ganze Land werde bald sein nationales Heiligtum betrauern, Tausende von Menschen würden zu deiner Beerdigung strömen, die Feier müsse perfekt durchorganisiert werden. Im Plauderton fügst du hinzu, eine Hommage an deine wichtigsten Rollen dürfe da natürlich nicht fehlen und du hättest auch schon eine genaue Vorstellung von der Inszenierung.

»Für die Trauerfeier habe ich an das Stadttheater gedacht, meine Şeker, die Bühne ist perfekt, sechzehn Meter breit, der Sarg wird genau in der Mitte stehen. Ein Ebenholzsarg, ausgeschlagen mit rotem Samt, der Dekorateur meines letzten Theaterstücks fertigt ihn nach Maß, und Nilüfer wird den Boden mit meinen Filmplakaten auskleiden. Weißt du, was mein größter Traum ist? Dass all meine früheren Liebhaber in der ersten Reihe sitzen. Jedenfalls alle, die noch nicht tot sind. Sonst müssten wir das Fußballstadion anmieten.«

Du lachst. Als wäre das alles nur ein Scherz. Mit keinem Wort erwähnst du deine Krankheit, die Behandlung, den Husten, eventuelle Schmerzen. Den Tod.

»Bist du krank, *anne*? Was ist los?«

»Ach, ich bin eben eine alte Schachtel.«

Mehr sagst du dazu nicht. Dich interessiert nur dein letzter Auftritt, die Hommage, die das Publikum zu Tränen rühren soll.

»Du hast ja keine Vorstellung, wie viel Arbeit das ist, meine Şeker, ich muss an alles denken, das Licht, die Musik, die Proben. Wenn wir die Planung den islamistischen Banausen aus dem Kulturministerium überlassen, wird es sterbenslangweilig, verstehst du? Gut! Also, warum ich anrufe: Würdest du für den Anlass eine kleine Rede schreiben? Eine gute Schauspielerin wird sie vorlesen, das verspreche ich dir. Ich denke nicht unbedingt an eine Lobeshymne, sagen wir einfach, die Trauerrede einer Tochter, ein paar Sätze, die den Leuten im Gedächtnis bleiben. Sonst würde etwas fehlen. Man würde sich fragen, was mit dir los ist, verstehst du? Ein paar Nettigkeiten, das reicht völlig.«

»Ein paar Nettigkeiten«, das sind deine Worte.

Du schwadronierst noch ein paar Minuten über die »Inszenierung« und legst auf, bevor ich etwas sagen kann.

Deine Exzentrik und Leichtfertigkeit machen mich fassungslos. Deine Selbstvergessenheit, wie früher, wenn du mich mit Kostümen, die du von den Proben mit nach Hause gebracht hattest, als Hofnarr aus einem Shakespeare-Stück, osmanische Prinzessin oder afrikanische Schamanin verkleidetest. Deine Zerstreutheit, wenn du mich tagsüber am Filmset vergaßt oder abends in einem Restaurant. Deine Sorglosigkeit, wegen der ich ständig zu spät zur Schule kam und du wichtige Termine verpasstest. Deine Achtlosigkeit, derentwegen wir überteuerte (und überflüssige) Dinge kauften, während es uns am Lebensnotwendigen fehlte. Jahrelang war unsere neun Meter lange Segeljacht, eine *Dufour Arpège*, unser kleines Paradies, wir kauften sie eines Mittwochs nach der Schule, weil du eine stattliche Gage ausgezahlt bekommen hattest. Wenn uns mal wieder der Strom abgestellt wurde, weil du die Rechnung nicht bezahlt hattest, verwandeltest du unsere Wohnung mit Hunderten von Kerzen in einen märchenhaften Ort, und nach tagelanger Schlemmerei standen wir oft vor einem leeren Kühlschrank, weil du keine Lust zum Einkaufen hattest. Derselbe Kühlschrank wurde zu einer geheimen Pforte, durch die wir in ein Wunderland gelangten: »Mademoiselle Hülya, wissen Sie was? Dieser apfelgrüne Kühlschrank der Firma Brandt – ein zweitüriges Modell mit ausziehbaren Fächern und einem Fassungsvermögen von 120 Litern – verfügt als Sonderausstattung über einen magischen Tunnel.« Du schicktest mich durch die Kühlschranktür auf eine Fantasiereise, und ich vergaß, dass es nichts zum Abendessen gab.

Wie eine Zauberkünstlerin richtetest du meine Aufmerksamkeit auf eine Sache, um mich von einer anderen abzulenken. Du warst immer für eine Überraschung gut, Esra Zaman.

Und das bist du noch heute: Du erzählst mir von der Show, die du für deine Beerdigung planst, um nicht über deinen bevorstehenden Tod reden zu müssen.

Die Montage

Ein paar Stunden später ploppt eine E-Mail auf Türkisch in meinem Postfach auf.

»Guten Tag, ich bin Esra Zamans Assistentin. Sie hat mich gebeten, Ihnen folgende Filmmontage zu schicken. Sie soll bei der Ehrengala gezeigt werden, und Esra denkt, sie könnte Ihnen als Inspiration für die Rede dienen, die Sie schreiben werden. Ich schicke Ihnen den YouTube-Link und die Zugangsdaten. Herzliche Grüße.«

Im ersten Moment bin ich wütend (ich habe nie gesagt, dass ich die Trauerrede schreiben werde), aber dann siegt die Neugier. Ich kann nicht anders, ich klicke den Link an. Der Zusammenschnitt beginnt mit einem Film aus den Fünfzigerjahren. Außen/Tag. Schöne Schwarz-Weiß-Bilder, eine Atmosphäre wie bei Visconti. In der ersten Einstellung spielen Kinder vor einem alten Holzhaus, dann schwenkt die Kamera auf dich, man sieht dich von hinten, du gehst eine Straße entlang.

Du schlenderst durch ein Arbeiterviertel. Obwohl man nur deinen Rücken sieht, hast du eine ungeheure Leinwandpräsenz. Du begegnest verschiedenen Menschen. Du lässt einen jungen Mann, der dir hinterherpfeift, abblitzen, grüßt den Fischhändler (ein verlässlicher Komparse in vielen deiner Filme), winkst fröhlich einer grimmigen Alten, die dich von ihrem Fenster aus missbilligend mustert, schiebst Wäsche beiseite, die zum Trocknen an einer Leine hängt, beugst dich hinunter, um ein Katzenjunges zu streicheln. Die Einstellung bleibt in der gesamten Eröffnungssequenz dieselbe, man sieht dich kein einziges Mal von vorne. Ende des Vorspanns. Cut. Nahaufnahme auf dein Gesicht. Endlich. Frische Haut, Pupillen in der Mitte der Iris, verschmitztes Lächeln, locker hochgestecktes Haar. Mit deinem schulterfreien Oberteil, dem taillierten Rock und den Ballerinas, die deine schmalen Knöchel betonen, siehst du aus wie ein Star des italienischen Neorealismus. Die Unbeschwertheit der Eröffnungssequenz ist beklemmenden Untertönen gewichen, man ahnt, dass das Geplänkel des Vorspanns innerhalb weniger Szenen in eine Tragödie umschlagen wird, aber du wirst deine Würde bewahren, ganz gleich, welches Schicksal der Drehbuchautor dir zugedacht hat. Cut.

Ein anderer Film. Bunte Bilder, wie in einem amerikanischen Musical. Du sitzt am Steuer eines riesigen Buick, eines verbeulten, bonbonfarbenen Cabriolets. Du trägst eine Baskenmütze, hast eine Zigarette im Mundwinkel und gibst dich betont männlich. Neben dir auf der Vorderbank drängen sich drei Männer, auf der Rückbank sind es ein knappes Dutzend. Ein wahres Gewusel von Männern. Die attraktivsten sitzen den anderen auf den Schultern. Sie tragen Jeansjacken und Karohemden wie in der *West Side Story*, sie johlen, reißen Witze und singen einen Rocksong nach einer traditionellen türkischen Melodie. Inmitten des Männerchors erhebt sich eine Frauenstimme, es ist deine: »Ich bin die Königin der Straße/Selma die Taxifahrerin/Wenn ich durch die Stadt fahre/lehre ich alle Männer das Fürchten!« Du überholst mehrere amerikanische Oldtimer mit Männern am Steuer. Das Istanbul jener Zeit erinnert paradoxerweise an Havanna. Cut.

Wieder ein anderer Film. Vor einem schäbigen Theater steht ein Ausrufer mit einem Megafon: »Hereinspaziert, hereinspaziert! Erleben Sie Suzi, die Sängerin, die für ihre Kunst Mann und Kinder verlassen hat!« Passanten (ausschließlich Männer) rennen zum Schalter, um die letzten Karten zu ergattern. Die Kamera schwenkt hoch, man sieht dich am Fenster sitzen und melancholisch eine Zigarette rauchen. Cut. In der nächsten Einstellung stehst du in einem langen Kleid auf der Bühne, deine Traurigkeit ist wie weggeblasen. Du singst, tanzt, trinkst aus den Gläsern der Gäste. Cut. Am Ende des Films wirst du vermutlich einsam und verarmt dasitzen und bereuen, dass du die Kunst einem gesitteten Familienleben vorgezogen hast. Um die Moral der Geschichte vorwegzunehmen, verläuft schon jetzt deine Wimperntusche.

Für wenige Sekunden erscheint eine leidenschaftliche Liebesszene auf dem Bildschirm. Du küsst einen jungen Mann, er knöpft dir langsam die Bluse auf. Man sieht deine Brüste und deinen Bauch, sie sind weiß wie türkischer Milchreis. Im ersten Moment wundere ich mich, aber dann fällt der Groschen. Sicher hast du dem Cutter gesagt, er müsse unbedingt eine erotische Szene in die

Montage reinschneiden. Eine letzte Provokation auf deiner eigenen Beerdigung, mit der du den offiziellen Vertretern des Staates, die dir zu Ehren anwesend sein werden, den Schweiß auf die Stirn treiben willst. Die »islamistischen Dummköpfe« werden den Saal nicht verlassen können, sondern müssen auf ihre Schuhe starren, während alle anderen auf deine Brüste schauen. Ein Scherz aus dem Jenseits. Immerhin warst du die erste türkische Schauspielerin, die auf der Leinwand einen Zungenkuss gezeigt hat. Da hast du ja wohl Anrecht auf einen kleinen Skandal, verdammt!

Ein weiterer Film in grellen Farben. Ein Roma-Viertel. Du spielst eine Straßensängerin, die von einer fröhlichen Kapelle begleitet wird, einem Klarinettenspieler, einem Geigenspieler und einer alten Frau mit Akkordeon und Goldzähnen. Du bist viel zu stark geschminkt, hast Blumen im Haar und trägst einen Sechzigerjahre-BH, der deine Brüste zu Kegeln formt. Ihr seid auf dem Weg in die Stadt, um bei einer Schallplattenfirma vorzuspielen. Vor dem Gebäude stehen schon andere Musiker mit ihren Instrumenten Schlange. Der Portier verweigert euch den Zutritt, wegen eurer Kleidung, euren Manieren und eurer »Zigeunermusik«. Du beschimpfst ihn und sagst, das werde er eines Tages bitter bereuen. Daran zweifelt man als Zuschauer keine Sekunde. Am Ende des Films bist du vermutlich eine gefeierte Varieté-Sängerin. Man identifiziert sich auf Anhieb mit dir. Cut.

Im nächsten Film bist du eine »Tippse« mit Nana-Mouskouri-Brille. Das ist das große feministische Projekt der türkischen Republik jener Jahre: Alle anständigen jungen Mädchen sollen Schreibmaschine lernen. Ihr seid etwa dreißig, ihr sitzt in Reih und Glied und tippt im Takt auf euren Remington. Mit der großen Brille und dem hohen Pferdeschwanz siehst du aus wie eine Musterschülerin. Du hackst *tempo prestissimo* auf die Tasten ein, mit einem hervorragenden Gespür für Komik.

Irisblende zu Blasmusik.

***

Die Bilder schlagen eine Brücke zu dir, sie rufen Gesichter, Orte, Momente wach.

Ich muss all meinen Mut zusammennehmen, um dich anzurufen. Ich schenke mir ein Glas Rotwein ein, entscheide dann aber, dass ich mich nach dem Anisrausch einer *meyhane* sehne, einer typischen Istanbuler Kneipe. Ich gehe zum türkischen Lebensmittelladen um die Ecke und kaufe eine Flasche Rakı (obwohl der Besitzer mir suspekt ist und ich mir eigentlich fest vorgenommen hatte, ihm kein Geld in den Rachen zu werfen), mische den Drink (halb Wasser, halb Alkohol, wie du es mir beigebracht hast), gebe Eiswürfel hinzu. Die Flüssigkeit färbt sich weißlich und riecht verführerisch. Da ich seit Jahren keinen Rakı mehr getrunken habe, wird mir sofort schwindelig. Der Schnaps hat dieselbe Wirkung auf mich wie die Madeleine auf Proust.

Ich wähle deine Nummer. Der Anrufbeantworter springt an: »Hinterlassen Sie eine Nachricht, und ich rufe zurück, falls ich Lust habe. Hoch lebe die laizistische Republik!«

»Hallo, *anne*. Dein AB-Spruch ist lustig. Also. Warum ich anrufe ... Ich schreibe die Rede. Und ich ... will kommen. Wann soll das Ganze stattfinden? Ich nehme mir ein Hotelzimmer, ich werde nicht bei dir übernachten. Ich warte auf deinen Rückruf ... Sag Bescheid, damit ich mein Ticket kaufen und alles planen kann. Bis dann.«

Die Verbindung ist schlecht. Ich höre meine eigene Stimme wie aus weiter Ferne und zeitlich versetzt. Das ist verstörend. Meine Stimme klingt falsch, ich lache, um mein Unbehagen zu überspielen, und höre zwei Sekunden später mein eigenes Lachen, das ebenfalls falsch klingt. Der Rakı brennt mir köstlich in der Kehle, ich sage »bis dann« und lege auf.

Wenige Minuten später erhalte ich eine SMS:

»Du darfst auf keinen Fall kommen. Nilüfer wird dir alles erklären.«

Wiedersehen mit Nilüfer

Nilüfer. Seit Ewigkeiten deine beste Freundin. Sie war da, als ich geboren wurde, als ich heranwuchs, als ich von zu Hause wegging. In meiner ersten Zeit in Frankreich rief sie regelmäßig an, und wenn sie auf Reisen in Paris war, wollte sie mich immer treffen, aber ich habe nie zurückgerufen. Trotz allem, was sie nach dem Militärputsch 1980 durchgemacht hatte, trotz der Tatsache, dass sie zwei Jahre im Gefängnis gesessen hatte, habe ich ihr nie verziehen, dass sie damals höchstwahrscheinlich mit dir unter einer Decke gesteckt hatte und daher mitschuldig war an Papas Verschwinden.

In meiner Erinnerung ist sie eine Autoritätsfigur. Aufrecht, zupackend, unbeirrbar. Eine Szenenbildnerin mit kräftigen Händen, die nie ruhten. Immer gab es etwas zu hämmern, zu sägen, zu bauen, zu bemalen. Du sagtest gern, sie könne in einer Nacht ein ganzes Haus abreißen und wiederaufbauen. Sie arbeitete fürs Theater und für den Film und trat sehr bestimmt auf, kommandierte Machos herum, bekam Wutanfälle und wusste sich Gehör zu verschaffen. Sie war imstande, den Dreh einer ganzen Szene zu stoppen, wenn sie unzufrieden war mit einer schlampig auf alt gemachten Mauer oder einem schiefen Laternenpfosten. Sie war oft bei uns zu Hause, fragte mich nach der Schule, interessierte sich aber nicht für irgendwelchen Kinderkram, alberte nie mit mir herum, behandelte mich immer wie eine Erwachsene. Eines Tages, nachdem ich ihr wieder einmal Löcher in den Bauch gefragt hatte, sagte sie: »Jetzt reicht's, Columbo.« Seitdem hat sie mich nur noch so genannt, allerdings nie mit einem Grinsen, sie blieb immer ernst und wahrte eine gewisse Distanz. Vielleicht konnte sie einfach nicht gut mit Kindern.

»Hallo, Columbo.«

Derselbe schroffe Ton wie früher, dieselbe feste Stimme.

»Ich habe etwas für dich. Ich würde mich freuen, wenn wir uns treffen könnten, aber sonst kann ich es auch an der Rezeption meines Hotels hinterlegen.«

Wir verabreden uns im Hôtel du Louvre, das ich gut kenne, weil du früher oft dort abgestiegen bist. In dem eleganten Salon erkenne ich sie unter den üblichen internationalen Gästen auf Anhieb wieder. Dreißig Jahre sind vergangen, aber sie hat immer noch dieselbe Klasse, dieselbe Ausstrahlung einer weltgewandten Frau aus Istanbul oder Beirut. Ein osmanischer Kaftan, handgearbeiteter orientalischer Schmuck, teure italienische Schuhe und eine dezente, der Pariser High Society würdige Frisur. Die Eleganz der *seventies*, die Selbstsicherheit einer Dame von Welt und ein altmodisches Diplomaten-Französisch, wenn sie mit den Kellnern spricht.

»Ich wohne seit 1965 hier im Haus, wenn ich in der Stadt bin. Du weißt, ich habe meine Gewohnheiten, genau wie deine Mutter.«

Sie erzählt mir von den Jazzclubs ihrer Jugend und von den Galerien, in denen sie ausgestellt hat, während ich dasitze und sie ansehe. In mir geht eine Tür zur Vergangenheit auf. Dann warte ich, dass sie mir verrät, warum sie mich sehen wollte, aber sie ist eine Virtuosin in der orientalischen Kunst, über Belanglosigkeiten zu plaudern, statt auf das Eigentliche zu sprechen zu kommen. Erst als ich gehen will, gibt sie sich einen Ruck. Sie vertraut mir an, dass ihr jeden Morgen telefoniert und sie dich oft im Krankenhaus besucht. »Im Krankenhaus?« Sie erklärt: In der Nacht des Putsches mussten sie einen Krankenwagen für dich rufen, und seitdem liegst du im *American Hospital*. Letzte Woche hast du Nilüfer mitten in der Nacht angerufen, weil dir zu Ohren gekommen war, dass mein Name auf einer nationalistischen Webseite steht, auf einer langen Liste von »Verrätern, die mit dem Westen paktieren«. Nilüfer bat einen Bekannten, der Verbindungen ins Innenministerium hat, um Hilfe, er ging der Sache nach und bestätigte die Befürchtung: »Im Moment ist Hülya eine Persona non grata, wie Tausende von Auslandstürken. Ich denke, sie sollte nicht herkommen, solange der Ausnahmezustand gilt.«

Ich frage, ob ihr Bekannter auch weiß, wie mein Name auf dieser Liste gelandet ist.

»Offenbar hast du eine Szene geschrieben, die … wie soll ich sagen … Anstoß erregt hat. Mehr weiß ich auch nicht. Aber häufig sind die Gründe ja völlig aus der Luft gegriffen. Vielleicht hat jemand im Ministerium einen Groll gegen deine Mutter. Früher war alles einfacher, selbst die Militärputsche. Wir wussten, was wir taten und welches Risiko wir eingingen. Heute kann man jederzeit grundlos beschuldigt werden. Überall gibt es Denunzianten. Man lebt ständig in Angst, das ist alles so irrational.«

Ich weiß wirklich nicht, was an meiner Arbeit anstößig sein könnte, abgesehen vielleicht von der Figur einer türkischen Einwanderin, die ich vor einiger Zeit auf Drängen der Hyäne in eine Episode hineingeschrieben habe: Eine Schauspielerin, die unter sittsamer islamischer Kleidung ein Domina-Outfit trug, zog sich langsam aus und sagte zu ihrem frommen Ehemann, er solle nicht bis zum Paradies warten, um sich mit irgendwelchen Jungfrauen zu vergnügen, sie könne ihm einen besseren Blowjob geben als die slowenischen Callgirls im Jenseits. Nicht besonders subtil, das gebe ich zu. Am Set führte die Szene dann auch zu Diskussionen, aber nach einem Krisentreffen mit den Verantwortlichen des Senders blieb sie drin (nur ein Dialog über Koransuren wurde gestrichen). Die Episode lief im Fernsehen, und es gab keine negativen Reaktionen. Aber offenbar hatten wir die religiösen Gefühle eines Zuschauers/einer Zuschauerin verletzt, und dieser/diese hatte einen der übereifrigen islamistischen Staatsanwälte in der Türkei benachrichtigt, die auf so etwas sofort anspringen. Es ist das tägliche Brot dieser »Kämpfer für Recht und Ordnung«, die einschlägigen Artikel des türkischen Strafgesetzbuches auf alles und jeden anzuwenden: *Wer das Türkentum verunglimpft oder die religiösen Werte beleidigt, wird mit sechs Monaten bis drei Jahren Gefängnis bestraft. Wenn die Verunglimpfung des Türkentums durch einen türkischen Staatsbürger im Ausland begangen wird, erhöht sich die Strafe um ein Drittel.*

Mit ihrer rauen Stimme ergeht sich Nilüfer in ausschweifenden Erklärungen, zählt Beispiele willkürlicher Verhaftungen und absurder Anklagen auf, nur um am Ende zu sagen: »Esra hat mir eine Tasche für dich mitgegeben. Sie macht sich große Sorgen. Sie war dieser Regierung von Anfang an ein Dorn im Auge, aber sie können ihr nichts anhaben, weil sie so berühmt ist. Außerdem ist sie krank. Aber sie hat Angst, dass man dich bei deiner Ankunft am Flughafen verhaften lässt. Wenn sie an jemand Prominentes nicht herankommen, nehmen sie die Angehörigen ins Visier. Letzten Montag war ich bei ihr im Krankenhaus. Früher trafen wir uns jeden Montag, wenn die Theater Ruhetag hatten, an der Hotelbar des Pera Palas. Spielte Esra in einem Stück von Marivaux, tranken wir eine Flasche Bordeaux, war es Tschechow, tranken wir Moskovskaya. Ach, du hättest sie in *Die Möwe* sehen sollen, sie war atemberaubend, ihre beste Rolle … Aber letzten Montag war ich wie gesagt bei ihr im American Hospital. Sie ist dort übrigens in guten Händen, mach dir keine Sorgen. Jedenfalls überreichte sie mir eine Liste und bat mich, die Dinge aus ihrer Wohnung zu holen und sie zu dir nach Paris zu bringen. Sie sagte mir genau, wonach ich suchen sollte, und so durchwühlte ich Schränke und Schubladen auf der Suche nach Erinnerungsstücken, Filmplakaten und alten Briefen. Ich habe dir eine Tasche gepackt. Jetzt, wo du nicht zu ihr kannst und sie nicht mehr herkommen kann, war es ihr wichtig, dass du … Solche Dinge sind kostbar, weißt du … Sie sind etwas Greifbares, verstehst du?«

»Ja. Nein. Ich weiß nicht.«

»Man muss lernen zu verzeihen, Columbo.«

Ich habe Mühe, ihrem Blick standzuhalten. Wir schweigen sekundenlang und lauschen der Klaviermusik, einer jazzigen Hotellobbymelodie.

»Warum ist sie eigentlich im Krankenhaus?«

»Hat sie dir das nicht gesagt?«

»Nein.«

»Sie hat nichts gesagt?«

»Gar nichts.«

»Typisch. Am Abend des Putsches wurde Esra bewusstlos. Ein leichter Schlaganfall … Nicht der erste. Und diesmal hat sie sich nicht wieder davon erholt. Aber das sollte sie dir wirklich selbst erzählen. Jedenfalls ist sie seitdem bettlägerig und isst kaum noch etwas. Sie bekommt viel Besuch, von Freunden, Fans, Journalisten … Als sie von dieser Beerdigungsfeier anfing, dachte ich erst, es wäre eine ihrer üblichen Spinnereien. Aber es hält sie am Leben. Sie hat alles genau geplant, die Route des Leichenwagens, die Parkplätze für die Gäste, die Häppchen und Getränke. Sie sagte zu mir: ›Du hast dich um meine Hochzeitsdekoration gekümmert, jetzt musst du an meine Beerdigung denken.‹ Sie hat Dutzende von Listen geschrieben, den Ablaufplan für die Technik, hat sich um die Musik gekümmert, die Reden, die Blumen, sie hat sogar ein paar Worte auf Band gesprochen, die auf dem Friedhof abgespielt werden sollen. Mit Spezialeffekten!«

»Auf dem Friedhof?«

»Ja, das wird lustig! Es beginnt mit einem Klopfen, *bumm*, *bumm*, *bumm*, als hämmere sie von innen gegen den Sarg, und dann ruft sie mit Grabesstimme: ›Holt mich hier raus!‹ Der Toningenieur hat ganze Arbeit geleistet.«

»Wissen die Ärzte … Was glaubt ihr, wie lange sie noch …«

»Keine Ahnung. Sie ist zäh, weißt du?«

»Oh ja, ich weiß.«

»Was ich dir noch sagen wollte ... Als sie im Krankenhaus zu sich kam, war das Erste, was sie sagte, dein Name.«

Nilüfer verstummt, vielleicht, damit ich sie nicht für sentimental halte, und zeigt auf eine Tasche, die neben ihr auf dem Boden steht, eine alte braune Ledertasche, die mir vage bekannt vorkommt.

»Diese Tasche hatte İshak am Abend seines Verschwindens dabei. Später wurde sie deiner Mutter zurückgeschickt.«

Ich beginne zu zittern. Am Nebentisch stehen Leute auf und gehen, andere kommen und nehmen Platz.

Nilüfer macht Anstalten, mich zu berühren, traut sich dann aber doch nicht. Sie öffnet ihre Handtasche und reicht mir eine altmodische Visitenkarte mit goldenen Lettern.

»Morgen Abend fliege ich nach Istanbul zurück. Hier hast du meine Handynummer. Ruf mich an, wann immer du willst, Columbo.«

Ich verlasse das Hôtel du Louvre im Nieselregen. An der Comédie Française flammen die Lichter auf. Mit der Tasche in der Hand, die eine Tonne zu wiegen scheint, gehe ich auf den Palais Royal zu und stelle mir vor, wie ihr beiden, zwei schamlose alte Damen, bei jedem Glas Wodka »Nastrowje« brüllt und an der Bar des Pera Palas die Gesellschaft legendärer Gespenster genießt: Sarah Bernhardt, Zsa Zsa Gabor, Agatha Christie, Ernest Hemingway ...

Vor dem Palais Royal setze ich mich auf eine der Säulen von Buren (du hast diese Skulpturen immer gehasst), beobachte, wie der Regen an Papas Tasche hinabrinnt, und suhle mich in meiner Verzweiflung. Als mir vor der absurd prunkvollen Kulisse Tränen über die Wangen laufen, fühle ich mich wie im Kino. Offenbar verfüge ich immer noch über die von dir geerbte Superkraft: Wenn ich traurig bin, stelle ich mir vor, ich wäre die Hauptfigur in einem Film. Ich bin in der Lage, mich zugleich als Schauspielerin und Zuschauerin einer Szene zu fühlen. Du hast mir beigebracht, in schmerzvollen Momenten über Kameraschwenks, Einstellungen, Farbfilter und sogar die Begleitmusik nachzudenken.

Jetzt sehe ich mich in einer mit Teleobjektiv gefilmten Sequenz, die mit jazziger Rockmusik untermalt ist, weinend im Regen sitzen. In einer Tragikomödie, die vielleicht den Titel *Sesshaftes Exil einer zukünftigen Waise* trägt. »Exil«, weil ich den Sinn dieses Worts in diesem Moment zum ersten Mal wirklich verstehe, und »sesshaft«, weil ich weltweit die Exilantin sein muss, die am seltensten umgezogen ist.

Von heute auf morgen lebe ich also im Exil, ohne mich von der Stelle gerührt zu haben. »Ich lebe im Exil.« Bisher habe ich Leute, die das über mich gesagt haben, immer verbessert, denn es ist ein dummes Klischee, dass ich, nur weil ich aus einem muslimischen Land stamme, einen heroischen Lebenslauf haben muss. Nein, man ist als Frau nicht zwangsläufig unterdrückt, nur weil man jenseits der bulgarischen Grenze zur Welt gekommen ist. Ich habe meine Gesprächspartner immer aufgeklärt, dass ich aus einem privilegierten, atheistischen Umfeld stamme, dass ich aus freien Stücken nach Frankreich gekommen bin, und dass ich das Wort »Exil« ablehne, weil es auf mich nicht zutrifft. Vielleicht wollte ich deshalb unbedingt eine waschechte Französin sein: Um allen zu beweisen, dass ich hierhergehöre und nicht vorhabe, bei der ersten Gelegenheit in meine alte Heimat zurückzukehren, dass ich meine Kleider lieber in einem Holzschrank aus der Normandie unterbringe als in einem halb ausgepackten Koffer.

Doch ob ich will oder nicht, diese vier Buchstaben, »E-x-i-l«, teilen mein Leben von nun an in zwei Hälften. Mein neues Leben beginnt in dem Moment, als ich vor dem Palais Royal sitze und auf einen Wald aus Regenschirmen starre, als ich nach Jahren der Vermeidung, der Selbstverleugnung und des Versteckspiels endlich wieder zu mir finden will, wie eine Lotophagin, bei der die Wirkung der Frucht nachgelassen hat, als ich mit einem Mal das Bedürfnis habe, dich wiederzusehen. Ich will verstehen, was damals passiert ist und warum – und genau das ist jetzt nicht mehr möglich.

Gleichzeitig denke ich wie jede gute Drehbuchautorin bereits an den Film, den ich irgendwann aufgrund dieser Erfahrung schreiben werde. Kein Schund wie die Seifenopern, mit denen mich die Hyäne beauftragt, sondern ein richtiger Independent-Film, den die Kritik als »mutiges Porträt« und »spannende, autobiografisch inspirierte Geschichte« feiern wird. Dann schäme ich mich dafür, in diesem Moment an Ruhm zu denken. Das ist der Nachteil, wenn man von klein auf mit dem Virus des Geschichtenerzählens infiziert ist: Man erlebt alles zweimal, einmal, wenn es passiert, und ein zweites Mal, wenn man darüber schreibt. Ich bin ständig damit beschäftigt, mir mein Leben schönzureden, so wie du es mir als Kind beigebracht hast, anstatt zu betrauern, was ich verloren habe.

Das Unglück zu verklären und so zu tun, als wäre alles in Ordnung, hat in unserer Familie Tradition.

Die Tasche

Zwei Tage und zwei Nächte lang steht Papas Tasche ungeöffnet in meinem Flur.

Seit meiner Unizeit hast du mir nichts mehr geschickt, und in den Achtzigerjahren enthielten deine Päckchen immer nur ein paar türkische Tageszeitungen (die bei der Ankunft zwei Wochen alt waren), ein bis zwei Kleidungsstücke und etwas Marzipan und ägäische Oliven. Keinen Brief, kein Foto, nichts, was man hätte aufbewahren wollen. Ganz anders jetzt: In der Tasche lauern unzählige Gesichter aus meiner Kindheit.

Am dritten Abend hole ich die angebrochene Rakı-Flasche hervor, die ich bei dem islamistischen Lebensmittelhändler gekauft habe (der natürlich Alkohol im Angebot hat), schenke mir ein Glas ein, stelle die Tasche auf den Tisch und ziehe den Reißverschluss auf wie eine Schamanin, die ein geheimes Ritual vollführt.

Ich weiß nicht, ob meine Erinnerung mir einen Streich spielt, aber die Tasche riecht genauso wie die Filmstudios, in denen ich in meiner Kindheit stundenlang auf dich warten musste. Eine Mischung aus Staub, Kabeln, Klebstoff und deinem Parfum, »L'Amérique« von Yves Rocher. Sofort habe ich das altmodische Etikett wieder vor Augen.

Obenauf liegen meine roten Shorts (als Sechzehnjährige trug ich sie einen ganzen Sommer lang, sie waren rot wie das Blut meiner ersten Menstruation, rot wie die Wut, die mich packte, als ich erfuhr, was İsmail getan hatte), eine Schachtel Marzipan und ein Glas ägäische Oliven. Dazu ein Brief:

> Meine Şeker,
> 1. Ich weiß nicht, ob du immer noch so gern Marzipan magst, früher warst du ganz verrückt danach.
> 2. Die Oliven stammen aus den Bergen bei Troja. Ich bin sicher, dass Homer dort im Schatten eines Olivenbaums saß, als er die Geschichte der Lotophagen aufschrieb.
> 3. Ein paar Fotos deiner Großmutter.
> 4. Die Leicas, Kontaktabzüge und das letzte Reisejournal deines Vaters.
> 5. Krimskrams aus meiner Schauspielkarriere.
> Das ist alles, was Nilüfer auf die Schnelle finden und dir bringen konnte. Irgendwann wirst du einen Brief mit der Aufstellung des gesamten Erbes bekommen, dann kannst du entscheiden, was du behalten willst. Ich schicke dir außerdem eine Schatulle mit meinem Schmuck. Wie ich dich kenne, wirst du ihn nicht tragen wollen, aber vielleicht gefällt er ja deiner Tochter.
> Ich küsse und umarme dich.
> PS: Pass gut auf die Tasche auf, sie gehörte deinem Vater.

Ich nehme jeden Gegenstand einzeln in die Hand. Erinnerungen steigen davon auf wie Flaschengeister, wie die

Dschinn aus deinen persischen Märchen. Die roten Shorts, deren Nylonstoff in meiner Jugend Hightech war, erinnern mich an sonnige Sommer; das Marzipan vom besten Konditor am Bosporus schmilzt mir auf der Zunge; und das, was du als »Krimskrams« bezeichnest, würde sich gut in jedem Filmarchiv machen: Requisiten und Kostümteile, Zeitungsartikel, Fotos, Briefe, Plakate, Programmhefte.

Die größte Überraschung erwartet mich ganz unten in der Tasche. Die Lotus-Statue hat 3000 Kilometer zurückgelegt, eingeschlagen in Seidenpapier. In meiner Erinnerung war sie viel größer und vor allem viel schöner. Jetzt fällt mir auf, wie unförmig die Blume ist und wie billig das kupferrote Metall. Der Lotus, der früher rosa war, hat sich mit der Zeit braun gefärbt, und mehrere Buchstaben deines Namens sind abgefallen. 1971 hat man sich in der vom Ministerium beauftragten Werkstatt mit der Arbeit offensichtlich keine große Mühe gegeben.

Bei uns zu Hause stand der Lotus des Vergessens neben anderen Preisen im Regal. Du bekamst häufig irgendwelche Auszeichnungen und hast sie nie groß beachtet, im Gegenteil, du hast dich immer ohne Bedauern von ihnen getrennt. In mageren Zeiten hast du die eine oder andere Trophäe verkauft, und das hässliche Ding wäre wahrscheinlich ebenfalls Opfer unseres chronischen Geldmangels geworden, wenn es sich nicht als unverkäuflich erwiesen hätte.

Um die Statue nicht länger ansehen zu müssen, stelle ich sie ganz unten in meinem Bücherregal zwischen zwei Wörterbücher (die ich nicht mehr anrühre, seit man alle Wörter der Welt im Internet nachschlagen kann). Ich habe keine Ahnung – daran mag der Rakı schuld sein –, warum du sie mir geschickt hast. Erst am nächsten Morgen geht mir ein Licht auf: Der Lotus, die Blume des Vergessens, ist eine Erinnerung an die Nacht, in der wir von Papa getrennt wurden.

Zusammen mit der Nachricht von meinem erzwungenen Exil und deinem bevorstehenden Tod schickst du mir die Blume, die mir helfen soll, das alles zu verkraften. Zusammen mit dem Gift schickst du mir das Gegengift. Du rufst mir Homers Geschichte, die du mir nach deiner Preisverleihung erzählt hattest, in Erinnerung und forderst mich so indirekt dazu auf, die Insel der Lotophagen zu verlassen. Du ermutigst mich, mein Gedächtnis wiederzufinden. Ich öffne das Wörterbuch (das aus Papier, nicht online) und schlage die Definition von »Lotus« nach:

1. (Botanik) zu den Seerosen gehörende Pflanze mit aus dem Wasser ragenden, großen schildförmigen Blättern und lang gestielten rosa oder weißen Blüten.

2. (Mythologie) Pflanze, deren Frucht alle, die davon essen, ihre Herkunft vergessen lässt.

Wenn es nach dir geht, Esra Zaman, soll ich kopfüber in die Vergangenheit eintauchen. Soll ich zulassen, dass das Gestern in mein Heute einfällt und alles verwüstet, was ich mir so mühsam aufgebaut habe.

Wir beide haben die Vergangenheit totgeschwiegen, jede auf ihre Weise. Und jetzt soll ich eine Trauerrede schreiben. Ein Kaleidoskop aus Mutter und Tochter. Du träumst von einer Hommage an eine bedeutende Schauspielerin und erwartest von mir, dass ich deinem Vorbild folge und unsere Familiengeschichte unter den Teppich kehre. Du hast es als Schauspielerin zu Ruhm gebracht und willst nun als Mutter glänzen, du wünschst dir ein paar »Nettigkeiten« von deiner Tochter, weil sonst auf deiner Beerdigung etwas fehlen würde.

Ich wette, du hast dich keine Sekunde gefragt, wie es mir damit geht, Esra. Du bist nicht auf den Gedanken gekommen, dass die von dir manipulierten Erinnerungen, die genauso künstlich sind wie meine roten Nylonshorts, Feuer fangen und mich verbrennen könnten.

Nein, *anne*. Dich als Heilige zu porträtieren, überlasse ich den Journalisten und deinen Fans. Ich werde eine Anti-Biografie schreiben. Ich will herausfinden, wie du das, was du getan hast, tun konntest. Wie es so weit kommen konnte und was Papa wusste. Vielleicht erfahre ich auf diese Weise, was damals wirklich geschehen ist. Ob İsmail vor seinem Tod für seine Verbrechen büßen musste oder ob er ungeschoren davongekommen ist. Vielleicht kann ich dich dazu bringen, dein Schweigen nach drei Jahrzehnten zu brechen, vielleicht kann ich das ganze Land mit der Wahrheit konfrontieren. Ich will meine Version der Geschichte erzählen, und es ist nicht die Geschichte eines nationalen Heiligtums.

Einmal saß ich im Publikum, während du auf der Bühne Anouilh deklamiertest: »Bei einer Tragödie kann man beruhigt sein, denn man weiß von vornherein, dass es keine Hoffnung gibt. Beim Drama hingegen müht man sich ab, weil man hofft, noch einmal davonzukommen.«

Also sage ich es dir lieber gleich, Esra Zaman, damit du dir keine falschen Hoffnungen machst. Ich werde nicht zulassen, dass du davonkommst. Ich habe es dir mit sechzehn gesagt, und ich sage es dir jetzt noch einmal: Papa ist tot, und das werde ich dir nie verzeihen.

Erinnerungen (aus der Zeit vor Papas Verschwinden)

Meine Großmutter

Das erste Foto, das ich in der Tasche finde, zeigt meine Großmutter. Ein Bild von Hacer als Zehnjährige, aufgenommen im Fotostudio Sébah. Es ist mir vertraut, weil es in unserem Wohnzimmer in Istanbul über deinem grünen Sessel hing. Damals hast du mir erklärt, Anfang des 20. Jahrhunderts sei es Mode gewesen, ins Fotostudio zu gehen und ein Porträt von sich anfertigen zu lassen. Dieses Foto sei jedoch etwas Besonderes, weil es später öfter in verschiedenen türkischen Zeitungen abgedruckt worden sei. Das Original jetzt hier in Paris in Händen zu halten, ist ein Schock.

Ich mustere Hacers hübsches Gesicht und entdecke ein paar Details, denen ich früher keine Beachtung geschenkt habe. Die wohlgeformten Ohrläppchen, die schmale Stirn und der Blick erinnern mich an dich, aber auch an meine Tochter, deren Gesicht manchmal noch Spuren der Kindheit trägt. Zum ersten Mal sehe ich mir die Unterschrift des Fotografen an. Daneben steht mit dünnem Stift ein Datum: 24. April 1915. An dem Tag wurden auf Geheiß eines Paschas des Osmanischen Reichs reihenweise armenische Intellektuelle verhaftet. Während die junge Hacer im Fotostudio Sébah auf der İstiklal Caddesi Modell saß, begannen in den umliegenden Straßen die Razzien. Künstler, Journalisten und Anwälte flohen in die syrische Wüste. Die Regierung, der ihr Vater angehörte, hatte die Deportationen angeordnet, aber Hacer war noch zu jung, um etwas davon mitzubekommen. Ob sie wohl zu einem späteren Zeitpunkt darüber nachgedacht hat oder ob sie lieber die Augen davor verschloss, so wie du, ihre Tochter? Ob sie sich eines Tages gefragt hat: *Wie gehe ich damit um, dass ich gleichermaßen von Tätern wie von Opfern abstamme?*

Auf dem Foto ist sie jedoch erst einmal ein sorgloses Kind mit einer hübschen Schleife im langen Haar. Später brachte Hacer es als Schauspielerin zu Berühmtheit und wurde viel häufiger fotografiert als andere Frauen ihrer Zeit. Doch dieses eine Foto ist etwas Besonderes, denn es trägt ein schicksalhaftes Datum. Vielleicht hast du es mir deshalb geschickt.

Die erste muslimische Schauspielerin

Hacer kommt 1905 in Konstantinopel zur Welt. Das Osmanische Reich ist im Zerfall begriffen, in der Stadt wüten Brände und Seuchen. Inmitten des Chaos stehen einige Theaterverrückte weiter Abend für Abend auf den Brettern, die die Welt bedeuten. Seit Kurzem dürfen christliche Frauen weibliche Rollen übernehmen, die bis dahin Männern vorbehalten waren, aber für eine muslimische Frau ist dies nach wie vor undenkbar.

Doch Hacer ist stur. Gleich nach ihrem achtzehnten Geburtstag beginnt sie, Schauspielunterricht zu nehmen, und sie besucht sämtliche Proben einer Istanbuler

Theatertruppe, in der Hoffnung, irgendwann einmal selbst auftreten zu dürfen. Als das Stück dann gespielt wird, erscheint eines Abends eine armenische Schauspielerin nicht zur Vorstellung, und wie im Märchen kann sie den Regisseur überreden, sie einspringen zu lassen. Die Polizei bekommt Wind von der Sache und stürmt das Theater, aber selbst das kann sie nicht aufhalten. Monatelang liefert sie sich ein Katz-und-Maus-Spiel mit der Polizei. Der Innenminister erlässt sogar ein Gesetz, das sie von ihren Auftritten abbringen soll. Mehrmals muss sie durch den Hinterausgang fliehen, sie wird verhaftet, beleidigt und als Prostituierte beschimpft, ihre Familie setzt sie vor die Tür, sie ändert ihren Namen, wechselt die Theatertruppe, zieht von Stadt zu Stadt, lebt in großer Armut, aber ihre Liebe zum Theater ist ungebrochen.

Ein Offizier der französischen Marine macht Hacer mit Sarah Bernhard bekannt, die beiden korrespondieren miteinander, und Sarah Bernhard lädt sie nach Paris ein. Dort lernt sie André Antoine kennen, den Direktor des Théâtre de l'Odéon, und überredet ihn, mit ihr in die Türkei zu kommen. Gemeinsam sprechen sie bei den Behörden vor und gründen schließlich das Istanbuler Konservatorium. Irgendwann finden sich auch deine Großeltern mit dem »Spleen« ihrer Tochter ab. Hacer umgibt sich mit fortschrittlich eingestellten jungen Männern und Frauen, Anhängern der neu gegründeten Republik. Mehrere junge türkische Frauen beginnen eine Schauspielausbildung am Konservatorium, der Kampf ist gewonnen. Endlich haben muslimische Frauen Zugang zum Theater und zur Oper.

Du trittst in große Fußstapfen, Esra. Seit Jahrzehnten

gilt deine Mutter als Wegbereiterin für muslimische Schauspielerinnen, nicht nur in der Türkei, sondern auch im Irak, in Ägypten, in Tunesien, im Libanon. Wenn die Leute bewundernd von ihr sprachen und dich über sie ausfragten, Esra, ließest du dich nie lange bitten. Du erzähltest immer gern von ihrem Kampf, du warst schrecklich stolz auf deine Mutter.

Die Desillusionierten

Das zweite Foto meiner Großmutter, auf das ich in der Tasche stoße, prangt auf dem Titelblatt einer französischen Zeitschrift aus dem Jahr 1933 und zeigt sie inmitten einer Gruppe hübscher junger Frauen. Darüber steht: »Am zehnten Geburtstag der türkischen Republik sind die Schauspielerinnen des Istanbuler Stadttheaters alles andere als desillusioniert.« Die Frauen lächeln selbstbewusst in die Kamera. Alle tragen Rock und Blazer und haben zu Locken gelegtes Haar, wie es damals modern war, außer einer Frau in der Mitte. Sie ist besonders hübsch, hat kurz geschnittenes Haar und trägt einen Mantel mit Pelzkragen. Sie strahlt über das ganze Gesicht. Diese Frau ist meine Großmutter Hacer, deine Mutter. Eine Hand liegt auf ihrem Bauch. Als das Foto entstand, war sie mit dir schwanger.

Deine Väter

Ich lege die Zeitschrift auf meinem Schreibtisch ab, und mein Blick fällt auf Nilüfers Visitenkarte. In goldenen Lettern steht dort »Szenenbildnerin/Bildhauerin«, gefolgt von einer Handynummer und E-Mail-Adresse.

Anrufen. Fragen stellen. Mir vorher genau zurechtlegen, was ich sagen will. Auf Tonfall, Atmung, Stimme achten. Nicht allzu freundlich klingen, damit sie nicht denkt, ich wolle mich mit der Vergangenheit versöhnen. Nur weil meine Mutter im Sterben liegt, ist nicht alles vergeben und vergessen.

Es klingelt.

»Hallo, Columbo.«

Seltsamerweise geht mir der alte Witz nicht auf die Nerven, sondern berührt mich. Mich nur nicht erweichen lassen. Hart bleiben.

»Ich habe mir die Fotos von Hacer angesehen … Und da ist mir aufgefallen, dass ich gar nichts über meinen Großvater weiß. Hat *anne* dir von ihm erzählt?«

Eine kurze Pause, gefolgt von einem schweren Seufzer.

»Kann ich dich heute Abend zurückrufen, Columbo? Um 20 Uhr, auf Skype?«

Ganz schön modern, die alte Dame.

Um Punkt acht erscheint sie auf dem Bildschirm. Dann erzählt sie mir alles, was sie über meine Großmutter weiß. Alles, was du ihr seit eurer Jugend anvertraut hast. Später vervollständige ich ihren Bericht anhand von Fotos und Artikeln aus dem Internet.

* * *

Du kommst im Winter 1934 zur Welt. Es ist eine Hausgeburt, Hacer hat es nicht ins Krankenhaus geschafft, weil die Straßen wegen einer Demonstration gesperrt sind. Die türkischen Frauen feiern, denn sie haben einen unerwarteten Sieg errungen: Zwei Tage zuvor haben sie das Wahlrecht erlangt, wovon Französinnen zu dem

Zeitpunkt nur träumen können. Hacer und ihre Freundinnen sind daran nicht ganz unbeteiligt: Sie engagieren sich in der Frauenbewegung, als Schauspielerinnen, Journalistinnen, Schriftstellerinnen, Politikerinnen, Künstlerinnen und Verlegerinnen. Sie lesen Virginia Woolf, veröffentlichen Zeitschriften und Romane, gehen auf Reisen, berichten über internationale Politik, organisieren Demonstrationen, gründen Gewerkschaften, arbeiten als Sängerinnen, Tänzerinnen, Bildhauerinnen, Malerinnen, spielen Theater und erfinden eine neue Kunst, die »Filmkunst«. Sie sind aber auch Kritik ausgesetzt, man verhöhnt die Frauen, die sich in Tanzlokalen amüsieren und auf der Bühne stehen, man sagt, sie seien nicht würdig, für das anatolische Volk zu sprechen.

Das Istanbul jener Jahre hat nicht mehr viel mit dem Morgenland eines Théophile Gautier oder Edmondo De Amicis zu tun, mit den Beschreibungen eines Gérard de Nerval oder de Lamartine, mit den Gemälden von Ingres und de Chassérieau. Europäische Touristen, die mit diesen Orientbildern im Kopf in die Türkei reisen, erleben eine Enttäuschung. Der Präsident der jungen Republik, die auf den Ruinen des Osmanischen Reichs errichtet worden ist, will die Stadt von Grund auf erneuern. Die Zukunft gehört dem Auto, und ein junger französischer Stadtplaner, Henri Prost, beginnt mit der Modernisierung von Pera, dem Viertel, in dem Hacer und ihre Freunde leben, arbeiten und sich amüsieren. Er plant breite Boulevards, die Abrissbirnen rücken an. Alte Holzhäuser, ungepflasterte Gehwege, klapprige Pferde, Straßenhändler, Zahnbrecher, Wasserpfeifenraucher, Bettler, Bordelle, all das muss verschwinden. Selbst die Rufe der Muezzins sind unerwünscht, man will eine moderne, saubere Stadt. Moscheen weichen Büros, Männer tragen Melonen statt Turbane, Frauen legen das Kopftuch ab. Manche sagen, die Fabrikschlote seien Atatürks Minarette. Er ist der »Vater der modernen Türkei«. Die Grande Rue de Péra wird in İstiklal Caddesi umbenannt, Straße der Unabhängigkeit.

Hemingway hatte befürchtet, dass »Constan« nach der Übergabe von den Alliierten an die Muslime langweilig werden würde, aber wer die richtigen Adressen kennt, kann nach wie vor im europäischen Stil leben. Im Herzen von Pera gibt es weiter unzählige Geschäfte, Kneipen, Kinos, Theater und Nachtlokale. Nach französischem Vorbild veranstaltet man *te-dansan*, »Tanztees«, die italienischen, französischen, russischen und griechischen Restaurants sind zu jeder Tageszeit gut gefüllt, Frauen tragen Pariser Korsetts, Männer Schuhe aus Italien, und Art-déco-Möbel sind der letzte Schrei. Man führt Operetten mit »kubistischem Bühnenbild« auf. Jazzorchester, Zirkustruppen mit Akrobaten, Kleinwüchsigen und Transvestiten, Striptease- und Varietéshows aus Wien oder Bukarest machen in der Stadt halt. Auf der Straße wird Russisch, Armenisch, Griechisch, Türkisch, Französisch, Italienisch, Englisch und Ladino gesprochen. Im Mulen Ruj, einem heruntergekommenen Revuetheater, tanzen russische Frauen, die als »weiße« Flüchtlinge nach Istanbul gekommen sind, zur Belustigung des Publikums auf türkische Tangos, russische Lamentos und griechische Rembetikos.

Im selben Jahr veröffentlicht Agatha Christie *Mord im Orientexpress*, und das hat seinen Grund: Im November 1934 wimmelt es in Pera nur so von Spionen. Zwar sind die ausländischen Botschaften in die neue Hauptstadt Ankara umgezogen, aber an Informationen kommt man immer noch am besten in Pera. Überall begegnet man Männern und Frauen, die für den russischen, französischen, syrischen, US-amerikanischen, griechischen (und sogar kubanischen oder chilenischen) Geheimdienst arbeiten. Walter ist einer von ihnen. Genau wie Hacer ist er kein Kind von Traurigkeit. Deine Mutter trinkt und tanzt gern und hat wechselnde Liebhaber. Die beiden jungen Leute lernen sich kennen. Walter stellt sich als Produzent einer französischen Operette vor, doch in Wahrheit sammelt er Informationen, die er für teures Geld verkauft. Offenbar hat deine Mutter, genau wie du, Esra, ein Faible für finstere Gesellen. Sie verliebt sich Hals über Kopf in Walter, die Romanze dauert sechs Monate, bis er eines Tages spurlos verschwindet.

Der Nächste, der ihr Herz höherschlagen lässt, heißt Gio und hat nichts mit der Welt des Theaters zu tun. Auch er ist ein *bad boy*. Er bewegt sich auf dem internationalen Parkett, verfolgt die Nachrichten von der Wall Street, spekuliert an verschiedenen Börsen und fädelt zwielichtige Transaktionen ein. Das Techtelmechtel dauert nur wenige Tage. Eines Abends springt er mitten in einer Vorstellung von seinem Platz in der ersten Reihe auf, rennt aus dem Saal, läuft zu einer Bank und erfährt, dass die türkische Lira an der Berliner Börse abgestürzt ist. Er sagt sich, dass diese Neuigkeit viel Geld wert ist und reist ab, ohne sich von Hacer zu verabschieden. Sie sehen einander nie wieder.

Ein paar Tage nach Gios Verschwinden verliert Hacer ihr Herz an Fouad, einen ägyptischen Pascha. Er will sie mit nach Alexandria nehmen, aber meine Großmutter hat keine Lust, in einem Harem zu leben. Herzzerreißender Abschied von Fouad, Abreise des Mannes, flüchtiger Liebeskummer. Die junge Schauspielerin vergisst ihren ägyptischen Galan und stürzt sich erneut ins Istanbuler Nachtleben.

Eines Abends besucht sie den Empfang eines US-amerikanischen Mäzens, der archäologische Ausgrabungen finanziert, um sich heimlich ein paar byzantinische Schätze für seine Privatsammlung unter den Nagel zu reißen. Er hat die Crème de la Crème der Istanbuler Gesellschaft eingeladen, sie feiern die Umwandlung der Hagia Sophia in ein Museum, eine historische Geste. Nach der Eroberung Konstantinopels (oder dem Fall, je nach Perspektive) hatte Mehmet II. dort auf dem Rücken seines Schimmels Einzug gehalten, und die christliche Basilika war zur Moschee geworden. Unter den geladenen Gästen befinden sich Berühmtheiten aus aller Welt, darunter Matisse und Rockefeller, und auf dem Empfang begegnet Hacer dem Mann, von dem sie später sagen wird, dass er dein Vater sei. Zu dem Zeitpunkt war Nail ein einflussreicher Politiker. Als junger Offizier hatte er geholfen, den Aufstand kurdischer Stämme niederzuschlagen, die die laizistische Regierung stürzen und die Scharia wiedereinführen wollten. Er war mitschuldig am Tod von dreihunderttausend Zivilisten.

Fand Hacer die Behauptung, dein Erzeuger gehörte zu den Großen dieser Welt, romantischer, als dir zu gestehen, dass du die Tochter von Walter, Gio oder Faoud warst? Oder entsprach es der Wahrheit? Wusste sie vielleicht selbst nicht, wer dein Vater war?

Jedenfalls würdest du dein Leben lang nicht mehr über Nail Zaman erfahren.

Zaman

1934 verabschiedet die Große Nationalversammlung ein Gesetz, das alle Türken zum Tragen eines Nachnamens verpflichtet. Die meisten Männer entscheiden sich für einen Familiennamen, der mit dem Beruf ihres Vaters oder mit ihrem Geburtsort zusammenhängt: »Sohn des Schmieds«, »Sohn des Milchmannes«, »auf Kreta geboren«. Manche Juden, Griechen und Armenier legen sich einen neuen Nachnamen zu, um ihre Herkunft zu verschleiern, und nehmen bei der Gelegenheit gleich noch einen zweiten, türkisch klingenden Vornamen an.

Bei Frauen geht man davon aus, dass sie den Namen ihres Vaters oder Ehemanns tragen werden, aber manche stellen sich quer. Sie pochen auf das Recht auf einen eigenen Nachnamen, und es wird ihnen gewährt. Eine von Hacers Freundinnen, eine Dichterin, entscheidet sich für »Yenilmez«, »unbesiegbar«. Eine andere, die Komponistin ist, nennt sich »Saz«, nach dem Musikinstrument. Hacer wählt »Zaman«, ein Wort persischen Ursprungs, das »Zeit« bedeutet. Sie behauptet, das sei der Nachname des Mannes, dem sie auf dem Empfang begegnet war und den sie für eine Weile leidenschaftlich geliebt hatte. Du hast nie herausgefunden, ob das stimmt: Nilüfer hast du jedenfalls immer erzählt, du wüsstest nicht, warum Hacer diesen Namen angenommen hatte.

All die Frauen, die du warst

Neben den Fotos meiner Großmutter birgt die Tasche, die du Nilüfer für mich mitgegeben hast, Andenken an deine großen Rollen. An all die Heldinnen, in die du dich für die Dauer eines Theaterstücks oder Films verwandelt hast. An all die Vornamen, Kostüme, Schmuckstücke und Perücken, die du getragen hast. An all die Frauen, deren Glück, Leid und Neurosen du dir zu eigen gemacht hast, deren schöne und hässliche Seiten du übernommen hast, für die du eine Art gefunden hast, dich hinzusetzen und aufzustehen, zu lachen, zu weinen, einen Mann zu küssen. Die eine ließest du hinken, die nächste stottern und viele husten, denn in den alten Filmen war Schwindsucht eine Metapher für Liebeskummer.

All diese Frauen haben ihre Spuren hinterlassen, sind in dich eingedrungen. All diese Leben sind zu deinem eigenen Leben geworden, haben sich in deiner Stimme und deinem Körper niedergeschlagen. Die meisten von ihnen habe ich berührt. Ich habe mit ihnen geredet. Ich lebte abwechselnd mit Ljubow, Cordelia, Hedda, Klytämnestra, Ayşe, Lady Macbeth, Mascha, Cahide, Roxelane, Nora, Sonja, Ophelia, Berenice, Iphigenie, Blanche und Afife unter einem Dach.

Diese Frauen, die in dir zum Leben erwachten, weckten als Kind in mir Gefühle, die mich überforderten. Ich sah, wie du dich verändertest, ich beobachtete, wie du zu einer Fremden wurdest, und wusste nicht mehr, wie ich dich lieben sollte.

Und auch im wirklichen Leben wurdest du eines Tages zu einer Fremden, zu einer Frau, die ihre Familie opferte und uns alle ins Unglück stürzte. Die imstande war, einen Mann wie İsmail zu lieben. Ein nationales Monster.

***

Während ich die Erinnerungsstücke in der Tasche durchgehe, versuche ich, deine Rollen in die richtige Reihenfolge zu bringen, wie jemand, der die Biografie eines Prominenten schreibt. Auf IMDb rufe ich die Liste deiner Filme auf. Jeder Hollywood-Star würde vor Neid erblassen: Im Laufe deines Lebens hast du zweihundertfünfzig Spielfilme gedreht, den ersten im Alter von vier Jahren. Eines Tages beschloss deine Mutter spontan, dich für eine Szene vor die Kamera zu holen. Du solltest ein gehbehindertes Waisenmädchen spielen, man drückte dir ein Paar Krücken in die Hand, zeigte dir, wie man sie benutzt, und begann zu filmen. Ein Riesenerfolg: Du wurdest ein Kinderstar. Dein erster Film ist von 1938. Du hast acht Jahrzehnte lang vor der Kamera gestanden, noch letzten Monat bist du in einer Fernsehserie aufgetreten, die in unzähligen Ländern läuft. Du hast Fanklubs in Lateinamerika, in der arabischen Welt, auf dem Balkan. Türkische Telenovelas sind ein Exportschlager, du wirst auf Arabisch, Spanisch, Serbisch, Kroatisch und Portugiesisch synchronisiert. Endlich, mit über achtzig, feierst du auf der ganzen Welt Erfolge, hast du die internationale Karriere, von der du immer geträumt hast.

Damals war die »ganze Welt« sehr viel kleiner als heute. Sie bestand vor allem aus Paris. Du bist in einer jungen Republik aufgewachsen, die Frankreich abgöttisch verehrte. Wie deine Mutter sprichst du fließend

Französisch, mit komplizierten Konjunktivformen, die ihr euch bei General de Gaulle abgehört habt, und schon als Kind konntest du Verse von Racine aufsagen. Als Jugendliche maltest du dir aus, du wärst berühmt wie Arletty und deine Filme liefen in jedem Kino der Stadt. Damals ahntest du natürlich noch nicht, dass du ihrem Beispiel folgen und dich in den Feind verlieben würdest.

Später schwärmst du für die Nouvelle Vague. Du siehst dich durch die Straßen von Paris laufen und am Ufer der Seine flanieren, verfolgt von Godard oder Truffaut mit ihrer Kamera. In Paris triffst du Impresarios (das Wort »Agent« gab es damals noch nicht, und du hast es immer verabscheut, weil du es mit dem Geheimdienst in Verbindung bringst), gehst zu Castings, wartest widerwillig zusammen mit Anfängerinnen im Flur, obwohl du in deinem Land längst ein Star bist. Du kannst in Paris nie eine richtige Rolle ergattern, und um dir dein Scheitern schönzureden, sagst du: »Ach, weißt du, bei meinem Akzent …« Du kehrst unverrichteter Dinge nach Istanbul zurück und beschließt, den französischen Regisseuren, »die in ihren Filmen sowieso nur Nabelschau betreiben«, von nun an die kalte Schulter zu zeigen. Du behauptest, Hollywood sei die Zukunft. Du schwörst auf das Method-Acting, das damals groß in Mode ist. Ende der Siebzigerjahre gönnst du dir sogar einen Workshop im *Actors Studio* und verbringst drei Monate in Manhattan. Hinterher spielst du uns mit New Yorker Akzent die Szenen vor, an denen du gearbeitet hast, und erzählst von De Niro, Al Pacino und Dustin Hoffman, denen du angeblich begegnet bist. Du sagst, Elia Kazan hätte (nach einer Liebesnacht?) versprochen, dir eine Rolle auf den Leib zu schreiben. Der amerikanische Regisseur türkischer Herkunft mag dir das tatsächlich versprochen haben, aber es wurde nie etwas daraus.

Jedenfalls hast du dein Leben lang begeistert von den Chancen erzählt, die sich dir in Paris und New York geboten hätten, hast dir eine Karriere als Weltstar ausgemalt. Es war unwichtig, ob deine Erzählungen auf der Wahrheit beruhten oder nicht, es zählte nur, dass du weiter träumen konntest.

Ich glaube, selbst wenn du die Gelegenheit gehabt hättest, in Frankreich oder den USA zu arbeiten, wärst du in Istanbul geblieben.

Ich verließ die Stadt ohne einen Blick zurück – meine Therapeutin sagt gern, um mich zu retten, durfte ich nichts bereuen –, aber für dich war Istanbul immer dein Spielplatz, deine Heimat. Du warst ein Kind dieser Straßen, nur dort gehörtest du hin, in diese jahrtausendealte Stadt am Bosporus.

Deine Stadt

In der Tasche stoße ich auf ein weiteres Foto. Es zeigt uns beide auf der İstiklal Caddesi, du hältst mich an der Hand. Du musst Anfang vierzig sein, ich sieben oder acht, das Bild stammt aus der Zeit kurz nach Papas Verschwinden. Wir stehen vor einem Restaurant, das von »weißen« Russen geführt wird. Jeden Mittwoch essen wir dort »die beste Ente der Stadt«, und hinterher gönnen wir uns in der Konditorei Indji »die besten Windbeutel der Stadt«. Beide Orte sind bei alteingesessenen Istanbulern legendär.

Wenn ich heute an jene Zeit zurückdenke, sehe ich uns durch Istanbul laufen und verwechsle Film und Realität. Welche Erinnerungen sind wirklich und welche stammen aus Szenen, in denen die Stadt eine Kulisse war, in denen du nur deshalb eine Straße entlanggingst, weil es im Drehbuch stand?

Ich sehe dich am Goldenen Horn, in einer belebten Straße, auf einem Basar, in einem Park, auf einem Hügel oder am Strand, lauter Orte, die es heute so nicht mehr gibt. Manchmal bist du meine Mutter, meistens aber eine Fremde. Eine attraktive Blondine auf einer Vespa, eine Straßenmusikantin, eine Studentin mit Brille, eine Prostituierte, eine Dame von Welt, eine Sängerin im Abendkleid, eine Cha-Cha-Cha-Tänzerin in Begleitung eines kubanischen Orchesters, eine gerade in die Stadt gezogene Bäuerin mit Kopftuch, eine gelangweilte Puffmutter, eine Bettlerin oder ein naives junges Mädchen. Du bist all diese Frauen, und die Kamera – immer eine Arriflex, in meiner Kindheit der Inbegriff von Fortschritt – folgt dir durch die schmalen Gassen, die längst seelenlosen Boulevards und hässlichen Einkaufszentren mit angeschlossener Moschee gewichen sind, Tempeln der Volksverdummung, die die Leute zu nichts anderem als zum Kaufen und zum Beten animieren.

Ich erinnere mich an das einzigartige Licht Istanbuls, das dir früher so sehr geschmeichelt hat, an das Glitzern des Bosporus auf deinem Gesicht. An die Sonne, die du ab einem gewissen Alter nicht mehr ertrugst, weil du fandst, sie würde deine Züge flach wirken lassen. Nach deinem vierzigsten Geburtstag batst du die Kameramänner, einen Filter gegen das grelle Licht zu verwenden. Und nicht nur im Film, auch im »richtigen Leben« –

was von beiden kommt mir eigentlich realer vor? – liefen wir oft durch diese Sonne. Die Gehwege waren verdreckt, aber das war dir egal, auf dem Weg zu einem Fernseh- oder Synchronstudio, einem Theater, einer Produktionsfirma, einer Kostümprobe, einer Gala oder einem schicken Restaurant trugst du Abendkleider, Bleistiftröcke, hochhackige Schuhe und später Blusen mit psychedelischem Muster und Plateauschuhe. Du führtest deine exzentrische Eleganz diesseits und jenseits des Bosporus spazieren, nahmst Taxis, Straßenbahnen und amerikanische Oldtimer mit Chauffeur. Deine Kleiderwahl richtete sich nach der Jahreszeit und nach deinem Geldbeutel. Du und diese schizophrene Stadt auf zwei Kontinenten, »diese alte, mit Ringen geschmückte Hand«, wie Cocteau sagte, »diese nach tausend Ehemännern immer noch jungfräuliche Witwe«, wie Fikret schrieb, wart wie Zwillingsschwestern.

Du sagtest immer, du würdest *Tausend und eine Nacht* hassen, »diese klischeehaften Märchen, die ein europäischer Autor im 19. Jahrhundert für ein europäisches Publikum aufgewärmt hat«, sahst dich aber trotzdem als eine Erbin Scheherazades. Die Brücke über den Bosporus war noch nicht gebaut, also nahmen wir, um auf die asiatische Seite zu gelangen, ein *vapur* und setzten uns draußen an die Reling, weil du den Anblick des kleiner werdenden Topkapı-Palastes liebtest. Auf der Fähre dachtest du dir einen Film über den Harem des Sultans aus, der auf dem Festival in Cannes laufen würde, eben weil er den Geschmack des europäischen Publikums traf. Während der asiatische Kontinent näher kam, sich Delfine neben dem Boot tummelten und ich den Möwen

Brotstücke zuwarf, sprachen uns oft Passagiere an. Du warst immer bereit, ein Autogramm zu geben, einen Bewunderer auf die Wange zu küssen, für ein Foto zu posieren oder ein Kind auf den Arm zu nehmen.

Und wie Istanbul hast du dich bereitwillig dem Eroberer hingegeben, Esra. Wie die Stadt hast du Verrat an den Menschen begangen, die du liebtest.

Eine Liste deiner verschiedenen Körper

Papas braune Ledertasche mit dem zerrissenen Futter und den abgewetzten Griffen ist ein wahrer Fundus: Manuskripte voller Notizen und Unterstreichungen, alte Fotos, Filmplakate und Requisiten. Antigones Leichentuch, ein Artikel über Lady Macbeth, Medeas blutiger Dolch, Iphigenies Augenbinde, Ljubows Stola, Blanche DuBois' Hut, Emma Bovarys Brautstrauß …

Über die meisten Rollen, die du gespielt hast, weiß ich nicht viel, entweder weil ich noch nicht geboren war oder weil ich zu klein war, um mich zu erinnern. Für mich als Kind bedeuteten sie nur, dass du von heute auf morgen eine andere Stimme und eine andere Frisur hattest, dass du anders sprachst und dich anders bewegtest.

Die Dinge in der abgewetzten Ledertasche erinnern mich an all die fremden Frauen, mit denen ich während der Proben für ein Theaterstück oder der Dreharbeiten für einen Film zusammengelebt habe.

Antigone, 1956

Du bist noch sehr jung, hast gerade deine Ausbildung am Istanbuler Konservatorium beendet. Antigone ist deine erste große Theaterrolle.

Eine herausgetrennte Seite aus einer linken Zeitschrift. Ein verschwommenes Foto und der dazugehörige Artikel bestätigen, was du mir früher immer über dein erstes Engagement erzählt hast. Die meisten Zuschauer sehen nichts als eine junge, talentierte Schauspielerin, die einen klassischen Text spricht, aber einigen kommt die Geschichte bekannt vor. Ein paar Monate zuvor ist ein wütender Mob in die christlichen Stadtviertel eingedrungen, hat geraubt, vergewaltigt, gemordet. Die Pogrome erinnern an die Ausschreitungen gegen Armenier vierzig Jahre zuvor. Deine Antigone, die verzweifelt versucht, ihren Bruder zu bestatten, verkörpert die moderne Version eines alten Fluchs. Jede Generation hat ihre unbegrabenen Opfer, ihre blutroten Flüsse. Noch heute fordern in der Türkei Millionen von Schwestern die Herausgabe der Gebeine ihrer Brüder. Etwas, was du für Papa nie getan hast.

Das Publikum ist begeistert, die Kritik lobt dich überschwänglich. Ein paar Wochen später bietet man dir an, Ensemblemitglied am Nationaltheater zu werden. Du sagst zu. Jetzt gehörst du einer altehrwürdigen Institution an, die es mit dem Moskauer Kunsttheater, der Comédie Française und dem Berliner Ensemble aufnehmen kann. Viele Jahre wirst du dort glücklich sein, wirst die großen Rollen des Repertoires spielen, bis man dich im Frühjahr 1971, kurz nach Papas Verschwinden, vor die Tür setzt. Du nimmst ein paar Kartons mit und stellst sie ins Gästezimmer, wo sie jahrelang vor sich hin stauben, weil du es nicht über dich bringst, sie zu öffnen.

Iphigenie, 1958

1978 erzählst du mir eines Abends die Geschichte deiner ersten *Iphigenie*. Ich bin zwölf Jahre alt, und du spielst die Iphigenie zum zweiten Mal, diesmal im Theater. Zwanzig Jahre zuvor war deine erste Iphigenie der Beginn deiner Filmkarriere und zugleich der Beginn einer langen Freundschaft.

Eines Abends bist du mit einem jungen kurdischen Regisseur in Monsieur Sironyans armenischem Lokal verabredet, wo du für gewöhnlich deine Arbeitstreffen abhältst. Fırat ist gerade von einem Moskauaufenthalt zurückgekehrt und raunt dir zu, er sei jetzt »Anarchokommunist«. Die Türkei ist eine treue Verbündete der USA, der Kalte Krieg ist in vollem Gange, und für ein solches Geständnis kann man ins Gefängnis kommen. Da die Zensur streng ist und die Regierung alles künstlerische Schaffen überwacht, greifen die Regisseure auf Klassiker zurück, um aktuelle gesellschaftliche Missstände anzuprangern; falls es zu einer Anklage kommt, können sie zu ihrer Verteidigung sagen, die »verdächtigen Äußerungen« seien vor Jahrhunderten geschrieben worden.

Zu einer Zeit, als man nicht einmal öffentlich von »Kurden« sprechen darf, sondern »Bergtürken« sagen muss, will Fırat die *Iphigenie* fürs Kino adaptieren, um das Leiden seines Volkes zu thematisieren. Zusammen mit ein paar Freunden baut er Kulissen aus Pappmaschee, näht historische Kostüme und bastelt an selbst gemachten Spezialeffekten.

»Nur du kannst die Rolle spielen, Esra'dschan, niemand sonst«, sagt er mit ansteckender Begeisterung, während er sein zweites Glas Rakı kippt.

»Auf Iphigenie lastet der Fluch der Atriden ... (Redet sich in Fahrt.) Die Götter fordern Blut. Ein Reh kommt vom Himmel herabgeschwebt, als atheistisches Symbol für das Opferfest. (Zeigt dir Zeichnungen.) Dann fährst du mit einem Flaschenzug zum Himmel auf. (Wird immer lauter.) Ich erzähle vom Schicksal eines unterdrückten Volkes, und die Idioten vom Zensurkomitee werden rein gar nichts kapieren! (Schreiend.) Wir kritisieren die Diskriminierung der Kurden UND die Unterdrückung der Frau! Es lebe die gegenseitige Solidarität! UND WIR WERDEN DIE GOLDENE PALME GEWINNEN!«

Er springt auf, das Hemd schweißnass, die linke Faust in die Luft gereckt, eine Geste, für die man verhaftet werden kann. Alle Anwesenden starren ihn an. Er hat Tränen in den Augen, die Adern an seinem Hals treten hervor. Er trinkt sein Glas in einem Zug aus und wirft es brüllend gegen die Wand. Einen Moment lang rührt sich niemand. Die anderen Gäste, die seine Tirade zwangsläufig mitangehört haben, blicken auf die Glasscherben und sehen sich misstrauisch um. Sie fragen sich, ob unter ihnen ein Spitzel ist, aber nein, an allen Tischen sitzen gescheiterte Künstler und Trinker aus der Nachbarschaft. Daraufhin wird erleichtert Beifall geklatscht, man hebt die Gläser und einige besonders enthusiastische Gäste schleudern sie ihrerseits gegen die Wand. Angestachelt von der ausgelassenen Stimmung rufst du: »Es lebe die Völkerfreundschaft! Es lebe Iphigenie!« Du kippst deinen Rakı hinunter und schmeißt dein Glas ebenfalls gegen die Wand. In der Kneipe riecht es stechend nach Anisschnaps, und Monsieur Sironyan ist glücklich, er liebt solche hysterischen Abende. Die Gläser wird er seinen Gästen später auf die Rechnung setzen.

Ein paar Monate später irrst du als anatolische Iphigenie barfuß durch die verschneiten kurdischen Berge, eine Landschaft, die zum ersten Mal in der Geschichte des Films als Kulisse dient. Dadurch giltst du ab deinem ersten Film als »politisch engagierte Schauspielerin«, was dich jedoch nicht davon abhält, dein Leben lang in Interviews zu verkünden, du hättest mit Politik nichts am Hut, eine Schauspielerin könne keine Intellektuelle sein, und du seist sowieso ein Bauchmensch. Den Ruf wirst du nicht mehr los, von nun an inspirierst du alle politischen Regisseure, und sie alle wollen dich für ihre hehren Kämpfe vor die Kamera holen.

Lady Macbeth, 1960

Erst als Erwachsene erfahre ich, warum du so ein gespaltenes Verhältnis zur Wirklichkeit hast, warum du ständig irgendwelche Geschichten erfindest: um von deiner eigenen Geschichte abzulenken. Die Männer in deiner Familie waren Monster, also hast du dir eine neue Familie zugelegt, die nur aus Frauen besteht. So gern du von den Abenteuern deiner Mutter Hacer erzählst, das reicht nicht zur Legende. Du brauchst etwas Größeres, einen Stammbaum *larger than life*. Also gabst du dir an einem Sommerabend aus einer Laune heraus eine neue Herkunft. In der braunen Ledertasche stoße ich auf den Beweis, einen Zeitungsartikel aus dem Jahr 1960, fünf Jahre vor meiner Geburt. Ein Interview mit dir. İshak hat die Fotos gemacht, Ertuğ, ein befreundeter Journalist, den Text geschrieben. Ich wähle Nilüfers Nummer, und sie erzählt mir, Ertuğ sei schon lange tot. Dann fällt ihr ein, dass er vor etwa zwanzig Jahren seine Memoiren geschrieben hat. Am Abend ruft sie zurück. Ihre Assistentin hat das Buch besorgt und die Seiten, auf denen Ertuğ von der Entstehung des Artikels erzählt, eingescannt. Bei der Gelegenheit frage ich, wie es nach dem Kennenlernen eigentlich mit dir und Papa weiterging. Sie juchzt: »Ah, du willst wissen, was aus den Turteltäubchen wurde!«

* * *

Ein paar Wochen nach eurer ersten Begegnung ruft Papa dich an und erzählt von einem neuen Projekt. Seit dem Abend des Putsches habt ihr euch ein paarmal getroffen, er hat dich zum Abendessen und zum Tanzen ausgeführt, aber noch ist vieles zwischen euch unausgesprochen. Du denkst ununterbrochen an ihn, an euer nächstes Treffen, wartest auf seine Anrufe, achtest auf jede Geste, jedes Wort. Du kannst sogar ausblenden, was auf den Straßen geschieht, dabei werden dort gerade Staat und Gesellschaft umgewälzt. Die Euphorie der ersten Tage nach dem Putsch – der als »Revolution« bezeichnet wird – ist verflogen. Hunderte von jungen Leuten wurden verhaftet, es kursieren Gerüchte über Folterkeller in Polizeiwachen und geheime Hinrichtungen in Gefängnissen. Zwar unterstützt ihr die Aufständischen, aber eure aufkeimende Liebe schützt euch vor dem Zusammenbruch der Welt um euch herum.

In diesem gesellschaftlichen Klima sind politische Themen Tabu. Ertuğ, einer von İshaks regelmäßigen Auftraggebern und Chefredakteur einer großen türkischen Tageszeitung, hat eine Idee: Bis sich die politische Lage beruhigt, wird er nur noch über Kultur berichten. Ertuğ, der alle und jeden kennt, erzählt İshak, er plane eine Serie mit Künstlerporträts und wolle Interviews mit einem Dutzend Schriftstellern, Regisseuren, Malern, Schauspielerinnen und Tänzerinnen führen. Papa schlägt vor, Esra Zaman auf die Liste zu setzen. Ertuğ erwidert, er kenne sie nicht persönlich. İshak antwortet: »Lass mich nur machen.« Eine Stunde später überbringt er dem Chefredakteur deine Zusage. Dieser ist hin und weg von der Aussicht, den aufsteigenden Stern am Kinohimmel kennenzulernen. Ihr vereinbart ein Treffen an einem der nächsten Abende, nach deiner Probe für *Macbeth*.

Es klingelt, du öffnest die Tür und lässt die beiden Besucher herein. Ertuğ ist aufgeregt, er lässt den Blick durch deine Wohnung schweifen, sieht sich alles genau an und macht dir dann das abgedroschenste Kompliment, das eine Schauspielerin bekommen kann: »Sie sehen noch umwerfender aus als in Ihren Filmen.« Du freust dich allerdings, dass er das im Beisein von Papa sagt, denn İshak macht dir nie Komplimente. Er zeigt seine Gefühle durch Taten – später wird er dir im Übrigen einen unwiderlegbaren Beweis seiner Liebe liefern. Schöne Worte sind nicht seine Stärke, die überlässt er lieber Dichtern und Playboys. Während du dich in Ertuğs Schmeicheleien sonnst, gefällt sich İshak in der Rolle des ernsthaften Kriegsreporters, der dich nur flüchtig kennt.

Ertuğ nimmt mit Notizblock und Aufnahmegerät auf dem Sofa Platz, Papa legt einen Film in die Kamera ein. Dann fragt er höflich, ob er mit dem Fotografieren beginnen dürfe, und du antwortest: »Gern, aber bitte nur von links, das ist meine Schokoladenseite.« İshak fängt an. Die Spannung im Raum ist greifbar. Ertuğ erkundigt sich nach deinem Werdegang, deinen Rollen, deinen Träumen, was man eine junge Schauspielerin eben so fragt, und du gibst kokette Antworten, während dein Lächeln beiden Männern den Kopf verdreht.

Nach dem Interview räumt Ertuğ Notizblock und Aufnahmegerät beiseite, und während Papa ein letztes Foto schießt, macht der Journalist dir ein letztes Kompliment: »Ihre Mutter und Sie haben Lady Macbeth gespielt. Man kann wohl ohne Übertreibung sagen, dass Sie beide die Berufsaussichten muslimischer Schauspielerinnen revolutioniert haben.«

Alles ist, wie es sein soll. Papa blickt verliebt durch seine Linse, du gibst die Diva, der Chefredakteur der größten türkischen Tageszeitung frisst dir aus der Hand. Du machst eine kurze Pause und sagst mit dramatischem Tremolo, als sprächest du deine letzte Zeile auf der Bühne, bevor der Vorhang fällt: »Ach, diese Tradition ist viel älter. Sie geht in meiner Familie seit Generationen von der Mutter auf die Tochter über. Ich trete nicht nur in Hacer Zamans Fußstapfen. Mehrere meiner Vorfahrinnen haben die Lady Macbeth gegeben. Das ist fast schon ein Fluch.«

Ganz im Bann deines rätselhaften Blicks fragt Ertuğ, der eine Sensation wittert, ob es in deiner Familie weitere Schauspielerinnen gegeben habe. In diesem Moment legst du dir einen legendären Stammbaum zu: »Aber natürlich. Meine Großmutter, meine Urgroßmutter und meine Ururgroßmutter waren Schauspielerinnen. Und wie Lady Macbeth liebten sie alle drei einen mächtigen Mann.«

İshak wird dich jahrelang mit diesem Märchen aufziehen. In Wahrheit waren deine Großeltern strikt dagegen, dass deine Mutter Theater spielt. Und dein Großvater mag zwar ein einflussreicher Mann gewesen sein, aber gerade deswegen konnte seine Ehefrau im 19. Jahrhundert unmöglich Schauspielerin gewesen sein.

Entzückt über Ertuğs verblüfften Gesichtsausdruck und amüsiert über seine Leichtgläubigkeit, schmückst du die Schauspielkarrieren deiner Vorfahrinnen aus und behauptest schließlich sogar dreist, Roxelane, eine Haremsdame aus dem 16. Jahrhundert, wäre deine Urururgroßmutter. Die ehemalige osteuropäische Sklavin und Ehefrau von Süleyman I., dem Vertreter Allahs auf Erden und Verbündeten des französischen Königs, kennt in der Türkei jeder. Warum hast du das getan? Weil, wie du später zu İshak sagen würdest, »das Leben grau ist und man es sich schönreden muss, sonst ist es unerträglich«.

Um Zeit für weitere Flunkereien zu schinden, servierst du den beiden einen Drink, einen Scotch on the Rocks, der in Istanbul zu dieser Zeit sehr beliebt ist, und lächelst aufreizend wie ein Bond Girl. Unter dem Einfluss des Whiskeys werden deine Geschichten immer abenteuerlicher und reichen immer weiter in die Vergangenheit zurück. Irgendwann bist du bei einer byzantinischen Trapezkünstlerin namens Theodora angelangt, einer angeblichen Urahnin, die nackt im Hippodrom von Konstantinopel aufgetreten sei und später Justinian heiratete und Kaiserin wurde. Du fügst hinzu, dass du als Nachfahrin der striptease-affinen Theodora nicht abgeneigt wärst, die Hüllen fallen zu lassen, sollte ein Drehbuch es verlangen. Ertuğ ist hingerissen, er hat den Aufmacher für seine Titelseite.

»Großartig! Dann wären Sie also bereit, hier im Wohnzimmer nach dem Vorbild Ihrer Urahnin zu posieren?«

»Sie meinen …?«

»Wie soll ich sagen … leicht bekleidet? Als Lady Macbeth?«

»Warum nicht?« Du drehst dich zu İshak um und blickst ihm tief in die Augen. »Es sei denn, Ihr Fotograf hat etwas dagegen?«

Du treibst es auf die Spitze, aber İshak hat keine Wahl, er muss mitmachen. In diesem Moment begreift er, dass du ihm immer wieder solche Streiche spielen wirst, dass du euer Leben lang irgendwelche Kaninchen aus dem Hut zaubern wirst. Wunderschöne oder tödliche Kaninchen. Er will protestieren, hört sich aber sagen: »Nein, warum sollte ich?«

Ein paar Tage später hängen überall in der Stadt Plakate mit dem Foto. Unter einem Negligé zeichnen sich deine Brüste ab. Mit einer Zigarette in der Hand und Lady Macbeth' gewaltiger Krone auf dem Kopf verkörperst du Freiheit und Wahnsinn, weibliche Macht und Ehrgeiz. An diesem Tag wird dein Körper zum Feindbild der Islamisten.

Schlagzeile: *Die Frauen in Esra Zamans Familie lassen seit Jahrtausenden die Hüllen fallen.*

Aufmacher: *Esra Zaman stammt von einer langen Linie Schauspielerinnen ab, die mächtige Männer geheiratet haben. An diese Familientradition anknüpfend ist Esra Zaman demnächst auf der Bühne des Nationaltheaters als Lady Macbeth zu sehen.*

Fotos: *I. H.*

Papa wollte offensichtlich nicht, dass sein voller Name unter dem Artikel steht und hat deshalb mit seinen Initialen gezeichnet.

Deine angebliche Familiengeschichte verbreitet sich wie ein Lauffeuer. Die Boulevardpresse greift sie auf. Das Publikum liebt das Ammenmärchen, demzufolge du von Generationen von Femmes fatales abstammst. Historiker raufen sich die Haare, Konservative empören sich, die Legende ist geboren.

Du schweigst und genießt. Die haarsträubende Geschichte passt zu dir, sie ist ehrlich in ihrer Unehrlichkeit. Du machst dir ein Spiel daraus, spinnst sie weiter, verkündest im Radio, es gebe keinen Unterschied zwischen Theater und Politik. Bei einem Abendessen führst du aus, in beiden Berufen verkaufe man seinen Körper und seine Gefühle. Ein anderes Mal sagst du, alle Frauen von Staatsoberhäuptern seien im Grunde ihres Herzens Schauspielerinnen. Als dieser Euphemismus nicht gut ankommt, ruderst du zurück und erklärst, nichts liege dir ferner, als die ehrenwerten Präsidentengattinnen beleidigen zu wollen. In einem Interview lässt du verlauten, die türkische Politik gleiche einem Shakespeare-Drama. Auf einem Empfang der französischen Botschaft erzählst du, schon Theodoras Mutter wäre

Schauspielerin gewesen. Papa regt sich längst nicht mehr über deine Lügengeschichten auf, lieber lacht er über deine Dreistigkeit und witzelt, eines Tages würdest du noch eine schauspielende Neandertalerin erfinden, die deine Urahnin gewesen sei. İshak weiß, dass du es mit der Wahrheit nicht so genau nimmst, aber er weiß nicht, wie weit du dieses Spiel eines Tages treiben würdest und welch hohen Preis er dafür zahlen würde.

Du stammst weder von einer oströmischen Kaiserin ab noch von einer Sklavin, die es zur osmanischen Herrscherin gebracht hat, aber eins muss man dir lassen, Esra: Du bist eine geborene Geschichtenerzählerin und begnadete Lügnerin. Du hast eine Dynastie erfunden, um zu vergessen, dass deine Vorfahren zu den schlimmsten Übeltätern der türkischen Geschichte gehören. Und nicht nur das, du hast dich auch mit einem mächtigen Mann verbündet, du bist, genau wie Shakespeares Lady Macbeth, eine fatale Allianz eingegangen.

Deine Lady Macbeth war die Vorbotin unseres Untergangs. Sie liebte einen grausamen König, genau wie du die Geliebte eines krankhaft ehrgeizigen Mannes geworden bist. Der Mann, der uns alles genommen und unser Leben zerstört hat: İsmail.

Gül, 1961

Ich nehme einen Packen gefalteter Filmposter aus der Tasche. Das vergilbte Papier ist brüchig. Ich lege das oberste Plakat auf den Boden und entfalte es vorsichtig. Eine Blondine mit üppigen Formen läuft im Bikini einen Strand entlang. An manchen Stellen ist die Farbe verblichen, aber man erkennt dich gut. Es ist das türkische Remake von *Manche mögen's heiß*, ein Film, in dem du ungeniert Marilyn Monroe imitierst, ihre Bewegungen und ihren Augenaufschlag nachahmst, ihre Art, sich auf die Lippen zu beißen und wie ein kleines Mädchen zu schmollen. Neben dir zwei männliche Schauspieler in Frauenkleidern. Wie bei Jack Lemmon und Tony Curtis auf dem Originalplakat ragen aus ihren eleganten Roben kräftige, behaarte Beine heraus. Das Publikum entdeckt deinen Sinn für Komik.

Mit der »Döner«-Version von *Manche mögen's heiß* wirst du zum Publikumsliebling. Jetzt bist du eine Volksschauspielerin. Auch wenn du weiter behauptest, das Nationaltheater sei dein Zuhause, bist du entzückt, endlich auf der Straße erkannt zu werden.

Maya, 1964

Das zweite Plakat ist von *Spionin im Orientexpress*, ein Film, der ein Jahr vor meiner Geburt in die Kinos kam. Du strahlst eine zeitlose Eleganz aus. Du bist androgyn gekleidet, im Stil der Zwanzigerjahre, trägst Anzug und Krawatte, dein Haar ist mit Pomade zurückgekämmt, in einer Hand hältst du eine schwarze Zigarettenspitze.

Durch diesen Film hast du İsmail kennengelernt. Nilüfer war die Szenenbildnerin, sie hat alles mitbekommen. Ich schreibe ihr eine lange E-Mail. Sie soll mit dir Rücksprache halten und dann entscheiden, was sie mir erzählen will. Am selben Abend meldet sich ihre Assistentin bei mir und schlägt ein weiteres Skype-Treffen vor.

Erst einmal gibt Nilüfer verschiedene Anekdoten zum Besten, erzählt ausführlich von den Dreharbeiten, sagt: »Hab Geduld, Columbo, das gehört alles zur Geschichte«, sonst könne ich nicht verstehen, was später passiert sei. Sie redet anderthalb Stunden lang ohne Pause, und am Ende, als ihr Tränen in die Augen schießen, schaltet sie die Kamera aus, lässt das Mikro aber an. Ich starre auf den schwarzen Bildschirm und höre nur noch ihre Stimme: »Ich bin müde, Columbo, ich muss ins Bett. Schließlich bin ich fünfundachtzig, auch wenn ich aussehe wie fünfunddreißig!«

***

Es ist das Goldene Zeitalter des türkischen Kinos, jedes Jahr werden dreihundert Filme produziert. 1964 drehst du drei. Deine Theaterkarriere liegt vorübergehend auf Eis. Ein wahres Istanbullywood entsteht. Die finsteren Jahre sind vorbei, der Zweite Weltkrieg ist fast vergessen, das Bürgertum entdeckt seine Leidenschaft fürs Kino. In den Studios wird rund um die Uhr gearbeitet, manchmal werden zwei Filme gleichzeitig gedreht, mit denselben Schauspielern, Kameraleuten und Technikern. Damit es schneller geht, nutzt man dieselben Kulissen, Statisten wechseln innerhalb von fünf Minuten das Kostüm, aus Soldaten des Osmanischen Reichs werden byzantinische Krieger. Der Umgang miteinander ist locker, das gefällt dir, die Filmleute sind ganz anders als die Intellektuellen am Theater, die damit angeben, dass sie in Frankreich Jean Vilar und Antoine Vitez begegnet seien. Ihr scherzt am Set herum und müsst ständig Lösungen für Probleme finden, wegen denen man in Europa die Dreharbeiten sofort unterbrochen hätte.

Serdar, ein junger Regisseur, der insgeheim in dich verliebt ist, bittet dich, in seinem nächsten Film, *Spionin im Orientexpress*, eine Geheimagentin namens Maya zu spielen. Die Figur ist eine Art türkische Mata Hari. Er sagt, das sei die Rolle, auf die du schon lange gewartet hast, dein großer Durchbruch, damit würdest du in die Filmgeschichte eingehen. Er ist felsenfest von seinem Vorhaben überzeugt, er wird all sein Geld in den Film stecken, notfalls sein Haus verkaufen. Er ist ein launischer, verträumter, unreifer junger Mann, aber das Kino ist seine große Obsession, und er ist sicher, wenn du zusagst, wird sein Film ein Erfolg. Dir gefallen die Handlung und die starke Frauenfigur, du nimmst das Angebot an, und von dem Moment an bist du mit Leib und Seele dabei, wie immer.

Ihr macht euch an die Arbeit. Ein paar Tage später erfährst du, dass der Produzent abgesprungen ist, der Regisseur ist ihm zu unseriös. Du hast noch nicht einmal einen Vertrag, aber du bist längst von Maya besessen, kannst an nichts anderes mehr denken. Es ist zu spät für einen Sinneswandel, du bist fest entschlossen, die Sache durchzuziehen. Du hilfst Serdar, das Drehbuch fertig zu schreiben, Geld aufzutreiben, und die fehlende technische Ausrüstung gleicht ihr durch Erfindungsreichtum aus. Zum ersten Mal übernimmst du die Aufgaben einer Produzentin.

Die Dreharbeiten beginnen, obwohl die Finanzierung auf wackeligen Füßen steht. Es fehlt an allen Ecken und Enden an Geld. Ihr beschließt, einen Teil der Crew zu feuern. Der Filmstreifen verheddert sich oder reißt, die Kamera streikt, die Tonangel bricht, Techniker stehen im Bild, das Drehbuch wird ständig umgeschrieben. Ihr habt keinen Tonmeister, also lasst ihr wie Fellini die Schauspieler laut zählen, sie wissen nicht einmal, was ihre Figuren im fertigen Film sagen werden.

Am letzten Drehtag verkündet der Kameramann, er habe keinen Negativfilm mehr. Das Material ist rar, der Staat kontrolliert die Ein- und Ausfuhr. Panik am Set. Serdar rauft sich die Haare, läuft auf und ab, bricht in Tränen aus und brüllt, wenn er die Dreharbeiten abbrechen müsse, werde er sich umbringen. Du stattest einem Produzenten, der zu deinen Bewunderern gehört, einen Besuch ab, zehn Minuten später ist das Problem gelöst. Bisher habt ihr auf Material von Kodak aus Frankreich gedreht, jetzt verwendet ihr Fuji-Film aus Polen. Die Farben werden ganz anders aussehen. Wieder steht Serdar am Rande des Nervenzusammenbruchs. Diesmal rufst du einen Techniker an, der in der Branche als Genie gilt, und gemeinsam findet ihr eine Lösung: Beim Entwicklungsprozess badet ihr den Film in Farbe. Das Ergebnis ist verblüffend, auf eine blaue Sequenz folgt eine gelbe, eine grüne, dann eine violette, aber das ist nicht weiter schlimm. Im Gespräch mit den Kinodirektoren kannst du beteuern, dass es kein Schwarz-Weiß-Film ist. Du behauptest, es handle sich um eine neue Methode aus Japan, die das Technicolor-Verfahren ablöse, und wider Erwarten schlucken sie die Geschichte. Euer Trick geht als »Esra-Color« in die Filmgeschichte ein.

Endlich sind alle Szenen im Kasten. Trotz einiger unscharfer Bilder, unsauberer Schnitte und Anschlussfehler schwebt ihr auf Wolke sieben. Dann erfahrt ihr, dass das Ministerium mehrere Szenen beanstandet. Das Zensurkomitee kennt keine Gnade. Die zwei Dutzend Mitglieder, von denen die meisten künstlerisch völlig unbeleckt sind, sehen sich alle im Land produzierten Filme an, und bei diesen Vorführungen ruft immer irgendjemand: »Diese Szene muss raus!« Mal, weil ein Polizist verhöhnt wird (unerhört), mal, weil ein Lehrer sein ganzes Geld beim Glücksspiel verliert (undenkbar), mal, weil ein Zungenkuss vorkommt (skandalös).

Ihr haltet eine Krisensitzung ab und geht alle beanstandeten Szenen durch. Das Ergebnis ist eine Katastrophe. In seiner amputierten Fassung wäre der Film seelenlos. Serdar redet erneut von Selbstmord.

Wieder bist du diejenige, die eine Lösung finden muss. Du besorgst dir eine Liste der Mitglieder des Zensurkomitees. Eine Ansammlung von Männern, die du als »Faschos mit Schnurrbart« bezeichnest. Im Dienst der guten Sache musst du mit dem Teufel paktieren. Ein Name sticht dir ins Auge. Ein Jugendfreund von İshak, den er dir auf einem Empfang vorgestellt hat. Du weißt nur, dass er İsmail heißt und in irgendeinem Ministerium arbeitet. Du bittest Papa, ihn zu kontaktieren, und bekommst um 18 Uhr am selben Tag einen Termin in seinem Büro. Du ziehst einen Bleistiftrock, ein Twinset und hochhackige Schuhe an. Als du dich an der Wohnungstür noch einmal zu Papa umdrehst, sagt er grinsend: »İsmail wird dir keine Sekunde widerstehen können. Die Genehmigung hast du in der Tasche.« Ihr lacht, du machst dich auf den Weg.

Ich denke oft über diesen Moment nach. Wenn irgendetwas dazwischengekommen wäre, wenn das Treffen nicht stattgefunden hätte, wäre unser Leben anders verlaufen.

Bei deiner Rückkehr bist du geistesabwesend. İshak fragt, ob es gut gelaufen sei, du antwortest, dass du es nicht wüsstest.

Am nächsten Tag ruft İsmail an und lädt dich zum Mittagessen ein. Er teilt dir mit, dass das Problem mit der Zensur vom Tisch ist. Du benachrichtigst die Filmcrew. Mehr werden die anderen nie erfahren.

Einen Monat später meldet sich İsmail wieder bei dir, ihr trefft euch. Im Monat darauf dasselbe Spiel. Von nun an seht ihr euch einmal im Monat.

Natürlich kennst du da noch nicht sein wahres Gesicht.

Madame Bovary, 1965

Spionin im Orientexpress ist ein Flop. Wie nach jedem Misserfolg kehrst du reumütig zum Theater zurück und kämpfst hart darum, die Glaubwürdigkeit wiederzuerlangen, die du in den Augen der Kritiker verloren hast. Du sagst, es sei wie eine Rückkehr zu einem liebenden Ehemann nach einiger Zeit mit einem rücksichtslosen Liebhaber.

İsmail kommt zur Premiere, und natürlich sitzt auch İshak im Publikum. Nach der Vorstellung wird wie üblich gefeiert. Ihr geht alle drei zu der Premierenfeier. Wie Emma Bovary, die in den Armen des Gutsherren Walzer tanzt, während ihr Ehemann im Saal ist, tanzt du vor Papas Augen mit İsmail. Auch ihr beginnt langsam und dreht euch immer schneller, İsmail wirbelt dich herum, du bist wie im Rausch, du strauchelst, er geleitet dich zurück an deinen Platz.

Am nächsten Tag besucht İsmail dich in deiner Garderobe. Er nimmt deine Hand, du ziehst sie nicht zurück, du lehnst deinen Kopf an seine Brust, er küsst dich.

Ihr seht euch immer öfter, und du beginnst, an Papa herumzumäkeln, kritisierst »seine solide Ruhe, seine heitere Schwerfälligkeit, ja sogar das Glück, das du ihm schenkst« (so Flaubert über Charles Bovary). Du empfindest »eine innere Loslösung, die dich von ihm trennt«. Papa ist wie Charles Bovary, er merkt monatelang nichts, er glaubt dich in seinen Armen glücklich. Du findest deinen Alltag »kalt wie ein Dachboden, dessen Fenster nach Norden zeigt«, nur bei deinem Liebhaber fühlst du dich lebendig.

Wie Emma und Rodolphe im Roman beschließen İsmail und du, Familie, Beruf und soziale Stellung aufzugeben und zusammenzuziehen. Flaubert schreibt, Emma habe keinen Gedanken an ihre Tochter verschwendet, und ich frage mich, ob du je darüber nachgedacht hast, was in diesem Chaos aus mir werden würde. Doch dann bekommt İsmail kalte Füße, er schreibt dir einen Brief, in dem er alles abbläst, und schickt ihn dir in einem Blumenstrauß. Auch das hat er sich bei Rodolphe abgeguckt.

Erst bist du am Boden zerstört, aber du kommst zu dem Schluss, dass es vielleicht besser so ist. Beim Tanzen liebst du İshaks gleichmäßige Schritte genauso wie İsmails wilden Hüftschwung, bei dem sich dein Magen im Takt der Trommeln zusammenzieht. Warum auf das doppelte Vergnügen verzichten? Anstatt als Mann und Frau die stillen Freuden der Ehe auszukosten, geben İsmail und du euch weiter dem Rausch einer heimlichen Affäre hin.

İsmail stammt aus einfachen Verhältnissen, und seine Ehe wurde wie in diesem Milieu üblich von den Eltern arrangiert. Seine Gattin ist weder besonders fantasiebegabt noch besonders hübsch, und so »genoss er zum ersten Mal die unbeschreibliche Raffinesse einer Frau von Welt, einer richtigen Geliebten. Durch die Vielfalt ihrer Stimmungen, mystisch, heiter, fröhlich plappernd, verschlossen, aufbrausend, unbekümmert, entflammte sie in ihm tausend Begierden. Sie war die Liebende aller Romane, die Heldin aller Tragödien«.

Madame Bovary ist einer der größten Erfolge deiner Laufbahn. Im Internet habe ich eine Videoaufnahme der Vorstellung gefunden, einen mehrminütigen Ausschnitt. Als Erstes fällt mir dein Duktus auf. Du deklamierst den Text wie eine russische Schauspielerin, mit Betonung auf dem Satzende. Während ich deiner Ausdrucksweise lausche, die für heutige Ohren altmodisch klingt, fällt mein Blick auf deinen Bauch, der sich unter dem spitzenbesetzten Kostüm leicht wölbt. Es ist das Jahr meiner Geburt.

Medea alla Turca, 1968

Ein weiterer Zeitungsartikel, ein Interview anlässlich der Premiere von *Medea alla Turca*, einer Adaptation der berühmten griechischen Tragödie. Der Journalist ist begeistert von der modernen Inszenierung. Am Ende stellt er dir noch ein paar private Fragen. Die Schlagzeile lautet: *Esra Zaman möchte keine Kinder.* Ganz offensichtlich weiß er nicht, dass es mich gibt.

»Ihre Figur wirkt erstaunlich zeitgenössisch. Sprechen wir über das Hauptthema des Stücks, die Mutterschaft. Wie stehen Sie persönlich dazu?«

»Es fällt mir nicht leicht, darüber zu sprechen. Die Leute glauben, Schauspielerinnen lebten in einer anderen Welt. Sie sehen sie nicht als normale Menschen und können sich nicht vorstellen, dass sie Mütter sind. Claudia Cardinale zum Beispiel hat ihren Sohn immer als ihren kleinen Bruder ausgegeben. Wissen Sie, der Körper einer Schauspielerin ist ihr Werkzeug, sie muss ihn in Form halten.«

»Möchten Sie denn Kinder?«

»Ich weiß nicht. Sollte man wirklich Kinder in diese Welt setzen? Es gibt so viel Elend und Gewalt! Die Überbevölkerung ist ein großes Problem.«

Auf dem dazugehörigen Foto hältst du einen blutverschmierten, mit falschen Smaragden besetzten Dolch. Auch dein weißes Kleid ist blutbesudelt. Medea hat soeben ihre dreijährige Tochter getötet.

Unter dem Foto stehen die legendären Worte: »O ihr, verfluchte Kinder einer verhassten Mutter, sterbt samt eurem Vater! Und das ganze Haus fahre zur Hölle!«

Ich bin drei Jahre alt.

Endspiel, 1971

Du bist Clov in Becketts *Endspiel.* Das Publikum kann mit absurdem Theater nicht viel anfangen, dafür aber umso mehr mit der Endzeitstimmung des Stücks. Die Inszenierung ist eine Auseinandersetzung mit der türkischen Gesellschaft und bricht mit allen Konventionen.

In der Ledertasche stoße ich auf eine Kritik: »Esra

Zaman versetzt uns von der ersten bis zur letzten Sekunde in Staunen. Sie ist weder Mann noch Frau, weder schwarz noch weiß, weder jung noch alt, weder Stimme noch Schweigen, weder Mensch noch Ding. Die Gefahr ist allgegenwärtig. Eine Welt ist untergegangen. Eine großartige Metapher für die heutige Türkei.«

Deine Darbietung ist in aller Munde, du wirst als beste Schauspielerin der Saison ausgezeichnet. Wenig später erhältst du einen Brief vom Ministerium für Kultur und Tourismus, in dem man dir mitteilt, man habe extra für dich einen neuen Preis ins Leben gerufen. Du sollst eine Lotus-Statue überreicht bekommen und zum »nationalen Heiligtum« ernannt werden. Die Gala soll im März stattfinden.

Hat dein Liebhaber die Finger im Spiel? Hat er den Minister darauf hingewiesen, er müsse eine große türkische Schauspielerin ehren? Du weißt es nicht. Du weißt auch nicht, dass die Preisverleihung auf denselben Tag fallen wird wie der zweite Militärputsch und dass Papa wenig später für immer verschwinden wird.

Endspiel. Wie treffend.

Die Kronenschicht

Seit zehn Tagen tue ich nichts anderes, als die Dinge in der Ledertasche durchzugehen, mir auf YouTube alte Filme anzusehen und stundenlang Artikel im Internet zu lesen. Ich verlasse nicht mehr das Haus, treffe keine Freunde, spreche mit niemandem. Dein Zustand ist stabil, Nilüfer sagt, du wärst sogar wieder etwas zu Kräften gekommen, und ich habe große Hoffnungen, endlich mit dir sprechen zu können. Nilüfer verspricht mir, deinen Arzt um Erlaubnis zu fragen und ein Skype-Gespräch zu organisieren, falls es dir gut genug geht.

Mein Mann ruft vom anderen Ende der Welt an, wo er die Artenvielfalt des Regenwalds erforscht. Begeistert erzählt er von der Drohne, mit der er fünfzig Meter über dem Boden die Kronenschicht untersucht. Ich gebe mir große Mühe, mich dafür zu interessieren, aber es fällt mir schwer, seinen Enthusiasmus zu teilen. Zum Glück findet er das nicht weiter schlimm. Er weiß, dass ich seit seiner Abreise nichts anderes tue, als in dieser verfluchten Tasche zu wühlen, nachzudenken und mich zu erinnern. Er sagt: »Kein Problem, Schatz, dann setze ich jetzt mal den Hut des verständnisvollen Ehemanns auf«, wir lachen, und er erzählt mir von einem jahrhundertealten Baum, der abgestorben und umgefallen ist.

»Es ist ein trauriger Anblick, aber irgendwie auch schön.«

»Schön? Der Baum ist doch tot?«

»Ja, aber er zersetzt sich und reichert den Boden mit Nährstoffen an. So können neue Bäume nachwachsen.«

Das ist der Mann, den ich liebe. Er kann mich mit wenigen Worten trösten und mich dann zum Lachen bringen, indem er sich über seine eigene Metapher lustig macht: »Nicht schlecht, was? Ich gebe den weisen alten Mann, der dir was von der Lebenskraft der Bäume erzählt ...« Schon bin ich nicht mehr ganz so traurig, und wenn ich jetzt an dich in deinem Krankenhausbett denke, habe ich das Bild eines majestätischen Baums auf dem Waldboden vor Augen.

Ich dachte immer, ich würde dir nie verzeihen können, Esra. Ich dachte, meine Wut wäre zu groß, aber jetzt will ich dich sehen, dich berühren, dein Parfüm riechen, »L'Amérique« von Yves Rocher (es wird nicht mehr hergestellt, aber ich habe im Internet einen alten Zerstäuber gefunden).

Ich hole die kleine Schatulle hervor, die du mir, als ich bereits in Paris lebte, bei einem deiner Besuche geschenkt hast. Sie ist aus Holz, mit Perlmuttintarsien verziert und innen mit violetter Seide ausgekleidet. Auf dem Deckel prangt eine osmanische Miniatur: eine Frau vor einer Gruppe Männer, die sie anhimmeln, umrahmt von präislamischen Fabelwesen. Eine Sultanin inmitten von Männern und Märchen.

Die Schatulle enthält eure Eheringe und ein Foto von uns dreien, das einzige, das ich besitze. Seit meinem

Weggang aus Istanbul habe ich den kleinen Kasten überallhin mitgenommen. Ich bin mehrmals umgezogen, habe Dinge vergessen und verloren, wusste oft nicht, wie ich die Miete zahlen sollte, und wollte mehr als einmal alles hinwerfen und zurück in die Türkei gehen, aber die Schatulle hat mich immer begleitet. In den ersten Monaten in Frankreich hatte ich schreckliches Heimweh, vor allem bei schlechtem Wetter, wenn der Himmel über Paris wochenlang grau war und kein Sonnenstrahl durchkam. Immer, wenn ich mich zu sehr nach dem Himmel über Istanbul sehnte, öffnete ich die Schatulle, betrachtete das Foto und die Eheringe, und dann liefen mir Tränen über die Wangen, obwohl ich rein gar nichts empfand. Es war ein stumpfes Ritual. Als hätte sich zu viel Flüssigkeit in mir aufgestaut, als wäre die erlaubte Menge im menschlichen Körper überschritten und ein Teil müsste abgelassen wären. Wenn mein Grundwasserstand wieder den richtigen Pegel erreicht hatte, klappte ich den Deckel ohne jede Sentimentalität zu. Nach ein paar Monaten öffnete ich die Schatulle immer seltener, vermutlich, weil ich erwachsen wurde und mich in Frankreich einlebte, einem Land, in dem man Francis Cabrel und Indochine hörte, Béatrice Dalle aus *Betty Blue* verehrte, sich sonntagsabends im Fernsehen ansah, wie Anne Sinclair im Angorapulli Politiker und Prominente interviewte, einem Land, in dem man Ivan Lendls und Martina Navratilovas Rückhand bewunderte und bei der Lektüre von *Der Name der Rose* nebenbei etwas über Semiotik lernte. Die *French eighties* übten auch auf mich eine große Anziehungskraft aus, und ich vergaß die Perlmuttkiste mit der osmanischen Miniatur immer öfter. Ich holte sie nur noch hervor, wenn ich mich im *gurbet* fühlte (ein nahezu unübersetzbares türkisches Wort, das so etwas wie »Ort fern der Heimat« bedeutet). Je besser ich mich in Frankreich integrierte, desto seltener hatte ich das Bedürfnis, den Inhalt der Schatulle zu betrachten. Mein Akzent verblasste, ich wurde immer französischer, und irgendwann schienen die Eheringe und das Foto einer fernen Vergangenheit anzugehören. Bald gab ich das Ritual ganz auf. Seitdem habe ich auch nicht mehr geweint.

Obwohl ich die Schatulle schon lange nicht mehr öffne, habe ich sie immer behalten. Zusammen mit euren Eheringen und dem Foto von uns dreien ist sie meine Verbindung zur Vergangenheit, mein roter Faden, mein Fundament. Sie erinnert mich an das Mädchen, das ich früher gewesen bin, an uns drei, an eine Zeit, in der wir eine Familie waren.

Du und Papa habt zusammen Tausende von Fotos besessen. Ihr habt fast alles in eurem Leben dokumentiert, Bilder spielten für euch beide immer eine große Rolle, und die Fotos sind Zeugnisse einer untergegangenen Gesellschaft, einer verschwundenen Welt. Von uns dreien besitze ich allerdings nur dieses eine Foto. Auf den anderen Bildern war wohl kein Platz für ein Kind. Unter keinen Umständen wolltet ihr auf »die Kleinfamilie« reduziert werden, ihr wart ein modernes Paar, charismatisch und freiheitsliebend, und wenn ihr einen Raum betratet, wurden alle anderen Anwesenden zu Statisten. Zwischen zwei Militärputschen wart ihr elf Jahre zusammen, dabei hättet ihr ein ganzes Leben miteinander haben sollen. Doch İsmail hatte andere Pläne.

Ich habe keine Ahnung, was jetzt aus euren Sachen werden wird, aber eines Tages würde ich sie gern durchgehen. Ich möchte deine und Papas Fotos und Briefe sortieren und sie miteinander vergleichen, um eure Liebe und eure Verbindung zu İsmail besser zu verstehen. Ich will herausfinden, warum dieser finstere Mensch euch beiden so wichtig war, und wie genau er es angestellt hat, unser Leben zu zerstören.

Ich weiß nicht, ob ich vor deinem Tod noch einmal die Gelegenheit haben werde, mit dir zu sprechen. Zum Glück gibt es Nilüfer. Von deinen vier engsten Freunden leben nur noch zwei, Bahar und Nilüfer. Keine Ahnung, ob die anderen beiden, Fırat und Aziz, etwas hinterlassen haben, was mir weiterhelfen könnte.

Ich schreibe eine lange E-Mail an Nilüfer. Mitten in der Nacht trudeln kurz hintereinander zwei Nachrichten in meinem Postfach ein: eine von Nilüfer, die nicht schlafen kann, und eine von meinem Mann, bei dem es wegen der Zeitverschiebung noch recht früh am Abend ist. Nilüfer verspricht, mir meine Fragen zu beantworten, und mein Mann schickt mir ein Foto vom Regenwald aus der Vogelperspektive. Der Anblick ist atemberaubend, ein grüner Teppich aus abertausend miteinander verschränkten Ästen.

»Heute konnten wir die Kronenschicht fotografieren. Es ist schon erstaunlich, wie viel Licht es da oben gibt, obwohl es hier unten im Regenwald so dunkel ist.«

Deine Familie

Deine vier engsten Freunde bezeichnetest du als deine »Familie«. Sie gingen mit dir durch dick und dünn, sie waren immer für dich da, in Glück und Unglück.

Die vier sind deine »echten, wahren, wirklichen« Freunde: Fırat, Nilüfer, Aziz und Bahar. Erst haben sie Papa ins Herz geschlossen, dann akzeptieren sie den neuen Mann an deiner Seite. Sie nehmen das Unsagbare hin, sie überwerfen sich nicht mit dir, obwohl du den Feind in eure Mitte holst. İsmail steht zwischen euch, er ist allgegenwärtig, ein Gegner, der zum Gefährten geworden ist, eine schemenhafte Gestalt, über deren Anwesenheit ihr schuldbewusst schweigt. Deine Freunde tolerieren ihn nur, weil du dich für ihn entschieden hast. Sie wissen, dass du verrückt nach ihm bist, sie können nichts dagegen tun. Sie sind deine Familie.

Andere Freunde kommen und gehen, sie sind die »Sahnehäubchen«, für die Dauer einer Affäre, eines Films, eines Theaterstücks, manchmal auch nur eines Abends. Fasziniert von der Lebendigkeit eurer Wahlfamilie, berauscht von der kreativen Anarchie eurer Clique, deren Mittelpunkt du bist, schließen sie sich euch eine Zeit lang an und sind dann wieder weg.

Du hast immer gern Gäste empfangen, und ihr trefft euch oft bei uns zu Hause. Die kleine Welt der türkischen Intellektuellen gibt sich bei uns die Klinke in die Hand. Morgens stoße ich hin und wieder auf Schauspieler, die bei uns übernachtet haben, Musiker halten in unserem Wohnzimmer Jamsessions ab, und es kommt vor, dass in unserer Küche ein Drehbuchautor und ein Regisseur über einen Dialog diskutieren. Häufig sind wir auch draußen auf der Terrasse, selbst im Winter in Mänteln und mit Regenschirmen, und im Sommer lädst du zu Partys ein, bei denen über Politik, Film und Theater diskutiert wird, bei denen ihr euch neue Projekte ausdenkt oder euch einen neuen Beruf gebt, bei denen gesungen und getanzt wird, und manchmal beschließt ihr spontan, ins Auto zu steigen und ans Meer zu fahren. An einigen Abenden darf ich länger aufbleiben, deine Freunde lieben mich heiß und innig, und ich genieße die Gesellschaft der Erwachsenen. Ab und zu sind auch andere Kinder da. Bei offizielleren Anlässen halte ich mich im Hintergrund und beobachte die Parade der Eitelkeiten, die Prominenten, die stolz sind, bei einem Filmstar zu Gast zu sein. An solchen Abenden merke ich, wie sehr du dich veränderst, wenn ihr nicht unter euch seid. Du sprichst anders, hältst dich kerzengerade, trinkst nie zu viel, puderst dir regelmäßig die Nase, frischst deinen Lippenstift auf, dirigierst Melek durch die Gegend, unsere Concierge, die sich um die Bewirtung kümmert, und plauderst mit gelangweilten Damen aus dem Großbürgertum, die unbedingt deine Freundinnen sein wollen, über die neueste Mode. Inmitten der eleganten, braun gebrannten, parfümierten Frauen und Männer ziehst du sämtliche Blicke auf dich.

Der große türkische Dichter Nâzım Hikmet schrieb, wenn er von seiner Mansarde aus auf Istanbul blicke, erscheine ihm die Stadt mit ihren Meeren, Hügeln, Wäldern und Schiffen mal als Ölgemälde, mal als Aquarell, mal als Pastellbild, mal als Kohlezeichnung. Genauso stelle ich mir heute die hypnotischen Wellen des Bosporus vor, die wir damals von unserer Terrasse aus sahen. In der Abenddämmerung leuchtete das Meer dunkelblau, und der Himmel hatte diese einzigartige Farbe, die es nur in Istanbul gibt. Die Goldene Stunde war immer viel zu kurz, in Byzanz wird es schnell dunkel. An wolkenlosen Tagen erinnerte die Landschaft an ein Gemälde von Delacroix. Rechts blickte man auf den schillernden Topkapı-Palast und die Kuppel der Hagia Sophia, links auf den Eingang des Bosporus, der Asien und Europa verband (und noch nicht voneinander trennte). Am Horizont erahnte man die Prinzeninseln, und die Gäste bewunderten die Lichter in der Ferne, bevor sie sich um den Plattenspieler scharten, auf dem sich je nach Stimmung Dizzy Gillespie, Ornette Coleman, Sarah Vaughan oder die Beatles, Zappa und Pink Floyd drehten. Auf deinen Partys tummelten sich abgebrannte Künstler und Intellektuelle, aber auch Geschäftsmänner, die sich gern mit Freigeistern umgaben und etwas von eurem Sternenstaub abhaben wollten, was sich gut traf, denn ihr brauchtet immer Geld, um irgendein Theaterprojekt zu finanzieren oder irgendeinen Film fertigzustellen, und diesen Männern, die man damals noch nicht »Sponsoren« nannte, sondern »Gönner«, war es ein Vergnügen, am nächsten Morgen einen »kleinen Umschlag« ins Theater oder Filmstudio zu schicken. Skrupel hattest du deswegen keine.

»Leonardo da Vinci hatte Franz I., Sinan hatte Süleyman I.! Geld stinkt nicht, und wenn wir es nicht nehmen, gibt es jemand anders für einen weniger noblen Zweck aus.«

Dann sind da noch deine »Künstlerfreunde«, in die du dich bei Dreharbeiten oder Proben Hals über Kopf verliebst, obwohl du genau weißt, dass du sie hinterher vermutlich nie wiedersehen wirst. Als Kind hänge ich mein Herz an sie, überzeugt, dass sie von nun die wichtigsten Menschen auf der Welt sind, und bin verwirrt, wenn sie von einem Tag auf den anderen aus unserem Leben verschwinden. Erst Jahre später werde ich lernen, dass normale Menschen ihren Arbeitskollegen im Verlauf eines ganzen Berufslebens weniger Privates anvertrauen als Künstler einander in einer Woche.

Wenn ihr zusammen an einem Projekt arbeitet, bildet ihr eine eingeschworene Gemeinschaft. Ihr öffnet den anderen sofort euer Herz und erzählt von euren intimsten Gedanken und Gefühlen. Eure Erinnerungen und Geständnisse dienen der Ausgestaltung der Figuren, gemeinsam blickt ihr hemmungslos in eure Abgründe. Gleich bei der ersten Probe, nachdem ihr euch gerade erst kennengelernt habt, fallt ihr euch in die Arme, begehrt und hasst euch wie echte Verliebte.

Als Nächstes sind da die Regisseure, die meist distanzierter und rationaler sind als die Schauspieler. Sie müssen tausend Dinge im Kopf behalten: Probenzeiten, Technikpläne, das Budget. Du liebst es, mit ihnen über die Beleuchtung einer Szene zu diskutieren, über das Detail eines Kostüms, über eine Kameraeinstellung, du liebst es, an ihrer Kunst teilzuhaben.

Und schließlich sind da noch die Bühnenautoren, deine Götter und Göttinnen mit ihrer Aura der Unerreichbarkeit.

Vielleicht habe ich mit dem Schreiben begonnen, weil ich dich eines Tages im Fernsehen sagen hörte: »Ich spiele viele Klassiker, aber wenn ich den Text eines lebenden Autors interpretieren darf, freue ich mich jedes Mal riesig, dem *Demiurgen* zu begegnen (statt ›Schöpfer‹ benutztest du natürlich das altgriechische Wort). Das sind erhabene Momente. In Gegenwart von Schriftstellern fühle ich mich immer wie ein kleines Mädchen.«

Die Begegnung mit dem Autor der Figur, um die deine Gedanken seit Wochen kreisen und deren Bewegungen du dir obsessiv erarbeitet hast, mit dem Autor der Sätze, über deren Sinn du seit Wochen nachdenkst, ist für dich das höchste intellektuelle Vergnügen. Wenn du in Absprache mit dem Autor ein Wort gegen ein anderes tauschst, weil du findest, dass der Text dann eine größere Wirkung entfaltet, oder wenn du ihn dazu bewegen kannst, extra für dich einen Satz in das Stück hineinzuschreiben, hast du das Gefühl, du erschaffst etwas für die Ewigkeit. Wenn du dich mit dem Schöpfer deiner Figur über ihre Geheimnisse unterhältst, erlangst du Unsterblichkeit.

In der Welt der Fiktion seid ihr die besten Freunde, und wenn die Arbeit abgeschlossen ist, geht ihr getrennte Wege. Doch das macht nichts, gemeinsam habt ihr eine Geschichte erzählt, die euch bis zum Tod miteinander verbindet, und das ist tausendmal stärker als die Liebe im echten Leben.

Deine Sippe besteht aus vielen verschiedenen Menschen, aber nur deine vier engsten Freunde sind deine Familie. Sie waren immer für dich da, und jeder hat auf seine Weise dafür bezahlt.

Firat

Fırat ist dein ältester Freund, er hat dir zu deinem ersten großen Erfolg verholfen, er ist der Regisseur, der dich als Iphigenie barfuß in die Berge geschickt hat. Wie der Euphrat, dessen Namen er trägt, ist Fırat eine Naturgewalt, in ihm brodelt die Wut. Seine Mutter, eine wunderschöne Frau mit einer auf die Stirn tätowierten Sonne, erzählte dir eines Tages, ihr Sohn sei schon zornig zur Welt gekommen, er habe nach der Geburt vierzig Tage lang pausenlos geschrien. Du hast diese Frau, die nie lesen und schreiben gelernt hatte, sehr geliebt. Fırat ist ein widersprüchlicher Mensch, mal voller Zärtlichkeit für euch, mal voller Hass auf das System und auf alle, »die sich dem System anbiedern«, also auf euch, Künstler, Journalisten, Schriftsteller »am Tropf der Mächtigen«, »alles dasselbe Pack« … Er behauptet, »weichgespülte Linke« wie ihr schadeten der Arbeiterklasse nur, und an Abenden mit viel Alkohol beschimpft er euch als »Konterrevolutionäre«. Wenn er schlecht gelaunt ist, nennt er dich eine »käufliche Diva« und İsmail »deinen Fascho-Liebhaber« und ätzt gegen die bürgerliche Kunst, aber du weißt, dass er dich im Grunde seines Herzens liebt. Deine Freunde standen İshak sehr nah, deinen neuen Liebhaber können sie nicht ausstehen. Fırat hat İsmail von Anfang an nicht gemocht, und die Abneigung beruht auf Gegenseitigkeit.

Da du seine Unbeherrschtheit kennst, lädst du ihn nicht ein, wenn »Marionetten des Systems« bei dir zu Gast sind, aber du schaffst es immer, diesen Leuten Geld für seinen nächsten Film aus den Rippen zu leiern. Ihm bleibt nichts anderes übrig, als es anzunehmen, auch wenn er jedes Mal poltert, er werde das Filmemachen aufgeben, den Staat könne man nicht durch Kunst bekämpfen, sondern nur durch militante Aktionen. Irgendwann teilt er euch mit, er gehöre jetzt einer linksextremen Gruppe an, die die Revolution vorbereite, und ab da verteilt er täglich Flugblätter auf der Straße, doch als er von Nationalisten zusammengeschlagen wird, gibt er die Agitation auf und dreht einen neuen Film.

Ich erinnere mich noch gut an seine kleine Wohnung. Sie liegt direkt hinter meiner Schule, und manchmal schaue ich nach dem Unterricht bei ihm vorbei. Überall stapeln sich Bücher, in der winzigen Küche häuft sich schmutziges Geschirr, an der Wand hängt ein Lenin-Poster neben dem Playmate des Monats. Im Keller gibt es einen fensterlosen Raum, den er »meine Dunkelkammer« nennt. (Jahre später erfuhr ich, dass İshak dort öfter gearbeitet hatte. Eines Tages sagte Fırat zu mir: »Ich bin sehr stolz darauf, dass dein Vater in meiner Dunkelkammer Hunderte von Fotos entwickelt hat.«)

Fırat verbringt Stunden in dem Kellerraum, dort schneidet er seine Filme. Um die Zensur zu umgehen, schreibt er oft zwei Versionen derselben Szene, eine fürs Zensurkomitee, die andere für private Vorführungen. Den Director's Cut bekommen nur Eingeweihte zu sehen. Damals bestand der Schnitt eines Films noch wortwörtlich darin, die Streifen mit der Schere durchzutrennen und sie mit Tesafilm wieder zusammenzukleben. Ich schaue euch stundenlang zu, wie ihr Küsse, Demonstrationen, Schlägereien und politische Diskussionen verschwinden lasst. Ich bin fasziniert von euren Superkräften, ihr könnt eine Figur rückwärts laufen lassen, einen Zeitsprung machen oder ein Ereignis gleich ganz aus einem Leben streichen.

Unter dem Druck der Zensur wird Fırat kreativ: Er findet immer einen Weg, in seinen Filmen politische Symbole unterzubringen. In vielen Szenen reckt im Hintergrund jemand die linke Faust, manchmal trägt die weibliche Hauptfigur nur auf der linken Seite einen Ohrring oder ein Fahrer sagt zu seinem Chef, der rechte Vorderreifen sei leider platt, aber der linke funktioniere einwandfrei. Solche Codes sind gefährlich, denn damals ist für die Türkei die Sowjetunion Feindbild Nummer eins. Wer Karl Marx' Namen öffentlich ausspricht, kann ins Gefängnis kommen, Eisensteins Filme werden unter dem Namen Einstein angekündigt, Buchhändler verkaufen Dostojewski unter der Theke, und Restaurants benennen den beliebten Russischen Salat in Amerikanischen Salat um.

Im Sommer 1993 ist Fırat zusammen mit anderen Intellektuellen, darunter dem Verleger von Salman Rushdies *Satanischen Versen*, in eine konservative Kleinstadt in der Provinz eingeladen. Er soll dort seinen jüngsten Film vorstellen. Nach dem Freitagsgebet sammelt sich eine Gruppe von Islamisten vor dem Hotel, in dem Fırat und die anderen untergebracht sind, um gegen ihre Anwesenheit in der Stadt zu protestieren. Die meisten

Demonstranten wollen nur ein paar Parolen skandieren und dann brav wieder nach Hause gehen, aber ein Teil beschließt, es den ungläubigen Hunden so richtig zu zeigen. Andere stoßen hinzu, und am Nachmittag ist die Menge auf zehntausend Mann angeschwollen. Die Polizei lässt sich nicht blicken. Die verängstigten Künstler, die in dem Hotel festsitzen, warten vergeblich, dass man ihnen zu Hilfe kommt. Bevor die Demonstranten die Telefonleitungen kappen, gelingt es Fırat, dich anzurufen. Am Telefon hörst du, wie sie im Hotel ein Lied singen, um sich Mut zu machen. Du bist völlig aufgelöst, rufst den Kulturminister an und drängst ihn, seinen Einfluss geltend zu machen. Er sagt, er werde sehen, was er tun könne. Das Ganze zieht sich in die Länge, vier Stunden später erfährst du, dass die Fundamentalisten das Hotel angezündet haben. Die Polizei trifft acht Stunden später ein. Erst am nächsten Morgen findet man in dem abgebrannten Hotel siebenunddreißig Leichen, darunter die von Fırat. Sein verkohlter Körper liegt auf den Leichen eines Jungen und eines Mädchens, offensichtlich hatte er die Kinder vor den Flammen schützen wollen.

Vor seinem Tod hatte Fırat verfügt, dass sein Archiv, bestehend aus Fotos, Tonbandaufnahmen und vielen Stunden Bildmaterial, an ein Museum gehen soll, darunter private Filme, die er mit seiner Handkamera bei Partys, Premierenfeiern, Abendessen und manchmal auch in sehr intimen Momenten aufgenommen hatte. Nilüfer erzählt, dass ich auf vielen Aufnahmen zu sehen bin, ein Kleinkind, das von Arm zu Arm gereicht wird, eine Jugendliche, die schmollend in der Ecke steht. Sie bietet an, mich mit dem Archivar des Museums in Kontakt zu bringen, damit ich das Material, das mich interessiert, sichten kann.

Außerdem spricht sie von einer Filmaufnahme, die ich mir unbedingt ansehen müsse. Mehr sagt sie dazu nicht.

Nilüfer

Nilüfer ist deine Vertraute, deine beste Freundin. Sie weiß alles über dich, du weißt alles über sie. Du hast sie wenige Jahre nach Fırat kennengelernt. Sie war da, als du dich in Papa verliebt hast, und sie war sogar bei meiner Geburt dabei, im wahrsten Sinne des Wortes. Von ihr weiß ich, dass ich in einer »Glückshaube« zur Welt gekommen bin, in der intakten Fruchtblase. Du selbst hast mir nie von meiner Geburt erzählt. Ich habe gelesen, dass es sich bei der Glückshaube um ein sehr seltenes Phänomen handelt, das seit der Antike in allen Kulturen mit einem Aberglauben belegt ist. Nilüfer hat sich davon zu einer scheußlichen Skulptur inspirieren lassen, einer schleimverklebten Puppe in einer halb transparenten Hülle. Sehr zur Verzweiflung meines Mannes wurde das Werk mehrfach in Frankreich ausgestellt, in diversen Museen für moderne Kunst.

Als du Nilüfer bei den Dreharbeiten zu einem Film kennenlernst, seid ihr beide noch sehr jung. Sie hat gerade ihren Abschluss an der Akademie der Schönen Künste gemacht und kann mühelos aus Pappmaschee eine täuschend echte mittelalterliche Mauer oder die Steinwüste eines fremden Planeten bauen. Die Regisseure reißen sich um sie, aber es genügt ihr nicht, für den Film zu arbeiten, sie will ihre eigenen Werke erschaffen. Bald wird ein einflussreicher Galerist auf sie aufmerksam, und sie hat erste Ausstellungen in Istanbul und Paris. Sie ist die erste muslimische Künstlerin, die in ihren Werken Gesellschaftskritik übt, und sie weiß genau, dass sie als »politische Künstlerin aus dem Orient« für die europäische Kunstwelt ein Kuriosum ist. Sie verstößt gegen alle Erwartungen, wenn sie zum Beispiel den emanzipatorischen Vorsprung der Türkinnen thematisiert: Die türkischen Frauen haben das Wahlrecht ein Jahrzehnt vor den Französinnen errungen, und sie dürfen ohne Erlaubnis des Ehemannes ein Bankkonto eröffnen, was ihnen in Frankreich noch bis Mitte der Sechzigerjahre verboten ist. Nilüfer hält Europa den Spiegel vor, und auch mit der Form, die sie für ihre Kunst wählt, eckt sie an. In Paris zeigt sie Installationen, in denen sie sich selbst zum Thema macht. Lange vor Sophie Calle und Marina Abramović stellt sie ihr Bett, ihre blutigen Monatsbinden und die Röntgenbilder ihres Tumors aus.

Nilüfer steht von Anfang an unter Beobachtung der Behörden. Wie jede Künstlerin, die sich mit dem weiblichen Körper und der Emanzipation der Frau auseinandersetzt, gilt sie als verdächtig. Doch die Polizei hat Besseres zu tun, als sich mit ihr zu befassen, in den Augen der Mächtigen ist sie bloß ein hysterisches Weib, keine ernsthafte Bedrohung der gesellschaftlichen Ordnung. Erst als sie nach dem Putsch 1980 mit ein paar gleichgesinnten Künstlern eine Galerie eröffnet, gerät sie ins Visier der Militärs.

Anfangs stellen sie in der Galerie nur harmlose Ölgemälde aus, aber nach und nach werden die Exponate subversiver. 1983 erschaffen Nilüfer und die anderen ein kollektives Werk mit dem Titel *Die glückliche Familie*. Es besteht aus einem Puppenhaus, in dem eine Bilderbuchfamilie lebt. Das Haus hat gepflegte Vorhänge, ein gepflegtes Dach und einen gepflegten Garten, vor der Haustür steht eine glückliche Mutter mit ihren drei glücklichen Kindern und winkt dem glücklichen Vater, der in sein gepflegtes Auto steigt. Doch wenn man sich vorbeugt, sieht man, dass der Keller voller Leichen ist. Daneben steht ein Schild mit der Aufschrift: »Das Fundament der Republik«. Bei der Vernissage erklärt Nilüfer den anwesenden Journalisten, das Werk sei eine Metapher für die moderne Türkei. Eine Zeitschrift berichtet darüber, und wenig später dringt eine Gruppe von Männern in die Galerie ein und schlägt alles kurz und klein. Statt zu schweigen, wendet sich Nilüfer wieder an die Presse: »Alle Staaten vertuschen ihre Verbrechen, denken Sie nur daran, was Frankreich in Algerien gemacht hat oder die USA im Iran. Und in der Türkei passiert es im eigenen Land!«

Um vier Uhr morgens klingeln Soldaten bei ihr und nehmen sie mit. Nilüfer verbringt zwei Jahre in Mamak, dem berüchtigtsten türkischen Militärgefängnis der Achtzigerjahre. Sie hat nie ein Wort darüber verloren. Wie viele Menschen, die durch die Hölle gegangen sind, kann sie nicht darüber sprechen. Wenn man sie nach dieser Zeit fragt, antwortet sie nur, man solle sich ihr Werk *Der rote Drachen* anschauen, das mittlerweile Kultstatus hat. Es gab in dem Gefängnis nämlich einen sechsjährigen Jungen, den Sohn einer Insassin, und die Wärter erlaubten Nilüfer, aus herumliegendem Müll ein Spielzeug für ihn zu basteln. Der Drachen, den er jeden Tag über dem Hof steigen ließ, gab den Frauen die

Kraft zum Weiterleben, trotz Folter und Vergewaltigungen.

Du und Nilüfer, ihr seid einander nie von der Seite gewichen. Sie kannte dich als Geliebte, als Mutter, als Künstlerin. Nilüfer witterte auch als Erste die Gefahr. Gleich nachdem du ihr İsmail vorgestellt hattest, warnte sie dich vor ihm. Sie sagte immer wieder, du solltest dich vor ihm in Acht nehmen, aber du wolltest nicht hören. Nach einer Weile beschloss sie zu schweigen. Sie ahnte nicht, dass es längst zu spät war.

Aziz

Aziz ist der Anwalt eurer Sippe. Seine Eltern sind Sunniten aus Zentralanatolien, ehrliche, fromme Leute mit einem ausgeprägten Gerechtigkeitssinn. Er ist loyal, bodenständig, introvertiert, und er glaubt an das Gesetz. Ihr liebt ihn alle sehr. Er wiederum liebt Künstler, und deshalb kümmert er sich um eure chaotische Buchhaltung, hilft euch, wenn ihr Ärger mit der Justiz habt, und verteidigt eure politisch heiklen Ideen vor Gericht. Trotz seines seriösen Auftretens lacht er viel und gern, und er verliert nie den Humor, selbst dann nicht, wenn er wieder einmal Drohbriefe bekommt oder von der Polizei überwacht wird.

Eines Tages fällt ihm auf, dass der Straßenverkäufer vor seinem Haus (den er seit Jahren kennt) seinen Stand einem zwielichtigen Typen überlassen hat, der sich die ganze Nacht nicht von der Stelle rührt. Er geht zu dem Mann und sagt: »Hier, bitte, ein heißer Tee. Ihnen muss doch kalt sein, wenn Sie sich die ganze Nacht die Beine in den Bauch stehen. Warum suchen Sie sich keine weniger entwürdigende Arbeit?«

Ihr lacht monatelang über die Szene, imitiert die fassungslose Miene des Zivilpolizisten, der so tun musste, als verstünde er nicht, was Aziz von ihm wollte.

Nach der Machtübernahme der Militärs hatte seine

Frau nach Deutschland fliehen und dort Asyl beantragen müssen, und so zog Aziz die gemeinsame Tochter allein groß. Jeden Tag, bevor er in die Kanzlei fuhr, brachte er sie zur Schule. Er trat vor ihr aus dem Haus, sah sich gründlich um, öffnete die Motorhaube, um sich zu vergewissern, dass alles in Ordnung war, und winkte dann seiner Tochter, die angelaufen kam und hastig ins Auto stieg. Das war ihr tägliches Ritual. An einem Wintermorgen blies ein eisiger Wind Schneeflocken durch Tepebaşı, und das Mädchen trat früher als sonst aus der Tür und lief auf das Auto zu. Als Aziz sie aus dem Haus kommen sah, stieg er hastig ein und steckte den Schlüssel in die Zündung. Nach einem verräterischen Klicken explodierte das Auto vor den Augen seiner Tochter. Er, der sonst immer so vorsichtig gewesen war, hatte das Mädchen wahrscheinlich nicht in der Kälte warten lassen wollen, und in der Eile war ihm der selbst gebastelte Sprengsatz unter dem Auto nicht aufgefallen. Ein gerade aus dem Gefängnis entlassener Straftäter, der mit Aziz' Hilfe eigentlich zu lebenslanger Haft verurteilt worden war, hatte ihn dort angebracht.

Nach seinem Tod schriebst du dir jahrzehntelang mit seiner Witwe. Sie ist vor Kurzem gestorben. Nilüfer bringt mich mit der Tochter in Kontakt, und wir verabreden uns auf Skype. Wir verstehen uns auf Anhieb. Ihr ergeht es wie mir, sie hat viele Erinnerungen an ihre Kindheit, und wir lachen viel, sie hat denselben trockenen Humor wie ihr Vater. Sie ist in die Fußstapfen ihres Vaters getreten und Anwältin geworden. Auch sie setzt sich für politische Gefangene ein. Es sind seit damals nicht weniger geworden.

Als ich ihr anvertraue, dass ich mehr über İsmail und

über Papas Verschwinden herausfinden will, erwidert sie, dass sie sich selbst leider nur sehr verschwommen an diese Zeit erinnert. Aber sie besitzt einen Karton ihres Vaters, der mit »Tiefer Staat 1970–1980« beschriftet ist, und bietet mir an, sie könne ihn durchsehen und alle Unterlagen heraussuchen, die mit den beiden zu tun haben. Bevor wir auflegen, stellt seine Tochter mir eine letzte Frage:

»Bist du sicher, dass du das alles aufwühlen willst, Hülya? Nach vierzig Jahren?«

»Ich weiß nicht. Was würdest du an meiner Stelle tun?«

»Ich finde, an der Wahrheit führt kein Weg vorbei, aber das ist ja auch mein Beruf. Deiner ist es, Geschichten zu erzählen. Ich weiß nicht, was für dich besser ist. Immerhin gibt es noch Menschen, die dir von damals erzählen können. Also hast du die Möglichkeit zu erfahren, was wirklich passiert ist.«

Sie hat recht. Aber ich habe furchtbare Angst davor, was ich herausfinden könnte.

Bahar

Bahar ist der einzige Mensch außer dir, der meine gesamte Kindheit miterlebt hat. Meine Windpocken, meinen ersten Schultag, mein erstes Mal auf dem Fahrrad, meinen ersten Kater, meinen ersten Liebeskummer, meine Karatewettkämpfe, meinen Weggang von zu Hause. Dieses strahlende Wesen war deine Köchin, Friseurin, Gesellschafterin, Kosmetikerin und Astrologin. Am liebsten erzählte sie die Geschichte, warum sie sich für den Vornamen »Bahar« entschieden hatte, was auf Türkisch »Frühling« bedeutet: weil an einem Tag im Frühling ihr neues Leben begonnen hatte.

»In Istanbul gibt es immer einen Moment, wo man spürt, dass der Winter endgültig vorbei ist, meistens so um den 15. April herum. Die Judasbäume blühen, das Meer riecht frischer, die Luft fühlt sich wärmer an. Auf dem Weg ins Krankenhaus dachte ich, heute ist es so weit, die Natur erwacht zum Leben und mein Körper auch.«

Ich wähle die Nummer, die Nilüfer mir gegeben hat. Wie früher meldet sich Bahar mit einem lang gezogenen »Efendim?« statt mit dem international verständlichen »Alo?«. Ihre Stimme, die mich als Kind ungemein fasziniert hat, klingt immer noch tief, obwohl Bahars Körper nun schon seit einem halben Jahrhundert weiblich ist.

Gleich als Erstes entschuldigt sie sich. Sie habe die ganze Zeit anrufen wollen, habe sich aber nicht getraut.

Wir reden die ganze Nacht lang.

Bahar ist die erste Transsexuelle, die es in der Türkei zu Berühmtheit gebracht hat, und die erste, die den blauen gegen den rosa Personalausweis eintauschen durfte. Es war allgemein bekannt, dass das Präsidentenehepaar Umgang mit ihr pflegte und dass die First Lady sie sehr schätzte. Vermutlich kam die Erlaubnis zur offiziellen Änderung des Geschlechts also von ganz oben. Trotzdem achteten Minister und Politiker penibel darauf, nicht mit ihr in der Öffentlichkeit gesehen zu werden. Auf keinen Fall sollte ein Foto von ihnen neben »dieser Person« in der Zeitung erscheinen.

Nachdem Bahar – der man bei der Geburt den Namen Mustafa gegeben hatte – ihre Kindheit und Jugend überstanden hatte und ihrer Familie entkommen war, setzte sie alles daran, ihr Geschlecht offiziell ändern zu lassen, damit sie nicht zur Armee musste. Doch ihr Antrag wurde abgelehnt, und so musste sie mit fünfundzwanzig Jahren als »er« Dienst an der Waffe leisten.

»Bei der Armee lernte ich die Freuden des Kasernenlebens kennen. Achtzig Männer in einem Schlafsaal, wenn du verstehst, was ich meine … Nach meinem Wehrdienst habe ich mich dann verschleiert. Ich dachte mir: Süße, du wolltest den Körper nicht, den Allah dir geschenkt hat, jetzt musst du für deine Sünden Buße tun.«

Tagsüber verbarg sich Bahar unter einem Ganzkörperschleier, nachts sang sie in High Heels und Leopardenkleid im Kabaré Propaganda, einem beliebten Nachtklub, in dem viele Prominente verkehrten. Dort wurdest du auf sie aufmerksam. Bahar hat oft gesagt, die Begegnung mit dir sei ihre Rettung gewesen, denn dir habe sie es zu verdanken, dass aus »ihm« endlich auch auf dem Papier eine »Sie« wurde. Du nahmst Bahar unter deine Fittiche. Du bewundertest sie, und sie konnte ihr Glück kaum fassen. Da sie sich mit Schminke und Frisuren auskannte, nahmst du sie zu allen Dreharbeiten mit. Du zahltest auch für ihre äußerliche Verwandlung: Hormonbehandlung, Stimmtraining, Haarentfernung, Brustvergrößerung und die Vaginoplastik, eine OP, die damals noch sehr stümperhaft durchgeführt wurde. Außerdem gabst du ihr in unserer Küche Sprech-, Haltungs- und Atemunterricht, was uns denkwürdige Lachanfälle bescherte.

Bahar trat weiter unregelmäßig im Kabaré Propaganda auf, vor allem aber wurde sie für dich unentbehrlich: Sie ertrug deine Launen, kochte deine Lieblingsgerichte, bügelte deine Kleider. Im Gegenzug ließt du ihr genügend Zeit, für ihre eigenen Nummern zu proben. Nach mehreren erfolgreichen TV-Auftritten war sie bekannt wie ein bunter Hund, auch wenn sie für viele Zuschauer ein »Freak« blieb. Die Leute wollten ihre Weltoffenheit beweisen und taten so, als würden sie sie akzeptieren, aber Bahar durchschaute das Spiel und machte sich darüber lustig: »Jeder braucht einen Armenier, Griechen, Zwerg oder eine Transe in seinem Leben. Für diese verklemmten Spießer bin ich ein Geschenk des Himmels.«

Der gesellschaftliche Aufstieg, den du ihr ermöglicht hast, war für Bahar eine einmalige Chance. Dafür gab sie sich damit zufrieden, in deinem Schatten zu stehen, und verzichtete mehr oder minder auf eine eigene Karriere. Sie sagte immer, der große Durchbruch als Sängerin wäre ihr sowieso nie gelungen. Sie war stolz darauf, für dich arbeiten zu dürfen, liebte es aber natürlich trotzdem, selbst im Rampenlicht zu stehen, sobald sich die Gelegenheit bot.

Bahar hatte etwas von einer Hellseherin, einer Hexe, einem Medium, und eine ihrer Lieblingsbeschäftigungen war die Vertreibung böser Geister: Im Dezember verteilte sie überall Granatapfelkerne, im Februar knotete sie Bänder an die Zweige von Apfelbäumen, im Mai warf sie Rosenblätter ins Meer, im September verbrannte sie die Wurzeln von Weinstöcken, sie las die Zukunft aus dem Kaffeesatz und interpretierte unsere Horoskope. Mal riet sie dir, einen Auftrag abzusagen, weil Merkur rückläufig war, mal, wegen einer Opposition von Saturn und Neptun eine Premiere zu verschieben.

In meiner Kindheit war sie eine der freundlichsten, lustigsten und liebevollsten Bezugspersonen, die ich hatte. Ein Bild, das ich immer vor mir sehe, wenn ich an sie denke, ist vom 1. Mai 1977, als sie den Taksim-Platz zum Strahlen brachte. Der Tag ist im kollektiven Gedächtnis der Türken verankert, eine Kundgebung, die mit einem Massaker endete. Ihr wart alle dort. In der Ledertasche finde ich einen Zeitungsartikel mit Fotos. Ein Bild vom Anfang der Demo, auf dem ihr alle gemeinsam in einer Reihe marschiert, und eines vom Ende der Demo, auf dem Bahar wegläuft. Hinter ihr sieht man zwei kleine Silhouetten im Gegenlicht. Eine davon muss ich sein.

***

Am 1. Mai 1977 trifft sich eine Gruppe Aktivisten bei uns zu Hause. Deine Wohnung liegt ganz in der Nähe des Taksim-Platzes, der traditionelle Versammlungsort der Linken, wo die Abschlusskundgebung der Demo zum Arbeiterkampftag stattfinden soll. Neben deinen vier engsten Freunden sind viele Mitglieder der von euch gegründeten Filmgewerkschaft gekommen, befreundete Schauspieler und Techniker mit Schildern und Transparenten, die sie am Vortag gemalt haben. Melek, unsere Concierge, die ihr aufgefordert habt, sie solle sich euch anschließen, hat ihre Kinder mitgebracht, weil sie nicht weiß, wo sie die beiden sonst lassen soll.

Dann ruft İsmail an. Als er erfährt, dass ihr auf dem Weg zum Taksim-Platz seid, wird er wütend und brüllt, du dürftest auf keinen Fall dorthin gehen. Du erwiderst, du würdest auf jeden Fall hingehen, ihr hättet euch seit Tagen auf die Demo vorbereitet. Als er merkt, dass er dich nicht von deinem Vorhaben abbringen kann, sagt er, du sollst auf dich aufpassen, es würden »Agents Provocateurs aus dem Ausland« vor Ort sein.

Wir ziehen los, fröhlich, stolz. Ich nehme Meleks Kinder an die Hand. Wir nähern uns dem Platz, die Demo ist viel größer als erwartet. Mehrere Seitenstraßen sind gesperrt. Gemeinsam mit Nilüfer, Bahar, Aziz, Fırat und ein paar befreundeten Schauspielern setzt du dich an die Spitze des Zuges, um die Arbeiter zu schützen. Ihr geht davon aus, dass es niemand wagen würde, Prominente wie euch zu verhaften, während die Polizei sich bei Leuten, denen man ihre proletarische Herkunft ansieht, bekanntermaßen nicht zurückhält. Ihr tragt lange bunte Kleider und Blumen im Haar. Manche Gewerkschafter der alten Schule fürchten, man werde sie nicht ernst nehmen, wenn sie Seite an Seite mit »bourgeoisen Subjekten« und mit Bahar marschieren. Ein hochgewachsener Typ mit Brille murmelt, dies sei kein Jahrmarkt, sondern eine Demonstration der Arbeiterklasse. Mit einem entwaffnenden Lächeln konterst du: »Wir kämpfen alle für dieselbe Sache, Genosse!«, darauf fällt ihm nichts mehr ein.

Die Stimmung ist ausgelassen. Studenten, die aussehen, als hätten sie gerade ihren Abschluss an der Sorbonne gemacht, verbrüdern sich mit proletarischen Jugendlichen aus den Vororten. Noch trennt der politische Islam Männer und Frauen nicht, die jungen Leute fassen sich an den Händen und tanzen *horon*, singen die Internationale auf Türkisch, skandieren mal satirische, mal ernsthafte Parolen, die Meleks Kinder mitzurufen versuchen, was alle sehr lustig finden. Du begrüßt befreundete Schauspieler, die neben Arbeitern in zerschlissener Kleidung marschieren, alle recken die linke Faust, Menschen, die sonst nichts miteinander zu tun haben, haken sich unter. Auf dem Taksim-Platz herrscht ein Geist der Brüderlichkeit.

Plötzlich schlägt die Stimmung um, Unruhe entsteht, die Menschen drängen in verschiedene Richtungen. In der Ferne höre ich einen Schuss, dann Schreie, dumpfe Geräusche, noch mehr Schüsse. Chaos bricht aus, aber die Menschen stehen zu eng, ich kann nichts sehen. Eine Frau zeigt auf das Hochhaus am Rand des Platzes, das teure Hotel, in dem wir manchmal ein Eis essen, ich lege den Kopf in den Nacken und sehe ganz oben an einem Fenster zwei Männer, die Gewehrläufe auf die Menge richten. Im nächsten Moment sind sie verschwunden, die Menschen um mich herum kreischen, rennen los, stolpern, fallen hin. Ich verliere euch aus den Augen. Ich höre Melek nach ihren Kindern rufen, sehe ihr Haar und ihren Pulli am Boden, Menschen trampeln über sie hinweg, weitere Schüsse fallen, Panik bricht aus, Dutzende von Menschen gehen zu Boden, Meleks Kinder stehen wie angewurzelt neben mir, der Junge, der gerade mal fünf ist, weint, das etwas ältere Mädchen ist wie versteinert, wir sind drei verlorene Kinder inmitten all der Erwachsenen. Ich weiß nicht, ob ich wegrennen soll, ich muss eine Entscheidung treffen, ich darf die Kinder nicht allein lassen, ein paar Sekunden lang höre ich die Stimmen um mich herum verzerrt, wie wenn ich mit deinen Schallplatten spiele und eine Single mit der Geschwindigkeit einer LP abspiele, ich habe genug Zeit, mir vorzustellen, wie wir von der Menge totgetrampelt werden.

Plötzlich kommt jemand auf uns zugelaufen. Es ist keiner der »tapferen Revolutionäre«. Die Trotzkisten, Stalinisten und Maoisten haben sich längst in Sicherheit gebracht. Nein, es ist Bahar, die sich durch die Menge pflügt, die einzige Drag Queen auf dem Taksim-Platz. Während alle anderen in die entgegengesetzte Richtung fliehen, hat sie kehrtgemacht. In High Heels und mit einer Federboa um den Hals schnappt sie sich Meleks Kinder und klemmt sie sich rechts und links unter die Arme. Dann brüllt sie »Lauf!« und sprintet los wie das *super badass* einer US-amerikanischen Fernsehserie. Wir erreichen eine Bar am Rand des Platzes, ein zwielichtiges Etablissement, das Bahar offenbar gut kennt. Sie rennt zu einer Seitentür und zieht an einer Kette, wir schlüpfen hinein und verstecken uns in der Dunkelheit. Hinter uns knallt die Tür zu. Wir hören Schritte, Schreie,

Schüsse, wieder Schreie. Zwanzig endlose Minuten warten wir in unserem Versteck, in dem es nach kaltem Zigarettenrauch, abgestandenem Alkohol, feuchtem Teppich und Sperma riecht. Meleks Kinder weinen, und als draußen endlich Ruhe einkehrt, trauen wir uns wieder hinaus. Bahar läuft jetzt barfuß, sie trägt den kleinen Jungen auf dem Arm und hält ihre Schuhe in der anderen Hand, während ich das Mädchen hinter mir herziehe.

Als wir zu Hause ankommen, seid ihr schon da, und du schließt mich weinend in die Arme. Nilüfer erzählt, du hättest überall wie verrückt nach mir gesucht, und Melek, die Bahar bisher für pervers gehalten hat, küsst sie, dankt ihr, dass sie ihre Kinder gerettet hat, und verkündet, sie sei von nun an ihre Schwester. Von diesem Tag an spricht unsere strenggläubige Concierge nie wieder in der männlichen Form von Bahar, macht ihr bei jeder Gelegenheit Komplimente, backt ihr die Zigarren-Böreks, die sie so liebt, und hilft ihr beim Epilieren der Beine. Nachdem der erste Schock überwunden ist, macht die Geschichte die Runde, und Bahar wird zur Legende. Sie trägt ihre Verbände wochenlang wie eine Trophäe und zeigt allen ihre Blutergüsse, als wären es Kriegsverletzungen.

Ihr beiden habt oft über jenen Tag geredet, habt sogar darüber gelacht, und immer, wenn du zu ihr sagtest, sie hätte mehr Eier als all die Möchtegernrevoluzzer zusammen, antwortete Bahar mit einem ironischen Lächeln: »Hast du vergessen, Süße? Die habe ich mir abschneiden lassen! Und du hast die OP bezahlt …«

Doch nicht nur Bahar bewies an jenem Tag Heldenmut. Ihr alle riskiertet euer Leben: Du, als du nach mir suchtest, Fırat und Nilüfer, als sie die verletzte Melek nach Hause trugen, und Aziz, als er alles daransetzte, die verhafteten Demonstranten aus dem Gefängnis freizubekommen, und vor allem später, als er versuchte herauszufinden, wer das Massaker in Auftrag gegeben hatte.

Am 1. Mai 1977 gab es auf der kleinen Straße neben dem Taskim-Platz vierunddreißig Tote und über hundert Verletzte. Später kamen alle möglichen Gerüchte auf: Die Männer in dem Hotelzimmer seien vom türkischen Geheimdienst gewesen. Oder von der CIA. Es seien Rechtsextreme gewesen. Die ersten Schüsse seien ein Signal für die Agenten in der Menge gewesen, Demonstranten anzugreifen, um eine Massenpanik auszulösen. Bis heute ist niemand für den Anschlag angeklagt worden, obwohl der Name des Mannes, der das Hotelzimmer angemietet hatte, der Polizei bekannt ist.

***

Am Telefon schweigt Bahar kurz, schnauft, als hätte sie einen Schnupfen, stößt einen leisen Seufzer aus und sagt dann:

»Eins ist sicher, Schätzchen, bevor wir losgingen, Stunden vor den ersten Schüssen, wusste İsmail, dass etwas im Busch war. Er wusste immer über solche Dinge Bescheid. Aber was bringt das jetzt noch, das ist so lange her …«

İshak

Ich nehme mir noch einmal die Ledertasche vor und finde Briefe und Jugendfotos von Papa. Ganz unten entdecke ich eine Klarsichthülle mit Kontaktabzügen, ein Tagebuch und die beiden Leicas, die ihn sein Leben lang begleitet haben.

In anderthalb Jahrzehnten hat İshak Tausende von Fotos gemacht, aber von ihm selbst gibt es nur wenige. Ein paar Bilder zeigen ihn als Kind in der elterlichen Wohnung und als Jugendlicher im Reit- oder Segelverein und später beim Skifahren, nachdem das erste türkische Wintersportgebiet eröffnet worden war. Man sieht sofort, dass er aus einer gut situierten Familie stammt, er ist immer wie aus dem Ei gepellt. Es sind höchstens zwanzig Fotos, auch wenn man natürlich sagen könnte, dass das für einen Menschen, der 1938 geboren wurde, ziemlich viel ist. Manchmal sind seine Eltern mit auf dem Bild, hin und wieder ein Kindheits- oder Jugendfreund. Auf einem Foto steht İsmail neben ihm. Papa ist zehn, İsmail zwölf, es ist ihr erster Schultag am Gymnasium, die beiden posieren in marineblauen Anzügen mit Krawatte vor dem Haus meiner Großeltern. Ihre Kleidung unterscheidet sich nur in einem Detail: Papa trägt Lackschuhe, İsmail Plastiksandalen.

Ein paar weitere Schwarz-Weiß-Bilder vom Gymnasium und von der Universität (Berkeley), einige Fotos von Papas erster großer Reise Ende der Fünfzigerjahre. Nachdem ihr euch kennengelernt habt, gibt es nur noch Bilder von euch beiden zusammen. Man sieht euch auf Partys, Premierenfeiern, Empfängen, bei eleganten Abendessen. Anfang der Sechzigerjahre trägt Papa Anzugjacken und dünne Krawatten, ein paar Jahre später Cordjacketts und Schlaghosen, langes Haar, Koteletten und eine getönte Brille im Chic der *late sixties*.

In einem Umschlag stoße ich auf einen Stapel Bilder, auf denen Papa bei der Arbeit zu sehen ist, beim Fotografieren in Vietnam, Rhodesien und auf einer kommunistischen Gewerkschaftsdemonstration in Paris. Ich frage mich, wer die Bilder gemacht hat, wahrscheinlich ein Freund und Weggefährte. Interessanterweise sieht man İshak selbst im Kriegsgebiet sofort an, dass er mit einem goldenen Löffel im Mund zur Welt gekommen ist. Er hat einfach einen gewissen Stil und dazu ein Lächeln wie Robert Redford. Du hast immer gesagt, damit könne er jedes Frauenherz zum Schmelzen bringen.

İshak wuchs in einer gebildeten großbürgerlichen Familie auf, in der man großen Wert auf Diskretion legte. Im 15. Jahrhundert hatten seine jüdischen Vorfahren nach der Vertreibung aus Spanien im Osmanischen Reich Zuflucht gefunden. Als du die Rolle der Roxane in Racines Stück *Bajazet* angeboten bekamst, habt ihr über den Text und über die damalige Epoche diskutiert, über das Schicksal der Sephardim und darüber, wie sie die Türkei geprägt haben. Er zeigte dir Synagogen, die du noch nicht kanntest, brachte dir ein paar Brocken Ladino bei und erzählte dir jüdische Witze. Er sagte, er werde dich erst einmal nicht seinen Eltern vorstellen, da sie dich ablehnen würden. Sie seien zwar keine praktizierenden Juden, aber als Gojah und als Schauspielerin, die für ihre losen Sitten bekannt war, entsprachst du nicht gerade ihrem Idealbild einer Schwiegertochter. Zu allem Überfluss warst du ein paar Jahre älter als er. Seine Eltern akzeptierten dich nie, selbst nach meiner Geburt nicht.

Wie viele wohlhabende jüdische Familien fürchteten die Hazans den Antisemitismus der Neider. So lernte İshak von klein auf, sich bedeckt zu halten, getreu dem Motto »*kayadez*«, ein Ausdruck aus dem Ladino, der »lasst uns schweigen« bedeutet. Seine Eltern bläuten ihm ein: Solange man nicht weiß, wen man vor sich hat, sagt man besser nichts, vor allem aber gibt man in der Öffentlichkeit keine Äußerungen von sich, die einen in Schwierigkeiten bringen könnten.

Mein Großvater Nissim Hazan hatte Arzt werden wollen, aber im Krieg konnte er nicht studieren. Die Türkei hielt sich weitgehend aus dem Zweiten Weltkrieg heraus und nahm sogar eine Handvoll verfolgter jüdischer Intellektueller aus Deutschland auf, schloss aber gleichzeitig die Grenzen für Flüchtlinge und erhob hohe Steuern auf das Vermögen aller Bürger, die keine Muslime waren. Wer nicht zahlen konnte, kam ins Arbeitslager und schuftete sich dort zu Tode. Mein Großvater, der bereits einen kleinen Sohn hatte, konnte sich in diesen unsicheren Jahren kein Medizinstudium leisten, aber er wollte trotzdem einen Beruf ausüben, der mit dem Fach zu tun hatte. Eines Tages las er in einer französischen Zeitschrift, die Zukunft gehöre der Medizintechnik. Er begann mit dem Import von OP-Leuchten,

Prothesen und Stethoskopen, nahm als Nächstes Zahnarztstühle und Operationstische ins Sortiment, und nach wenigen Jahren hatte sich Hazan-Medi zur ersten Adresse für medizinisches Zubehör jeglicher Art entwickelt. Ab diesem Zeitpunkt hatte mein Großvater nur noch einen Wunsch: Sein einziger Sohn sollte in den USA »Management« studieren, ein neues Fach, und nach seiner Rückkehr in die Türkei den Familienbetrieb übernehmen.

Mit achtzehn Jahren ist İshak neugierig auf die Welt, und ihm steht überhaupt nicht der Sinn danach, Medizintechnik zu verkaufen. Sein Vater versucht vergeblich, ihm ein Studium der Betriebswirtschaftslehre schmackhaft zu machen, »Hazan-Medi, Vater & Sohn« wird es nicht geben. İshak will Politikwissenschaft studieren. Seine Eltern stehen unter Schock. In einem Land, in dem es für Nicht-Muslime undenkbar ist, Diplomat, Politiker, General oder selbst Kleinstadtbürgermeister zu werden, ist das Gerede von Klassenkampf und Staatskritik ein Damoklesschwert, das die ganze Familie vernichten kann. Nissim droht, er werde seinem Sohn den Geldhahn zudrehen, aber İshak hält an seinem Traum fest. Er will die Welt verstehen, den Puls der Zeit nehmen. Nach monatelangem Streit zwischen Vater und Sohn geben die Eltern nach, aber nur unter einer Bedingung: İshak darf nicht in der Türkei studieren, das ist zu gefährlich. Sie hören sich um und erfahren, dass es an einer der amerikanischen Eliteunis, Berkeley, eine neue Fakultät gibt. Dort wäre İshak vor der Gewalt, die die Türkei erschüttert, in Sicherheit. Der Studiengang »Internationale Beziehungen« ist perfekt für den jungen Abiturienten, der seit seiner Kindheit mehrere Sprachen spricht. Nissim sagt zu seinem Sohn: »Vergiss das Französische, das ist nur noch zum Romanelesen gut. In Zukunft wird alle Welt Englisch sprechen.« Im September 1957 fliegt İshak nach Kalifornien und lernt das amerikanische Campus-Leben kennen, das ganz anders ist als sein behütetes Leben in der Türkei. Er begeistert sich für die Underground-Kultur, für die Beat Generation, Kerouac, Ginsberg und Burroughs, nimmt an hitzigen Diskussionen teil und lernt echte Redefreiheit kennen – er findet, der Ausdruck *free speech* habe einen magischen Klang –, vor allem aber kommt er mit politischer Fotografie in Berührung. Der Leiter des Foto-Klubs der Uni lobt seinen »scharfen Blick«, und zum ersten Mal in seinem Leben hat İshak das Gefühl, er könne etwas daraus machen. Er begibt sich auf die Suche nach ungewöhnlichen Orten und einzigartigen Momenten und fängt sie mit der Kamera ein. Er fotografiert Jazzmusiker, Schwarze in ihren Stadtvierteln, mexikanische Tagelöhner, Filmproduzenten mit Zigarre am Strand, Beatniks, er erlebt hautnah das Aufkommen der großen sozialen Bewegungen des 20. Jahrhunderts. Noch weiß er nicht, dass er das Fotografieren zum Beruf machen wird. In den Semesterferien fliegt er nach Paris, dort begegnet er wichtigen Leuten, dort beschließt er, sein Studium abzubrechen und sich ganz dem Fotografieren zu widmen, dort wird eine Agentur auf seine Bilder aus Kalifornien aufmerksam, dort lernt er berühmte Kollegen kennen und kauft seine erste Leica, die er nie mehr aus der Hand geben wird – auch nicht, als er später gutes Geld verdient und sich teurere Kameras leisten könnte. In Paris fotografiert er die Demonstrationen von Algeriern und Studenten, die Seite an Seite mit berühmten Intellektuellen marschieren. Weil manche seiner Bilder in europäischen Zeitungen erscheinen, beschuldigt ihn die nationalistische türkische Presse, »vom Ausland finanziert zu sein«. Man wirft ihm sogar vor, er stehe »im Dienst finsterer Mächte, die Aufstände aus dem Westen in die Türkei importieren wollen«. Der Beweis: Gleich nachdem junge Leute in Paris auf die Straße gegangen sind, rebellieren auch in der Türkei die Studenten, und die Gewerkschafter schließen sich ihnen an.

Wenn ich heute İshaks Kontaktabzüge betrachte, sehe ich menschliche Gesichter inmitten historischer Ereignisse. Papa war niemand, der sensationsheischenden Bildern hinterherjagte. Seine Arbeit war zutiefst respektvoll, er dokumentierte das Zeitgeschehen, ohne den Beteiligten ihre Würde zu nehmen.

Während seines kurzen Berufslebens fotografierte er das politische Geschehen seines Landes und etwa ein Dutzend internationale Konflikte. Die Türkei erblickte viele Ereignisse der Zeitgeschichte durch seine Linse. Seine Reportagen waren immer von kurzen Texten begleitet, in denen er die politischen Umstände beschrieb. Noch heute verkauft seine französische Agentur die Bilder in alle Welt. Papa liebte Frankreich und flog oft nach Paris, weil er vor seinen Reportagereisen in der Agentur vorbeischauen musste, aber auch, weil er seine Aufenthalte in der Stadt immer als »magisch« empfand. Er saß mit Freunden im Café de Flore und diskutierte über Weltpolitik und Internationalismus, über Che Guevara und Salvador Allende. Sie überlegten gemeinsam, wie man Menschen »nicht als Angehörige eines bestimmten Volks, sondern als Teil der Menschheit« porträtieren konnte, tauschten sich über die jüngsten technischen Entwicklungen aus, gaben sich Tipps für den Kauf neuer oder gebrauchter Ausrüstung, stritten über die Zukunft der Fotoreportage. Sie trafen sich in der Agentur, um ihre Flugtickets, Filme und Reisepläne abzuholen und um zu besprechen, über welche Länder sie als Nächstes berichten wollten. Du vermutetest, dass İshak bei seinen »magischen« Aufenthalten in Paris flüchtige Affären hatte, aber es machte dir nichts aus. Liebe gab es nicht ohne Konkurrenz, und insgeheim genossest du es, ihm hin und wieder eine Szene zu machen und wegen einer französischen Rivalin in Tränen auszubrechen.

İshak stellte dir nie Fragen zu deinem »Techtelmechtel« mit İsmail. Seine Diskretion war zugleich Berufskrankheit und eine Folge seiner Erziehung. Außerdem verloren eure außerehelichen Liebschaften jede Bedeutung, sobald ihr zusammen wart. Wenn ihr euch umarmtet, vergaßt ihr die Außenwelt. Nichts konnte an eure Verbundenheit heranreichen, und ihr wart euch sicher, dass ihr gemeinsam alt werden würdet. Wenn es nur eine einzige Wahrheit auf dieser Erde gab, dann diese: Keine *love affair* ging so tief wie eure Liebe.

Wie viele symbiotische Paare liebtet ihr euch, gingt fremd und liebtet euch weiter. Ihr bewundertet Jean-Paul Sartre und Simone de Beauvoir, die eine neue Form des Paarlebens erfunden hatten, mit einer »notwendigen Liebe« und mehreren »zufälligen Liebschaften«. Wie für die beiden war die Liebe auch für euch ein »gemeinsames Projekt«.

* * *

Papas Reportagen erschienen in Zeitungen überall auf der Welt, auch noch nach dem Militärputsch 1971, als er selbst verschwunden war. Er dokumentierte den Sechstagekrieg, den Vietnamkrieg, den Prager Frühling, die Kulturrevolution in China, die Kubakrise, den Algerienkrieg, das politische Erdbeben im Iran, den Bau der Berliner Mauer und den Militärputsch in Griechenland – der tragischerweise an den Putsch in der Türkei erinnerte, bei dem ihr euch kennengelernt hattet. In zwölf Jahren bereiste İshak eine erstaunliche Anzahl von Ländern. Zu Hause in der Türkei berichtete er über Gerichtsverfahren, Polizeigewalt, Korruption, Haftbedingungen, den »Tiefen Staat« und Geheimdienstmorde. Wie alle Journalisten hatte er seine Beziehungen, seine Kontakte, seine Informanten, und natürlich gab er sich mit Leuten ab, mit denen man besser nichts zu tun hatte. Gleichzeitig sagte er immer wieder, er wäre es leid, sein Leben in Gefahr zu bringen, und die nächste Reise werde seine letzte sein.

Der salafistische Lebensmittelhändler

Am frühen Morgen schlafe ich über Papas Kontaktabzügen ein, und beim Aufwachen habe ich Kriegsbilder im Kopf, einen Riesenhunger und das Bedürfnis nach einem türkischen Frühstück. Ich springe auf und laufe zum zweiten Mal innerhalb weniger Tage zu dem islamistischen Lebensmittelhändler in meiner Straße, den ich sonst konsequent meide. Wie üblich weiß mein Körper besser als mein Gehirn, was mir guttut, er aktiviert die Geschmackserinnerung, um meinen seelischen Schmerz zu lindern. Ich habe Angst vor der Begegnung mit dem Fundamentalisten an der Kasse, aber ich lege mir eine Strategie zurecht. Ich werde nur Französisch mit ihm sprechen, und ich habe auch schon eine Ausrede parat: »Ich war letztes Jahr im Urlaub in Ihrem wunderschönen Land, das war wirklich traumhaft schön, deshalb hatte ich heute Morgen spontan Lust auf ein türkisches Frühstück.« Aber natürlich kommt alles anders, und so stehe ich wenig später unter dem Photoshop-Bild einer über dem Eiffelturm schwebenden Kaaba, ein Werk, das den Großmachtfantasien eines radikalislamischen Grafikdesigners entsprungen sein muss, und plaudere in einem Mix aus Französisch und Türkisch mit einem bekehrungswütigen Salafisten. Meine Einkaufstüten sind so prallvoll, dass sie zu platzen drohen: mit Rize-Tee von der Schwarzmeerküste, ägäischen Oliven, Kumin, Kichererbsen, getrockneten Aprikosen, türkischen Zigaretten und einer Literflasche Rakı, mit dessen Verkauf der Salafist kein Problem hat, »was bleibt mir anderes übrig, die Nachfrage ist groß«. Sami ist in Frankreich geboren und aufgewachsen, er ist achtunddreißig, hat drei Kinder und zwei Frauen (er plant, sich zeitnah eine dritte zu nehmen), seine Eltern sind seit den Siebzigerjahren in Frankreich und Atheisten, »total verwestlichte Ketzer« – es ist mir wirklich ein Rätsel, was zwischen der ersten und der zweiten Einwanderergeneration schiefgelaufen ist. Er ist wahnsinnig stolz darauf, dass er »zum Weg der Altvorderen zurückgekehrt ist«, und rät mir, seinem Vorbild zu folgen, schließlich stammten wir beiden von Mehmed dem Eroberer ab, der immerhin auf einem weißen Pferd in die Hagia Sophia eingeritten sei, die laizistische Phase der Türkei sei vorbei und als Nächstes sei Frankreich dran, also müsse ich mich für eine Seite entscheiden. Er legt mir wärmstens den Neo-Osmanismus ans Herz, der demnächst Europa und Nordafrika erobern wird, und fixiert mich aus stahlblauen Augen, während er meine Bankkarte in das Bezahlterminal schiebt. In dem Moment erinnert er mich weniger an einen Dschihadisten als an einen Serienkiller, einen dieser Typen, die in amerikanischen Filmen Frauen zerstückeln und aus ihrem Haar Pullis stricken. Ich reiße meine Bankkarte aus seiner islamistischen Maschine, bevor sie meine Daten an eine terroristische Organisation übermitteln kann, und murmele einen atheistischen Abschiedsgruß auf Türkisch. Er antwortet mit einer endlosen arabischen Formel, gespickt mit Inshallah-Mashallah-Subhanallah und vielen weiteren auf »-allah« endenden Wörtern, wobei er sich große Mühe bei den Gutturallauten gibt, um seiner Missbilligung meines Istanbuler Akzents Nachdruck zu verleihen, dieses Akzents einer Ungläubigen, die sich dem imperialistischen Westen unterwirft, während er die Sprache des Korans in Ehren hält.

Gegen einen Typen, der nur an ein einziges Buch glaubt, während ich seit meiner Kindheit von der Lektüre unzähliger Romane korrumpiert bin, komme ich nicht an. Mir ist zum Weinen, ich bin müde, habe Hunger, Durst, Kopfschmerzen und nicht die Kraft, mich mit jemandem herumzustreiten, der nur aus Gewissheiten besteht. Ich kneife vor der Unerschütterlichkeit seines Glaubens, verlasse den Laden und mache mir Vorwürfe, weil sich ein erklärter Feind der Demokratie an mir bereichert hat.

Mein Mann kommt am Mittwoch wieder, mir bleiben also 48 Stunden, um mich mit türkischem Essen vollzustopfen, mir mit stinkenden türkischen Zigaretten die Lungen zu verätzen, mich mit Rakı zu betrinken und »auf der Couch zu chillen«, wie meine Tochter sagt. Danach muss ich mich zusammenreißen und mich wieder wie eine Erwachsene benehmen. Denn sonst besteht die Gefahr, dass der Spiegel der Liebe zerbricht, dieser Spiegel, der mir erstaunlicherweise nach drei Jahrzehnten immer noch ein Bild zurückwirft, das ich wohl dir zu verdanken habe, *anne*. Wenn ich über eins froh bin, dann ist es das von dir geerbte Talent, die Leidenschaft am Leben zu erhalten, die Liebe jeden Tag neu zu inszenieren, mit dem Partner zu lachen, sich an ihm zu erfreuen, nie müde zu werden, ihn zu berühren. Eines

Tages hat mein Mann gesagt, er fühle sich bei mir immer wie ein Tourist. Ich weiß nicht genau, was er damit meinte, und wollte nicht nachfragen, aber es ist definitiv das schönste Kompliment, das man mir je gemacht hat. Die Worte ersetzen mir den Ehering (bei unserer Hochzeit wollte ich keinen), und ich bin sicher, dass es euer Verdienst ist, dass unsere Liebe auf dem Boden eurer Liebe wachsen und erblühen konnte.

Ich öffne die Holzschatulle mit den Perlmuttintarsien und streiche über eure Eheringe.

Eure Romanze

Zu Beginn eurer Beziehung geht die Initiative eindeutig von dir aus. Dein Herz ist für diesen Mann entflammt, und du spürst, dass es mehr als nur ein Flirt ist. Du weißt, dass du nicht tatenlos herumsitzen kannst, wenn die Leidenschaft so tief geht, wenn sie deine Seele ergreift, wenn es »*ilk bakışta aşk*« ist, »Liebe auf den ersten Blick«. Gleich bei eurer ersten Begegnung weißt du, dass eure Beziehung *larger than life* sein wird. In deinen Augen muss die Liebe wild und roh sein, und zum ersten Mal beschert dir das echte Leben stärkere Gefühle als die Kunst.

Nachdem du den jungen Fotografen am letzten Abend eurer Premierenreise kennengelernt hast, willst du ihn gleich für dich haben, aber du musst dich in Geduld fassen. İshak ist nicht wie andere Männer, die dich sofort besitzen wollen. Er versucht nicht, dich in eine dunkle Ecke zu ziehen und zu küssen, er will erst wissen, ob das zwischen euch etwas Ernstes ist, und dich dann nach allen Regeln der Kunst verführen.

In den ersten endlosen Wochen schickst du ihm ein Foto von Dreharbeiten zu einem Film, in dem du eine tuberkulosekranke Heldin spielst, die Blut spuckt und sich in einem Sanatorium auf den Prinzeninseln nach ihrem Geliebten verzehrt. Ihr amüsiert euch gemeinsam darüber. Von da an findet ihr immer etwas zum Lachen, sei es das berüchtigte Lady-Macbeth-Interview, sei es der Abend, an dem İshak dich zum ersten Mal auf der Bühne sieht. Er hat dir vorher nicht gesagt, dass er kommen würde, und als beim Schlussapplaus die Lichter angehen, entdeckst du ihn in der ersten Reihe und zwinkerst ihm zu. Verwundert blickt er sich um, merkt, dass du ihn meinst, und grinst dich an. Von da an kommt er regelmäßig zu deinen Vorstellungen. Du reservierst ihm jedes Mal einen anderen Platz, mal im Orchester, mal auf dem Balkon, mal im Parkett, mal in einer Loge, damit er dich aus allen Blickwinkeln bewundern kann. Beim Schlussapplaus lacht ihr jedes Mal gemeinsam, du auf der Bühne, er im Publikum.

Eines Abends lädst du ihn zu dir nach Hause ein, und um zwei Uhr morgens küsst du ihn. Du bittest ihn zu bleiben und fragst ihn, ob er bei dir übernachten möchte. Am nächsten Morgen sagst du, er sei dir in die Falle gegangen, er sei jetzt dein Gefangener und du ließest ihn nie wieder gehen. Ihr lacht, und er verspricht, dich in seinem Gefängnis zum Lachen zu bringen, solange er lebt.

In den nächsten Tagen erträgst du es nicht, ohne ihn zu sein, nicht einmal fünf Minuten lang. Du bittest ihn, seine nächste Reise abzusagen. Er tut es gern, obwohl im Winter 1960 einiges los ist auf der Welt. Doch eure Liebe ist eine eigene Welt, viel größer als alles andere. Du räumst ihm einen Platz in deinem Leben frei, ihr lacht, er erzählt von seinen Reisen, du erzählst von deinen Dreharbeiten und Theaterproben, ihr lacht, er berichtet von den Ländern, die er bereist hat, von den Toten, den Kriegen, ihr weint, er bringt dich mit einer

Anekdote wieder zum Lachen. İshak ist der Einzige, mit dem du über alles reden kannst, der Einzige, der dir wirklich zuhört.

Wochenlang lehnt ihr Aufträge ab, um die Wohnung nicht verlassen zu müssen. Du liest Theaterstücke und Drehbücher, er sortiert Fotos und Negative, ihr sprecht über kommende Projekte, er geht seine Notizen durch, die er auf allen möglichen Zetteln macht, auf Schreibblöcken und Hotel-Briefpapier, auf Filmschachteln und Rückseiten von Fotos. Du ermutigst ihn, ein Buch zu veröffentlichen, einen Fotoband mit eigenen Texten, Verlage auf der ganzen Welt werden sich darum reißen, dessen bist du dir sicher. Ihr habt Großes vor, ihr wollt einen Mythos erschaffen, eine Legende, »die Schauspielerin und der Reporter«, eine Verbindung von Anmut und Geist, wie Marilyn Monroe und Arthur Miller, Jean Seberg und Romain Gary. Er schreibt Texte für dich, du liest sie ihm vor, ihr sitzt auf deiner Terrasse, schaut auf den Bosporus, trinkt, raucht, habt Sex. Ihr berauscht euch an Tinte und Weißwein, an Zärtlichkeiten und Gelächter, ihr seid schön wie ein Liebespaar im Film, unendlich wie das Universum. Ihr könntet ewig so weitermachen, der Rest der Welt existiert nicht.

Draußen auf den Straßen brodelt es, Polizisten misshandeln Gefangene, die Jugend ruft nach Freiheit. Ihr habt nur Augen füreinander, ihr bekommt nichts davon mit.

Manchmal geht ihr spazieren und vergesst, dass ihr nicht allein seid, haltet Händchen, küsst euch. Passanten erkennen dich, Fans sprechen dich an. Eines Tages macht ein Reporter ein Foto von euch. İshak gerät in

Panik, während du ganz in deinem Element bist. Du weißt, wie man mit diesen Leuten, die man seit Neuestem »Paparazzi« nennt, umgehen muss. Papa ist es nicht gewohnt, fotografiert zu werden, sonst ist er derjenige mit der Kamera. Du sagst, er solle sich ganz natürlich geben, ein ungerührtes Gesicht machen und sagen: »Wir arbeiten zusammen an einem Drehbuch«, oder: »Bisher sind wir nur Freunde, aber das kann sich natürlich noch ändern.« Man muss diesen Aasgeiern etwas zum Fraß vorwerfen, raunst du ihm zu.

Nach und nach kehrt ihr in die Wirklichkeit zurück, du stellst ihn deiner Sippe vor, ihr geht zusammen aus, ladet Gäste ein, du nimmst neue Rollen an, er fotografiert und schreibt. Jetzt seid ihr offiziell ein Paar.

An Weihnachten 1963 ist Papa in Zypern, um über die gewaltsamen Konfrontationen zwischen Türken und Griechen zu berichten, als du merkst, dass du schwanger bist. Du wolltest nie Kinder. Deine Karriere nimmt gerade so richtig Fahrt auf, ihr genießt die Zweisamkeit, du willst das alles nicht verderben, es ist nicht der richtige Zeitpunkt. Du sagst ihm nichts, du willst die Sache mit Nilüfers Hilfe allein regeln, bei seiner Rückkehr wird alles vorbei sein. Abtreibung ist in der Türkei verboten, wird aber überall praktiziert, in teuren Privatkliniken und schäbigen Hinterzimmern, sie ist sogar weiter verbreitet als in Europa, weil sich fromme Türkinnen anders als Katholikinnen nicht geißeln, Allah schenkt dir ein Kind, Allah nimmt dir ein Kind. Ein halber Tag, länger dauert es nicht.

Bei seiner Rückkehr erfährt Papa, dass du die Schwangerschaft beendet hast, ohne ihm etwas zu sagen. Zum ersten Mal wird er richtig wütend. Wenn du ihm das antun kannst, bist du zu allem fähig. Da kommt seine amerikanische Seite durch, etwas Wichtiges verschweigen ist für ihn dasselbe wie eine Lüge. Er setzt sich in einen Flieger nach Paris, du flehst ihn an, zurückzukommen, er teilt dir am Telefon mit, dass er für eine Reportage nach Afrika reist. In Rhodesien und Biafra wird Geschichte geschrieben, das will er nicht verpassen. Du fürchtest, es wäre Schluss, du warst noch nie so unglücklich. Du wartest und schreibst ihm flammende Liebesbriefe, die er nie bekommt. Jetzt weißt du mit Gewissheit: ihn zu verlieren wäre dein Tod.

Als er zwei Monate später wieder da ist, machst du ihm einen Heiratsantrag. Er fällt aus allen Wolken, deine Freunde auch. Du hast immer überall herumposaunt, die Ehe wäre nichts für dich, du wüsstest wirklich nicht, warum du jedes Mal im Rathaus Bescheid geben solltest, bevor du dir einen Mann ins Bett holst. Doch jetzt willst du plötzlich auf der Stelle heiraten, willst, dass er dir einen Ring an den Finger steckt.

Nilüfer mailt mir einen eingescannten Brief, den du ihr damals geschrieben hast:

> Ich weiß nur eins, Nilüfer, ich muss unbedingt mit diesem Menschen zusammen sein, muss seinen Körper mit meinem verbinden. Es ist fast schon eine Obsession, ich muss diesen Mann ganz für mich haben, und ich muss ihm versprechen, dass er mich ganz für sich haben wird. Vielleicht will ich mich auf diesem Weg von meiner krankhaften Abhängigkeit von fremden Blicken kurieren, viel-

leicht will ich mir beweisen, dass ich die Frau eines einzigen Mannes sein kann.

Heute empfinde ich diese Worte als Omen. Du musst schon damals gespürt haben, dass euch Gefahr drohte, und zwar nicht von den Kriegen, die Papa fotografierte, sondern von einem Krieger, einem anderen Mann. Ja, du hattest eine Vorahnung, *anne*, dabei hat noch kein Trauschein der Welt jemanden davon abgehalten fremdzugehen.

İshak reagiert erst einmal nicht auf deinen Heiratsantrag, er hält dich hin, vielleicht auch, weil er nicht weiß, wie er es seinen Eltern beibringen soll. Irgendwann erträgst du die Ungewissheit nicht mehr. An einem Abend mit Freunden in Monsieur Sironyans Lokal faltest du eine Papierserviette zu einem Ring, schiebst sie ihm auf den Finger und forderst eine sofortige Antwort. Mit der Diskretion eines Kriegsreporters flüstert er »Ja«, woraufhin du mit der Überschwänglichkeit einer Tragödienschauspielerin »Ja« jubelst.

Die Hochzeit findet in einem kleinen Theater aus dem 18. Jahrhundert statt, in dem du zu Beginn deiner Karriere Operetten gesungen hast und in dem auch schon deine Mutter aufgetreten ist. Dein Herz hängt an diesem Theater, und genau dort organisiert deine Sippe die Vermählungsfeier.

Nilüfer streut unzählige rosafarbene Lotusblüten aus Plastik auf den Boden und verwandelt den Saal in ein Serail aus Tausendundeiner Nacht. Eine befreundete Kostümbildnerin plündert ihre Stoffvorräte und schneidert dir ein Kleid mit einer sechzehn Meter langen Schleppe. Bahar näht dir eine atemberaubende rothaarige Perücke. Ihr denkt euch eine absolut irre Inszenierung aus: Der Bürgermeister steht auf der Bühne, während die Brautleute an einem Gurt, der unter deiner zum Tuch gedrehten Schleppe verborgen ist, vom Schnürboden herabschweben. In der Luft küsst ihr euch, und unten angekommen unterschreibt ihr die Heiratsurkunde, die ebenfalls wie ein Deus Ex Machina von oben herabgelassen wird, woraufhin aus der Versenkung im Bühnenboden eure Eheringe auftauchen.

Am Tag vor der Hochzeit ist Generalprobe, der Inspizient überwacht den reibungslosen Ablauf, der Schnürmeister überprüft die Obermaschinerie, die Kostümbildnerin wickelt deine Schleppe um den Gurt, der Tonmeister trägt Lautsprecher auf die Straße, damit die Passanten das Ehegelübde mit anhören können. Ihr seid jung und glücklich, und das werdet ihr bis zu Papas Tod sechs Jahre später bleiben.

Beim Betrachten der Hochzeitsfotos sticht mir die Ähnlichkeit mit der Feier, die du jetzt gerade planst, ins Auge. Zwei verrückte Partys, zwei Zelebrationen überschäumender Lebenslust: deine Hochzeit und deine Beerdigung.

***

Jetzt seid ihr verheiratet. Allmählich gewöhnt ihr euch an das Eheleben. Du stehst auf der Bühne, Papa reist um die Welt. Seine Leicas, seine Weste mit den vielen Taschen und seine Gimmicks à la James Bond haben ihm gefehlt. Und natürlich seine Notizbücher. Er schreibt dir bei jeder Gelegenheit, aus Flugzeugen, aus Hotelzimmern, aus Verstecken, von den absurdesten Orten, wo er mit seiner Kamera darauf lauert, dass etwas passiert.

Das Reisejournal, das ich in der Tasche gefunden habe, sein letztes, enthält Gedanken zu seinem Beruf und zu eurer Ehe. Ich weiß nicht, ob Papa vorhatte, die Notizen irgendwann zu sortieren, sie in eine bestimmte Reihenfolge zu bringen, sie dir zukommen zu lassen oder sie sogar zu veröffentlichen. Mehrere Jahre nach seinem Tod schickte dir der Direktor des kleinen Hotels, in dem Papa die letzte Nacht vor seinem Verschwinden verbracht hatte, die braune Ledertasche, und darin fandest du das Tagebuch. Du warst erschüttert, als du seine gekrümmte Handschrift sahst, als du feststelltest, dass die Aufzeichnungen an dich gerichtet waren. Du hattest das Gefühl, einen Brief aus dem Jenseits zu bekommen.

> Sobald ich wieder zu Hause bin, Liebste, werde ich eine Porträtserie mit dir machen. Life und Paris Match wollen Schwarz-Weiß-Fotos von mir, und wenn ich mir die Grauschattierungen auf meinen Bildern ansehe, bekomme ich große Lust, das Licht auf deinem Körper zu fotografieren, den ich schrecklich vermisse … Ich möchte deine Anmut einfangen, deine Schönheit für die Ewigkeit bewahren. Wenn ich könnte, würde ich dich ununterbrochen fotografieren, sieben Tage die Woche.

Als hätte er geahnt, dass er früh sterben würde, ist Papa nostalgisch. Schon als junger Mann denkt er an die Vergänglichkeit deiner Schönheit.

> Liebste, heute Abend am Telefon hast du mich gefragt, woher meine Faszination für den Krieg

käme. Wenn ich das nur wüsste ... Früher war ich ein Pazifist, der mit seiner Kamera das Leben dokumentieren wollte, heute kenne ich den Krieg besser als jeder Soldat. Ich weiß, wann ich in Gefahr bin, wann ich fliehen muss, wann ich besser in Deckung gehe. Ich kenne mich sogar mit den Flugbahnen der verschiedenen Geschosse aus: Mörser sind Steilfeuerwaffen, Maschinengewehre Flachfeuergeschütze. Was nützt mir dieses makabre Wissen?
Ich weiß nicht, woher diese Faszination kommt. Aber sag mir, Liebste, woher kommt deine Sucht, ständig gefallen zu müssen?

Papa spricht vom Theater wie von einem Kriegsschauplatz, an dem es ebenfalls um Tod und Begehren geht.

Gestern Abend betrachtete ich das Durcheinander auf meinem Bett, meine Kameras, Filmrollen, Kontaktabzüge und Negative, und fragte mich, warum ich diesen Beruf so sehr liebe. Immer, wenn eines meiner Bilder in der Zeitung abgedruckt wird, denke ich, dass ich vielleicht einer Protestbewegung, einem Krieg oder einer Hungersnot ein Gesicht gegeben habe. Trotzdem überlege ich manchmal ernsthaft, mit dem Fotografieren aufzuhören, um mehr Zeit mit dir zu verbringen, um mit Hülya zu spielen und sie zur Schule zu bringen, wie Väter überall auf der Welt es tun. Aber womit würde ich dann mein Geld verdienen?

Also hatte Papa manchmal auch das Bedürfnis nach einem normalen Familienleben.

Soeben erfuhr ich, dass drei Studenten, die auf der Demo in Ankara waren, verhaftet worden sind. Die Polizei hat sie anhand meines Fotos identifiziert, auf das ich so stolz war. Jedes Mal, wenn eines meiner Bilder den von mir Porträtierten schadet, will ich alles hinwerfen …

(…)

Ich habe große Schmerzen im Arm. Siehst du, sobald ich länger als vierzehn Tage von zu Hause fortbleibe, werde ich krank oder tue mir weh. Ich bekomme eine Erkältung, eine Bindehautentzündung, fange mir eine Grippe ein, verstauche mir den Fuß. Ich frage mich, ob ich es gestern Abend nicht darauf angelegt habe, mich zu verletzen, um zurück zu dir fahren zu können.

(…)

Neulich hast du mir gesagt, ich solle von jetzt an nur noch die schönen Dinge des Lebens fotografieren. Was meinst du damit? High-Society-Events, Soireen, Cocktailpartys? Heimliche Affären? Soll ich dich und deinen Geliebten porträtieren? Warum eigentlich nicht? Esra Zaman ist meine Frau, und ihr Liebhaber ist mein Feind. Für die Bilder würde ich sicher viel Geld bekommen.

Papas Aufzeichnungen enden mit diesem merkwürdigen Satz aus dem Jahr 1971.

Damals recherchierte er zu den nebulösen Verbindungen von Staat, Geheimdienst und Konterguerilla. Er war auf eine paramilitärische Organisation gestoßen, die im Kalten Krieg nach dem Vorbild von Gladio gegründet worden war, mit Unterstützung der CIA, und die aus nationalistischen Gruppen mit Verbindungen zur Mafia bestand. Papa gelang es, an einem Geheimtreffen teilzunehmen und unbemerkt ein paar Fotos zu machen. Erst wollte er dir nicht sagen, wo er hinfuhr. Ich dachte, er hätte es dir anfangs verschwiegen, weil er uns schützen wollte, bis mir klar wurde, dass er wohl fürchtete, du würdest mit İsmail darüber reden. Und das nicht zu Unrecht.

***

İshak ist 34 Jahre alt. Seit einiger Zeit erregen seine Fotos Aufmerksamkeit, und es kursieren Gerüchte, er sei ein CIA-Agent, ein Spitzel für den Mossad oder den KGB, ein Linksextremer, ein Rechtsextremer, auf jeden Fall aber ein zwielichtiger Typ im Dienst ausländischer Mächte, denn warum sonst sollte ein Sohn aus gutem Hause ein solches Nomadenleben führen, statt die väterliche Firma zu übernehmen, warum sonst sollte er sich, statt eine anständige junge Frau aus guter Familie zu heiraten, in eine Schauspielerin von zweifelhaftem Ruf verlieben? Und überhaupt, warum reist er immer allein, spricht mit niemandem über seine Arbeit, sagt nie, wo er hinfährt?

İshak liebt seine Unabhängigkeit, und er arbeitet solo. Wenn er auf Recherchereise irgendwo in der Türkei unterwegs ist, weißt nicht einmal du, wo er ist und wann er zurückkommt. Sobald er seine Fotos im Kasten hat, übergibt er die Filme einer Vertrauensperson, die sie an die Zeitung schickt, er trägt sie niemals bei sich. Zurück in Istanbul entwickelt er die Bilder, schreibt den dazugehörigen Artikel und schickt beides getrennt voneinander an die Redaktion. Von 1960 bis 1971 berichtete er über praktisch alle wichtigen politischen Ereignisse in der Türkei, und wenn er im Ausland fotografierte, war er vor Ort meist der einzige türkische Journalist.

Für seine letzte Reportage hatte İshak ein Ausbildungscamp rechtsextremer Paramilitärs infiltriert. Er schoss dort nur wenige Fotos, und das auch nur heimlich, damit man ihn nicht für einen Polizeispitzel hielt. Auf dem Weg nach Hause hielten ihn auf einer einsamen Landstraße drei Männer an und durchsuchten sein Auto, aber sie konnten nichts finden, weil er den Film längst an die Zeitung geschickt hatte. Sie ließen ihn laufen, ihre Chancen, an die Negative zu kommen, waren größer, wenn er in Freiheit war.

Am selben Abend stand ein elegant gekleideter, höflicher Zivilist in Begleitung von zwei Soldaten vor unserer Tür in Istanbul. Sie schauten sich kurz in den Zimmern um, obwohl bei solchen Durchsuchungen sonst alles rücksichtslos durchwühlt wurde, weshalb viele eurer Freunde ihre linken Bücher in der Badewanne verbrannt oder im Garten vergraben hatten. Zum Abschied sagte der Mann: »Richten Sie Ihrem Mann bitte aus, er soll sich umgehend bei uns melden.« Als Papa wenig später anrief, sagtest du ihm, er dürfe auf keinen Fall nach Hause kommen. Daraufhin nahm er sich ein Zimmer in einem Hotel Hunderte Kilometer außerhalb von Istanbul und verschwand von deinem Radar.

Ich erinnere mich noch genau an den Morgen seines Aufbruchs. Am Abend davor habt ihr mit Freunden zu Hause getrunken und gelacht. Obwohl ich damals erst sechs Jahre alt war, sehe ich alles noch genau vor mir, seine langen schmalen Hände, seine liebevollen Augen hinter der großen Brille, sein beiges Hemd, sein Haar, das so gut roch. Papas Stimme ist warm, er duftet nach dem Aftershave, das er immer in Paris kaufte, das mit dem Boot auf dem Etikett. Er gibt mir einen Kuss, gibt dir einen Kuss, nimmt die braune Ledertasche, die neben der Tür steht, und geht aus dem Haus. Ich sehe ihm durchs Fenster nach, er blickt zu uns hoch und wirft uns zwei Handküsse zu, wir tun so, als fingen wir sie auf, dann steigt er ins Auto und fährt davon.

Briefe 1971–74

Ich ziehe einen Stapel Briefumschläge in verschiedenen Größen und Farben aus der Tasche, manche mit Blumen, Vögeln oder naiven Zeichnungen darauf. Die Briefmarken tragen alle das Konterfei Atatürks, des »Vaters der Nation«, oder wie wir in der Schule im Chor aufsagen mussten: »Unser aller Vater«. Abgestempelt sind sie in verschiedenen türkischen Städten zwischen 1971 und 1974, den einzigen Jahren, in denen du nicht gearbeitet hast. Seit Papas Verschwinden willst du nicht mehr auf der Bühne stehen oder die Drehbücher lesen, die man dir schickt. In drei Jahren kein Theaterstück, kein Film, nicht mal eine Fernsehsendung.

Die Briefe sind Zeugen einer Zeit, in der du nicht viel mehr getan hast, als auf ein Lebenszeichen von Papa zu warten. Es sind Briefe von Freunden, von Bewunderern seiner Arbeit, von Fremden, die dir ihr Mitgefühl aussprechen, von Fans, die dich anflehen, auf die Bühne oder die Leinwand zurückzukehren, die wieder in der Zeitung von dir lesen wollen.

Ein älterer Mann schreibt, er wisse genau, was du durchmachst, seine Frau sei ebenfalls verschwunden, er habe seit Monaten nichts von ihr gehört und habe große Angst um sie. Ein auf Zypern stationierter Soldat schreibt auf vergilbtem Papier: »Ich möchte Ihrem Mann nicht zu nahetreten, aber wir sind hier alle schwer in Sie verliebt, Ihr Foto hängt in jedem Spind.« (Nilüfer erzählt, du seist stinksauer gewesen, als du erfuhrst, dass du ein Pin-up-Girl für die Armee warst, während du eine pazifistische Ikone sein wolltest, eine türkische Jane Fonda.) Eine Frau schreibt, deinetwegen habe ihre Familie ihre Einstellung zum Thema Abtreibung geändert und du hättest ihr damit das Leben gerettet. Alle wünschen dir viel Kraft und äußern die Hoffnung, dass Papa bald nach Hause kommt. Einen Brief erhieltst du einige Monate nach İshaks Verschwinden:

> Sehr geehrte Frau Zaman,
> Ihr Auftreten in der Öffentlichkeit, Ihr Privatleben, Ihre Äußerungen in der Presse und Ihre Auswahl an Filmrollen stellen eine grobe Missachtung der Prinzipien und Werte unserer Institution dar. Bedauerlicherweise haben Sie trotz mehreren Verwarnungen an Ihrem rufschädigenden Verhalten festgehalten, und das in einer Zeit, in der unser Land in einer beispiellosen moralischen Krise steckt und von terroristischen Akteuren bedroht wird, die unsere Kultur auslöschen wollen. Unsere inneren und äußeren Feinde arbeiten unermüdlich an unserem Untergang, und leider wird der Name Ihres Ehemanns häufig im Zusammenhang mit landesverräterischen Umtrieben erwähnt.
> Des Weiteren ließen Sie kürzlich verlautbaren, Sie hätten die Absicht, in der nächsten Spielzeit Furcht und Elend des Dritten Reichs von Bertolt Brecht auf die Bühne zu bringen, weil das Stück angeblich die derzeitige Situation in unserem Land

spiegle. Unsere politische Führung mit dem nationalsozialistischen Regime gleichzusetzen ist eine Ungeheuerlichkeit und absolut inakzeptabel für ein Ensemblemitglied des Nationaltheaters. Sie scheinen vergessen zu haben, dass Ihre Gage aus der Staatskasse bezahlt wird.
Aus oben genannten Gründen sind die Mitglieder des Disziplinarausschusses bei ihrer Sitzung am vergangenen Montag zu dem Ergebnis gekommen, Sie mit sofortiger Wirkung von Ihrer Arbeit freizustellen. Ich möchte Sie bitten, sich zur Klärung aller Formalitäten umgehend bei der Geschäftsführung zu melden und Ihre Garderobe bis zum 15. Juni zu räumen, dem offiziellen Ende der Spielzeit 1971/72.
Hochachtungsvoll
Der Intendant

Ich pinne den Brief neben die Fotos über meinem Schreibtisch und schicke Nilüfer eine Nachricht: »Ich habe die Briefe gelesen, sie sind wirklich erschütternd.« Ein paar Stunden später leuchtet eine SMS auf meinem Display auf: »Ruf deine E-Mails ab, meine Assistentin hat dir gerade noch einen Brief geschickt.«

Ein Prinz

Blaues Briefpapier, ein blauer Umschlag, dazu drei eingescannte Kinderzeichnungen. Den Brief hast du Nilüfer 1973 nach Paris geschickt, als sie dort eine Ausstellung im Museum für moderne Kunst hatte.

Liebe Nilüfer,
entschuldige, dass ich jetzt erst schreibe. Bisher fand ich nicht die Kraft dazu. Ich bin insgesamt furchtbar kraftlos, und wie du weißt, arbeite ich auch schon seit zwei Jahren nicht mehr. Manchmal habe ich den Eindruck, längst gestorben zu sein. Andere Menschen reden mit mir, hören mir zu, fassen mich an, und so erwecke ich den Anschein, am Leben zu sein, dabei fühle ich mich innerlich tot. Ich denke jeden Tag, jede Minute, jede Sekunde an İshak. Ich frage mich, wo er ist, was er tut, ob er friert oder hungrig ist, ob er Angst hat. Das Warten ist unerträglich.
Zum Glück habe ich Hülya. Sie wird unglaublich schnell groß. Sie hat vor Kurzem eine Klasse übersprungen, und sie ist sehr sprachbegabt. Mit zehn werde ich sie, falls ich dann noch Geld habe, auf die französische Schule schicken, auch wenn das sündhaft teuer ist. Alle sagen, in Zukunft würde

alle Welt nur noch Englisch sprechen und ich solle sie lieber auf die amerikanische Schule schicken, aber ich wünsche mir so sehr, dass sie Französisch lernt. Sie schreibt seit einiger Zeit kleine Gedichte, aber da die ganze Türkei eine poetische Ader hat, messe ich dem keine große Bedeutung bei. Neulich saß sie in der Küche und illustrierte eine Geschichte. Wie das Storyboard zu einem Drehbuch, stell dir nur vor! Ich schicke dir ein Beispiel, du kannst mir ja sagen, was du davon hältst. Das Gespür für den Bildausschnitt muss sie von ihrem Vater haben, die Lust am Geschichtenerzählen von ihrer Mutter. Vielleicht wird sie ja mal Regisseurin, who knows?
Ich weiß, dass du mich wegen İsmail nicht verurteilst. Du bist die Einzige, die versteht, dass ich in diesen Zeiten einen Mann an meiner Seite brauche, der mich beschützt. Er hilft mir, und ich weiß, dass er alles daran setzt, İshak wiederzufinden. Man wirft ihm vor, ein Handlanger des Regimes zu sein, aber es braucht Menschen wie ihn, sonst würden wir nur von Tyrannen regiert … İsmail ist ein guter Mann, das schwöre ich dir, er versucht, innerhalb des Staatsapparats die Stimme der Vernunft erklingen zu lassen. Im Übrigen ist er meine einzige Hoffnung bei der Suche nach İshak.
Ich weiß nicht einmal, ob İshak untergetaucht ist, wie die Zeitungen behaupten, ob er im Gefängnis sitzt oder schlimmeres … İsmail sagt, ich soll mir diese Gedanken aus dem Kopf schlagen und auf die Zukunft vertrauen, er verspricht mir, dass alles gut wird, aber es fällt mir schwer.

Der Gedanke ist völlig verrückt, ich weiß, aber ich träume von uns allen zusammen in Paris, von einem Abendessen auf der Terrasse eines Restaurants, İshak und İsmail an einem Tisch, wie in Jules und Jim. Weißt du noch? Wir haben uns den Film gemeinsam angesehen, und ich sehnte mich danach, Jeanne Moreau zu sein. Was für ein Omen …

Ich hoffe, dir geht es gut und du genießt das Leben in der französischen Hauptstadt. Wir platzen alle vor Stolz, dass eine Freundin von uns in Paris ausstellt und mit Dalí bekannt ist. Das Foto von dir mit ihm in dem Hotelzimmer ist zum Totlachen. Wenn İshak wieder frei ist, fahren wir alle zusammen nach Paris, und du kannst uns die ganzen wundervollen Künstler vorstellen.

Du fehlst mir so sehr, liebste Freundin … Kommst du im Sommer auf die Prinzeninseln? Melek hat uns Bikinis gehäkelt, einen braunen für dich, einen blauen für mich. Häkelbikinis sind diese Saison der letzte Schrei.

Meine liebste Nilüfer, ich umarme und küsse dich aus der Ferne.

Das erste der drei Kinderbilder, die Nilüfers Assistentin eingescannt hat und die du in deinem Brief großspurig als »Storyboard« bezeichnest, zeigt ein kleines Mädchen mit seinen Eltern vor einem Haus. Am Himmel steht eine riesige gelbe Sonne, wie Kinder überall auf der Welt sie malen. Die drei halten sich an den Händen und lächeln glücklich. Auf dem zweiten Bild ist die Sonne zu einer unförmigen Masse zerflossen, und ihre Strahlen sind lange schwarze Fäden. Auf dem letzten Bild steht die kleine Familie noch immer unter der Sonne, aber jetzt ist diese eine menschliche Fratze mit leeren Augenhöhlen, von der aus lange schwarze Fäden zu den anderen drei Figuren führen.

War İshak längst tot, als du Nilüfer den Brief schriebst? War er untergetaucht, wie manche Zeitungen behaupteten? Versteckte er sich irgendwo und hatte keine Möglichkeit, dir eine Nachricht zukommen zu lassen? Oder saß er in einem Geheimgefängnis der Militärjunta?

Du schriebst Papa zweimal die Woche. Du schildertest ihm unermüdlich unseren Alltag und beschriebst alles, was wir taten. Am Schluss fügte ich ein paar Sätze und eine kleine Zeichnung hinzu, wir steckten den Brief in einen Umschlag, und du gabst ihn İsmail, damit er ihn jemandem überreichte, der eventuell wusste, wo Papa war. Du bekamst nie eine Antwort.

Später haben wir kein Wort mehr über diese Jahre der Ungewissheit verloren. Ich vermisste Papa schrecklich, und ich fragte dich jeden Tag, ob er bald wiederkommen werde. Du sagtest immer Ja. Eines Tages, als ich neun Jahre alt war, kamst du nach Hause, schenktest dir ein Glas Wasser ein, setztest dich an den Küchentisch und sagtest: »İshak kommt nicht mehr wieder.« Einfach so, ohne mich anzusehen. Ich stand in der Küchentür, die Sonne schien, es roch nach gegrillten Paprika, bald würde es Sommer sein, draußen pries ein Straßenverkäufer mit heiserer Stimme seine Waren an, und du starrtest zu Boden. Ich grinste, weil ich glaubte, du würdest einen Witz machen, das konnte nicht sein, es war unmöglich, es konnte nicht sein, dass Papa tot war, und auch nicht, dass du es mir auf diese Weise sagtest, einfach so, ohne mich anzusehen.

»Das ist ein Witz, *anne*, oder?«

»Nein.«

»Das kannst du nicht ernst meinen.«

»Doch.«

»Was ist passiert?«

»Ich weiß es nicht, und ich will es auch nicht wissen. Ich will nicht wissen, was sie ihm angetan haben.«

Das war alles. Ich ging in mein Zimmer, wir weinten vierundzwanzig Stunden lang, ich auf meinem Bett, du im Wohnzimmer, jede in ihrer Ecke, wie zwei Tiere, die sich zum Sterben verkrochen haben. Zugezogene Vorhänge, geschlossene Türen, der Hörer neben dem Wählscheibentelefon, so vergingen ein Tag und eine Nacht. Am nächsten Morgen kamst du in mein Zimmer und sagtest mit tonloser Stimme: »Es wird kein Grab geben. Wir haben nichts, was wir begraben könnten. Nichts, was wir in die Erde betten könnten, nichts, worauf wir Rosen, Bougainvilleen und Hortensien pflanzen könnten. Nichts.«

Am Abend gingen wir auf den Gewürzbasar, kauften ein Lotusrhizom und pflanzten es auf der Terrasse in einen großen Kübel, den wir mit Wasser füllten. Das würde sein Grab sein. Eure Freunde kamen, ihr sangt, last Gedichte, schautet Fotos an, trankt, weintet, lachtet, und dann war es vorbei. Papa war tot. Von nun an lebte ich in einer Welt, in der es ihn nicht mehr gab. Er war nicht mehr Teil dieses Universums, er würde nie wieder unsere Tür öffnen, und das Leben würde weitergehen. Wir sprachen nicht darüber, was ihm zugestoßen sein könnte. Bis zu dem Tag, als ich von zu Hause wegging.

Du beschlossest, keine Nachforschungen anzustellen, nicht nach seiner Leiche zu suchen, du wolltest auf keinen Fall sehen, was »dieser wundervolle Körper« – das sagtest du immer wieder, »dieser wundervolle Körper« – hatte erleiden müssen. Du wollest ihn so in Erinnerung behalten, wie du ihn kennengelernt hattest, du blendetest die Wahrheit aus, du weigertest dich, dir deinen Mann auf Knien vorzustellen, gedemütigt, gefoltert. Eines Abends sagtest du auf Englisch (warum auch immer) zu deinen Freunden: »*He was such a prince*«, und dann weiter auf Türkisch: »Falls ihr eines Tages herausfindet, was sie ihm angetan haben, möchte ich es nicht wissen.« Dann wiederholtest du: »*He was such a prince.*«

Papa war für dich ein Prinz. Ein heldenhafter, stolzer, nobler Prinz, und du wolltest nicht wissen, was mit ihm passiert war.

Oder tatest du nur so, weil du es längst wusstest?

Rückkehr auf die Bühne

Bahar war während der ganzen Trauerzeit an deiner Seite. Ich bitte sie, mir von damals zu erzählen. Sie berichtet, nach drei depressiven Jahren seist du eines Morgens aufgewacht und hättest beim Frühstück gesagt: »Wiedergeboren zu werden, überstieg noch nie meine Kräfte«, ein Satz von Colette, den du gerade gelesen hattest. Dann hättest du einen befreundeten Produzenten angerufen und verkündet, dass du wieder arbeiten wollest. Ein weiteres Mal ist das Theater deine Rettung. *Endstation Sehnsucht* ist dein Comeback, deine Rückkehr auf die Bühne und ins Leben.

Blanche, 1974

Ich erinnere mich noch gut an das Accessoire, das ich in der Ledertasche finde, ein elegantes weißes Hütchen mit einem Netzschleier, der Blanches Fältchen verbarg. In Tennessee Williams' Stück ist die Hauptfigur am Ende ihrer Kräfte und zieht sich ins Halbdunkel zurück, in eine Fantasiewelt. Sie hat Angst vor dem Älterwerden, Angst vor dem Wahnsinn, Angst vor der Brutalität der Männer. Die düstere und komplexe Blanche heilte dich vom Schmerz der vergangenen drei Jahre. Du liebtest deine Figur und die Gesellschaft des Schauspielers, der Stanley spielte (er hatte dasselbe animalische Charisma wie Marlon Brando), du liebtest es, deine Anmut in der Kulisse des schäbigen Hauses spazieren zu führen, du liebtest dein weißes Kostüm und dein Hütchen, du liebtest es, atemlos die Worte des großen amerikanischen Schriftstellers hervorzustoßen, die meisterhaft ins Türkische übersetzt worden waren. Es gelang euch, im Zwielicht einer Istanbuler Bühne die sinnliche Hitze von New Orleans heraufzubeschwören, und zwar auf so glaubwürdige Art und Weise, dass das Publikum nicht einmal den Muezzin am Anfang des dritten Akts hörte, der die Gläubigen zum Gebet in die Moschee nebenan rief. Im Saal war es zugig, nach deinem Rauswurf aus dem Nationaltheater lerntest du die kleinen, privat finanzierten

Bühnen kennen. Sie waren voller baulicher Mängel und schlecht geheizt, hatten keinen Orchestergraben und keine Armada von Maskenbildnerinnen, Garderobieren und Souffleusen. Auf Tournee spieltest du manchmal sogar im Festsaal eines Dorfs, in einer ehemaligen Kirche oder Synagoge, aber du warst trotzdem glücklich. Gleichzeitig littest du darunter, dass das erste Kapitel deiner Karriere vorbei war. Bahar erzählt mir, dass du ab dieser Rolle nicht mehr als »junge Schauspielerin« galtst. Der Übergang war schmerzhaft, wie alle darstellenden Künstlerinnen hattest du ein neurotisches Verhältnis zu deinem Alter. Bahar kümmerte sich mit viel Feingefühl um dein Äußeres. Sie sagt, dass İsmail damals immer bei dir war. Er war dein Gegengift gegen das Älterwerden. Trotz seines ungehobelten Auftretens (wie das von Stanley in dem Stück) wiegte er dich in Sicherheit, in seiner Gegenwart fühltest du dich schön und begehrenswert. Ich weiß noch, wie du eines Abends zu ihm gesagt hast, er kenne jeden Winkel deiner Seele »wie ein Höhlenforscher, der seit Jahren dieselben Grotten kartografiert«. Er lachte dreckig und zog dich grob an sich.

Eure Beziehung ist nach wie vor ein Staatsgeheimnis. Die Öffentlichkeit wird erst ein Jahr später von eurer Liebe erfahren, als eine Zeitung ein Foto druckt, auf dem ihr euch in seinem Dienstwagen küsst. Die Nachricht von der Affäre eines verheirateten Ministerialbeamten mit einer berühmten linken Schauspielerin, deren Ehemann verschleppt worden war, schlägt ein wie eine Bombe. Manche bezeichnen dich jetzt sogar als »nationale Nutte«.

Deine Männer

Nach Papa gab es viele Männer. Männer, denen du gefallen willst, Männer, die du für eine Weile an deiner Seite haben möchtest, Männer, die bei uns ein und aus gehen, einige wenige, die für kurze Zeit deine Liebhaber sind, Bewunderer, die eines Tages in unserem vollgestopften Wohnzimmer sitzen. Beim ersten Mal starren sie alle fassungslos auf das Sammelsurium aus Kostümen, Requisiten, Preisen, Büchern, Fotos, Andenken und Krimskrams, den Schauspieler sich zu Premierenfeiern schenken. Doch bald erliegen sie alle dem Charme deines Kuriositätenkabinetts. Sie sind überrascht und glücklich, für den Moment dein Auserwählter zu sein, zu deiner Menagerie zu gehören, in deine kostbare Sammlung aufgenommen zu werden. Deine – meist platonischen – Verehrer sind ein bunter Haufen: Sie sind jung oder alt, verheiratet oder ledig, arm oder reich, schön oder hässlich, aber ausnahmslos alle sind geschmeichelt, auf deinem Sofa sitzen zu dürfen, zumindest für eine Weile. Selbst wenn sie dir erst wenige Stunden zuvor begegnet sind, haben sie das Gefühl, dich ewig zu kennen, weil sie dich schon oft auf der Bühne oder der Leinwand gesehen haben. Dein Gesicht ist ihnen vertraut, du bist eine Legende, sie erzählen von deinen Figuren, jeder hat seine Lieblingsrolle. Du verachtest die

Banausen, die deine großen Rollen des klassischen Repertoires mit deinen Figuren aus irgendwelchen Fernsehserien gleichsetzen, Aufträge, die du nur annimmst, um mich auf die französische Schule schicken zu können. Wer mit dir über diese Seifenopern reden will, begeht einen unverzeihlichen Fehler, schließlich erweckst du die Heldinnen von Brecht und Ibsen auf der Bühne zum Leben, verdammt!

Du hast es immer genossen, Männer um den Finger zu wickeln, Esra, du hast sie benutzt und weggeworfen, hast ihnen das Herz gebrochen, hast ihretwegen gelitten, hast sie verlassen, und viele haben dich verlassen. Wenn der erste Rausch verflogen war und der Alltag die schillernde Fata Morgana ablöste, ging ihnen auf, dass es ein Fulltime-Job war, eine Frau zu lieben, die ständig im Scheinwerferlicht stehen musste. Also stahlen sie sich davon, manche sogar ohne ein Wort des Abschieds. Du sagtest, das sei dir egal, es könne ohnehin niemand İshak ersetzen, du spieltest die Starke, so überzeugend, dass alle dir glaubten.

»Das ist wie im Theater. Die Liebe kommt und geht. Orest liebt Hermione, Hermione liebt Pyrrhus, Pyrrhus liebt Andromache, Andromache liebt Hektor. Der Reigen dreht sich weiter, es gibt nichts Tragischeres und nichts Schöneres als verschmähte Liebe.«

Woher kam diese Lust an der Verführung, diese Sehnsucht zu gefallen, dieses unbedingte Bedürfnis, geliebt zu werden, von allen Kameras, von allen Augen, selbst von Kleinkindern und Haustieren? Woher kam diese absolute Freiheit, die du dir gegenüber den Männern herausnahmst, dieser Mut, dich keiner einzigen Regel zu unterwerfen, die die konservative Gesellschaft den

Frauen aufzwang? Diese Gier, in einem Land, das von Müttern absolute Selbstaufgabe erwartete, ganz nach deinem Geschmack zu leben? Wie deine Mutter zertrümmertest du die Mythen eines Landes, das der Meinung war, Frauen sollten die Augen niederschlagen und gesenkten Hauptes durchs Leben gehen.

In einem Interview sagst du, dass du die Männer liebst und keine Angst vor ihnen hast. Die »Frauenfeindlichkeit der Frauen« sei viel gefährlicher als der Machismo der Männer. Du wüsstest nicht, wie du mit den selbst ernannten Hüterinnen der Moral umgehen sollst, während du von Männern die Bedienungsanleitung kennst. Du hättest schon immer auf Augenhöhe mit ihnen reden können, du würdest einfach schweres Geschütz auffahren, dich mal herrisch, mal aufreizend, mal mütterlich, mal gespielt unschuldig geben. Gegen die Alphamännchen sei dir jede Waffe recht. Aber die Verteidigerinnen des Patriarchats seien viel schwerer zu bekämpfen als das Patriarchat selbst. Außerdem fändest du die Gesellschaft von Männern oft angenehmer als die von Frauen.

***

Als ihr im Herbst 1964 Ärger mit der Zensurbehörde hattet und İshak dir von seinem Kindheitsfreund erzählte, der euch vielleicht helfen und euren Film retten könnte, erinnertest du dich nur noch schwach an den dunkelhaarigen, korpulenten Mann mit den tiefschwarzen Augen und dem diabolischen Grinsen. Das erste Mal warst du ihm auf einem Empfang begegnet, und er hatte dich aus der Fassung gebracht, weil er dich erst von Kopf bis Fuß musterte und anschließend den ganzen Abend ignorierte. Damals fandst du seine Bewegungen seltsam abgehackt und sein Auftreten vulgär. Du wundertest dich, dass İshak mit so jemandem befreundet war. Hinterher erklärte Papa dir, dass sie gemeinsam zur Schule gegangen waren und dass seine Eltern İsmails Eltern, die aus Anatolien stammten, geholfen hatten. Als Kind habe İsmail ein Begabtenstipendium vom Staat bekommen, er sei schon immer sehr ehrgeizig gewesen und habe für die Schule gelernt wie ein Ertrinkender, der sich an ein Stück Treibholz klammert. Als Jugendliche hätten sie gemeinsam ein paar Dummheiten gemacht, waren manchmal zusammen um die Häuser gezogen, und nach dem Abitur, als İshak zum Studium in die USA ging, verloren sie sich aus den Augen. Nach seiner Rückkehr in die Türkei waren sie sich wiederbegegnet, aber da sei İsmail »verändert« gewesen. Papa konnte es nicht genau beschreiben, aber er sei plötzlich ein anderer Mensch gewesen. İsmail hatte ihm erzählt, dass er jetzt fürs Ministerium arbeite, aber Papa ahnte natürlich nicht, dass sein Kindheitsfreund auf dem besten Weg war, einer dieser mächtigen Männer zu werden, wie es sie in jedem Land gibt, einer dieser Männer, die so fest im Sessel sitzen, dass mehrere Regierungen in Folge sie nicht loswerden, weil in ihrem Safe immer die schmutzige Wäsche irgendeines hohen Politikers lagert.

Anders als İshak liebte İsmail den Krieg. Er war ein impulsiver, extrovertierter Mensch und konnte gleichzeitig extrem gefühllos sein. Er trug eine kalte Entschlossenheit und eine vulkanische Hitze in sich. Sein Hang zur Theatralik hatte dir imponiert, sobald ihr in seinem Büro allein miteinander wart. Als ihr euch wenig später heimlich zu treffen begannt, dachtest du, die Anziehung zwischen euch hätte keine Zukunft, ein Mann wie er könne es unmöglich mit İshak aufnehmen, und selbst wenn, İsmail wäre viel zu konservativ, um seine Frau für dich zu verlassen. Du dachtest, eure Affäre würde oberflächlich bleiben, außerdem warst du schon immer der Meinung gewesen, in einer langjährigen Ehe könnte ein Rivale die Flamme neu entfachen. Du sagtest gern: »Ein kleiner Flirt hat noch niemandem geschadet.« Einige eurer Freunde waren schockiert, aber dein Ehemann zwinkerte dir nur verschwörerisch zu.

In Wahrheit war das zwischen dir und İsmail echte Leidenschaft. Papa war ein bodenständiger Mensch, bei ihm fühltest du dich wie eine Löwin auf ihrem Felsen, während du und İsmail wie zwei Raubtiere wart, die sich gegenseitig belauerten.

Ljubow, 1975

Ich frage mich wirklich, warum du mir die blassrosa Stola mitgeschickt hast. Ich hatte sie völlig vergessen und werde von Gefühlen überwältigt, als ich sie aus der Ledertasche ziehe. Du trugst sie, als du Ljubow spieltest, die unsterbliche Heldin aus *Der Kirschgarten*. Ich war zehn Jahre alt, als ich das Meisterwerk von Tschechow kennenlernte, das vom Ende eines Landguts und vom Ende einer Epoche erzählt. Durch die Begegnung mit Tschechow veränderte sich unsere Beziehung grundlegend, und ich gelangte zu der Überzeugung, ich könnte eines Tages ebenfalls Geschichten erzählen und Figuren erfinden.

Du probtest deine Rollen in unserer Küche, und so war ich meist deine erste Zuschauerin, wobei ich damals natürlich keine Ahnung hatte, was das für eine Ehre war. Ich erinnere mich noch genau an den Moment, als Ljubow zum ersten Mal vor meinen Augen zum Leben erwachte. Nach und nach verwandeltest du dich in eine Russin, die in unserer Küche saß und aufs Meer blickte, umgeben von deiner Teekannensammlung, deinen Stoffkatzen, angebrannten Töpfen, bestickten Geschirrtüchern, Vogelkäfigen und Kletterpflanzen. Die blassrosa Stola half dir bei der Ausgestaltung der Figur, und du würdest sie wochenlang nicht ablegen.

An diesem Tag beginnt in deiner Kehle eine fremde Stimme zu vibrieren, deine Gestik, Mimik und dein Blick wandeln sich, eine mir unbekannte Frau bewohnt deinen Körper. Zwischendurch machst du eine Pause und bist plötzlich wieder du selbst. Du probierst eine andere Intonation aus, stehst auf, gehst ein paar Schritte, setzt dich wieder hin und sagst: »Nein, dieser Gang passt nicht.« Du wiederholst immer wieder dieselben Textzeilen, variierst die Geschwindigkeit und die Betonung. Fasziniert beobachte ich deine Metamorphose. Du fragst mich nach meiner Meinung, ich sage: »Ja, *anne*, das ist wirklich gut, ich habe das Gefühl, du bist ein ganz anderer Mensch …« Du scheinst Wert auf meine Meinung zu legen, mein Blick ist dir wichtig, ich platze vor Stolz.

»Weißt du, meine Şeker, eine Figur malt man mit kleinen Tupfern, man darf es nicht übertreiben. Es muss ganz leicht wirken, aber es ist harte Arbeit. Leichtes und Schweres müssen sich immer abwechseln. Man tut zum Beispiel so, als wollte man etwas nur so dahinsagen, und haut dann einen bedeutungsschweren Satz raus.«

Du fragst mich, was ich von einer Stimmlage, einem Tonfall, einer Satzmelodie halte, und als ich sage, du klängst unnatürlich, regst du dich auf: »›Natürlich‹, das ist im Theater eine Beleidigung … Ich hasse Naturalismus. Auf der Bühne darf der Text nicht mündlich klingen, anders als im Film. Es muss deutlich werden, dass es sich um geschriebene Sprache handelt, man muss jedes Komma hören. Nein, meine Şeker, im Theater darf der Text auf keinen Fall ›natürlich‹ klingen.«

Zum ersten Mal erfahre ich, dass eine Geschichte, die

in einer anderen Kultur spielt, sich ungeheuer vertraut anfühlen kann. Ich lerne die Universalität menschlicher Gefühle kennen. Während ich der Geburt einer Bühnenfigur beiwohne, komme ich mit einem Mysterium in Berührung, das nur Eingeweihten zugänglich ist: dem Handwerk des Geschichtenerzählens. Von diesem Moment an will ich diesem Geheimbund angehören. Du redest weiter:

»Anders als im Kino hat der Realismus im Theater nichts zu suchen. Siehst du, meine Şeker, wenn ich diese Sätze sage, stehe ich auf der Bühne ganz hinten und spreche sehr laut. Beim nächsten Satz gehe ich nach vorn an den Bühnenrand. Die Zuschauer sollen das Gefühl haben, ich sähe ihnen in die Augen und flüstere ihnen die Worte ins Ohr. Verstehst du? Das wirkt wie eine Nahaufnahme im Kino. Ich zoome auf mich selbst ... Das Kino ist die Kunst der Wirklichkeit, während das Theater die Kunst der Täuschung ist!«

In diesem Moment weiß ich, dass ich deinem Vorbild folgen und die Abgründe der menschlichen Seele erkunden will. Wenn ich groß bin, werde ich *Çekof*!

Doch der Tag würde mir noch aus einem ganz anderen Grund im Gedächtnis bleiben. An der französischen Schule, die ich seit Kurzem besuche, bin ich nicht gerade glücklich. Ich vermisse meine alten Freunde, und zu allem Überfluss fällt der Wechsel auf die weiterführende Schule mit einem Skandal zusammen: Eine Zeitung hat das Foto von dir und İsmail veröffentlicht. Ich bin erst zehn Jahre alt und durchschaue die politischen Implikationen nicht, aber ich weiß, dass etwas ganz und gar nicht stimmt. In der Schule achte ich auf mein Benehmen, komme nie zu spät, spreche im Unterricht nicht dazwischen, habe immer alle Hefte dabei und erledige verlässlich meine Hausaufgaben. Ich tue alles, um nicht aufzufallen, aber an diesem Mittag in unserer Küche bin ich so fasziniert von deinem Auftritt, dass ich nicht merke, wie die Zeit vergeht.

Als dir aufgeht, dass ich panische Angst habe, in der Schule Ärger zu bekommen, beschließt du, mich zu begleiten, und meiner Lehrerin, einer spröden, verbitterten Frau mit blondem Haar, höchstpersönlich den Grund für mein Zuspätkommen zu erklären. Innerhalb weniger Minuten ziehst du dich um. Das Ergebnis ist beeindruckend: Tschechows Heldin verwandelt sich vor meinen Augen in das Inbild einer berufstätigen Mutter, mit grauem Kostüm, Pumps und Haarknoten. Nur Ljubows rosa Stola verleiht dir eine gewisse Zerbrechlichkeit. Du trägst sie weiter, weil du fürchtest, deine Figur, die bisher nur eine Skizze ist, könnte sich sonst verflüchtigen. Nebeneinanderher gehen wir zu meiner Schule. Einerseits bin ich stolz, mit dir, meiner hübschen und berühmten Mutter, durch die Straßen zu laufen, andererseits sterbe ich vor Angst bei dem Gedanken, dein Erscheinen könnte zu einer peinlichen Szene führen. Ich bin Esra Zamans Tochter, und meine Mutter hat eine Affäre mit einem hohen Ministerialbeamten, der noch dazu verheiratet ist.

Wenn mich in jener Zeit jemand nach meinem Vater fragt, antworte ich, er sei bei einem Verkehrsunfall ums Leben gekommen, aber an der neuen Schule gibt es eine Gruppe von Mädchen, die überall herumerzählen, das wäre gelogen und in Wahrheit wäre İsmail mein Vater. Wenn ich auf dem Schulhof näher komme, verstummen sie. Ich bin das perfekte Opfer für diese kleinen Biester, die natürlich nur wiederholen, was ihre Eltern zu Hause sagen.

Am Schultor angekommen, klingeln wir. Die Pförtnerin starrt dich ungläubig an, sie kann nicht fassen, dass du in Fleisch und Blut vor ihr stehst. Ich wäre am liebsten im Boden versunken. Du sagst deinen Namen, als wärst du irgendeine Unbekannte, und sie fällt dir aufgeregt ins Wort: »Ja, ja, ich weiß, wer Sie sind. Esra Zaman kennt doch jeder.« Die Pförtnerin stürzt zum Telefon, wählt eine Nummer und befiehlt der Person am anderen Ende der Leitung, sofort herzukommen. Sie lächelt verkrampft, weiß nicht, wohin mit ihren Händen, ergeht sich in Entschuldigungen, dass sie uns warten lässt. Kurz darauf kommt der Hausmeister angerannt und gerät bei deinem Anblick ebenfalls völlig aus dem Häuschen. Er begleitet uns zu meinem Klassenzimmer, klopft an und schmettert deinen Namen, als wäre er der Ausrufer bei einem Botschaftsempfang. Meine Klassenkameraden brechen in Applaus aus. Starr vor Schreck stolpere ich über die Schwelle und traue mich nicht, die Lehrerin oder die anderen Kinder anzusehen. Im Vorbeigehen lese ich an der Tafel die Zeilen eines strenggläubigen nationalistischen Dichters und wiederhole sie stumm im Kopf, für den Fall, dass ich drankomme und sie aufsagen muss. Ich habe Angst vor der Lehrerin mit ihrer gehässigen Stimme, Angst vor dem Spott der anderen Kinder, Angst davor, dass sie wieder etwas über Papa sagen.

Du gehst mit einem strahlenden Lächeln auf die Lehrerin zu und überschüttest sie mit einem deiner berüchtigten Wortschwalle. Du bist definitiv die Königin des

Monologs, du schaffst es in einem Atemzug, dich bei ihr zu entschuldigen, ihr zu schmeicheln, sie zu überrumpeln, sie zum Lachen zu bringen, sie ins Theater einzuladen und ihr Tschechow zu erklären; das alles vor den aufgerissenen Augen türkischer Schulkinder, die keine Ahnung von russischem Theater haben.

»Wissen Sie, ich habe meiner Tochter heute Mittag eine Einführung in russische Literatur gegeben und darüber ganz die Zeit vergessen/Ich probe nämlich gerade Tschechows *Kirschgarten*/Finden Sie nicht auch, Madame Türkan, dass nur ein orientalischer Regisseur diesen Text auf die Bühne bringen kann?/Man braucht einen gewissen Hang zum Irrationalen, die Europäer sind viel zu kopflastig, sie werden nie verstehen, wie sehr man unter der Vergänglichkeit leiden kann/Sie inszenieren den *Kirschgarten*, dabei können sie nicht einmal zwischen Süß- und Sauerkirschen unterscheiden/Sind Sie nicht auch der Meinung, Madame Türkan, dass es in dem Stück um Sauerkirschen geht?/Schließlich lautet der russische Titel *Wischnjowy sad*, wie »*vişne*« im Türkischen, nicht wahr?/Sie werden mir sicher zustimmen, dass die Bitterkeit und die bräunliche Farbe von Sauerkirschen im Spätsommer nichts mit dem kräftigen Rot und dem milden Geschmack von Süßkirschen zu tun haben/Oh, entschuldigen Sie, ich wollte Sie nicht unterbrechen/Was nehmen Sie gerade durch? Ah, das ist ein schönes Gedicht, damals konnten die Islamisten noch schreiben, hahaha/Wie auch immer, es ist allein meine Schuld, dass Hülya zu spät ist/Darf ich Sie vielleicht zu einer meiner Vorstellungen einladen, Madame Türkan?«

Du hältst einen abstrusen Vortrag über den Unterschied zwischen Süß- und Sauerkirschen, ziehst eine One-Woman-Show ab und zündest eine Nebelkerze nach der anderen. Die Lehrerin hängt an deinen Lippen, sie frisst dir aus der Hand, du gibst ihr das Gefühl, zum engeren Kreis einer der größten Schauspielerinnen des Landes zu gehören.

Bis dahin läuft alles gut. Dein Redeschwall lenkt von meiner Verspätung ab. Doch wie in einem Horrorfilm, in dem die Stimmung unvermittelt umschlägt, beugt sich Madame Türkan plötzlich vor und raunt dir zu: »Hülya kommt mir in den letzten Tagen etwas durcheinander vor.« Sie scheint sich wirklich für deine Freundin zu halten. Du siehst sie verständnislos an, also erklärt sie:

»Ich habe gehört, Ihr Verehrer will sich scheiden lassen, Sie heiraten und die Kleine adoptieren. Ist das wahr?«

Das Blut gefriert mir in den Adern, ich weiß nicht, warum sie das sagt, und dann auch noch vor versammelter Klasse. Ich drehe den Kopf zur Tafel, um niemanden ansehen zu müssen, und lese noch einmal die Verse des islamistischen Dichters: »Ich will meinen Körper auf diesen Stein betten/Meine heiße Stirn zu kühlen/Will im Schlaf versinken/Und auf diesem Pflaster sterben.« Vierzig Jahre später sind mir die Worte immer noch eingebrannt, zusammen mit Madame Türkans tödlichem Satz: »Ich habe gehört, Ihr Verehrer will sich scheiden lassen, Sie heiraten und die Kleine adoptieren. Ist das wahr?«

Dein Gesicht bleibt verschlossen, das Schweigen zieht sich in die Länge, draußen hat sich das Licht verändert, der Himmel ist jetzt wolkenverhangen. Es hat zu regnen begonnen, ohne dass ich es mitbekommen hätte, vom Bosporus bläst ein frischer Wind, du fröstelst und ziehst Ljubows Stola enger um dich.

Dann gibst du dir einen Ruck (einer deiner bühnenreifen Stimmungsumschwünge), setzt ein strahlendes Lächeln auf, drückst der Lehrerin ein Programmheft von *Der Kirschgarten* in die Hand, hauchst ihr links und rechts ein Küsschen auf die Wange und sagst vertraulich, als wärt ihr tatsächlich beste Freundinnen:

»Ich besorge dir für die Premiere zwei Plätze in der ersten Reihe.«

»Vielen Dank, das ist ja nett! Ich liebe die Schauspielerin, die Warja spielt.«

Empört, dass Madame Türkan die Jungschauspielerin lobt, die dir den Rang abzulaufen droht, bedenkst du sie mit einem mörderischen Blick.

»Nein, warte, die zweite Reihe ist besser. Die kleine Warja spuckt leider ziemlich.«

Zum Abschied lächelst du träge wie Liz Taylor, die freundlich zu einem Müllmann sein will, rufst: »Auf Wiedersehen, Kinder«, und entschwindest wie eine Königin durch die Tür.

Beim Abendessen imitierst du die Lehrerin, um mich zum Lachen zu bringen:

»Mir ist zu Ohren gekommen, dass sich Ihr Verehrer scheiden lassen, eine andere heiraten, sich wieder scheiden lassen, noch einmal heiraten, sich ein weiteres Mal scheiden lassen und Sie heiraten will. Mein Gott, ich kann es nicht fassen, das ist ja unglaublich, ist das wirklich wahr?«

Du spielst einen richtigen kleinen Sketch, äffst meine Lehrerin nach, ihre Stimme, ihre Körperhaltung, ihre

Ticks, bis ich lachen muss und vergesse, dich nach dem Inhalt des Satzes zu fragen.

Erst als ich mir das Stück zwei Monate später in einer opulenten Inszenierung ansehe, lerne ich deine Figur und die der Warja richtig kennen. Warja, Ljubows Pflegetochter, wird von dem verbitterten Dienstbotenpaar ständig an ihre Herkunft erinnert, sie steht in Ljubows Schatten und versucht verzweifelt, inmitten des Wahnsinns ihrer Mutter einen kühlen Kopf zu bewahren. Sie berührt mich tief. Wenn mich in den nächsten Monaten jemand nach meinem Namen fragt, antworte ich, ich hieße Warja. Zum ersten Mal nehme ich probeweise eine andere Identität an. Und zum ersten Mal kommen mir Zweifel, sie durchzucken mich wie ein Blitz. Besteht vielleicht doch die Möglichkeit, dass dieser Mann mich gezeugt hat? Jedes Mal schiebe ich den abstoßenden Gedanken sofort wieder beiseite, denn etwas anderes beschäftigt mich, etwas sehr viel Schöneres. Ich bin mir jetzt absolut sicher, dass ich *Çekof* werden will. Alles andere ist unwichtig. *Der Kirschgarten* hat mir die Tür zu einer neuen Welt geöffnet.

Ich lerne die Tschechowkei kennen, ein Land, das von desillusionierten Menschen bevölkert ist, von wunderschönen Frauen voller Anmut und Verdruss, Frauen, die zugleich grausam und zerbrechlich sind, die ihre Zeit mit Tagträumen verbringen und einem Bettler eine Goldmünze schenken, obwohl sie selbst vor dem finanziellen Ruin stehen, Frauen, die beim kleinsten Luftzug frösteln und sich eine Stola umlegen. Vielleicht hatte der Wind an jenem Tag, als du mich in die Schule begleitet hast, ja die weiße Datsche gestreift, in der Tschechow seine Stücke schrieb, bevor er über das Schwarze Meer zu uns gekommen war.

Erst kürzlich habe ich erfahren, was der Autor über seine Figur gesagt hatte: Nur der Tod könne sie aufhalten.

Deine zwei Lieben

Du hast in deinem Leben zweimal geliebt, Esra.

Einmal İshak natürlich. Er ist der einzige Mensch, den du bedingungslos geliebt hast, mit dem du keine Machtspiele spielen musstest, der Einzige, mit dem du zusammengelebt hast, der Einzige, mit dem du ein Kind haben wolltest. Nur er liebte dich so, wie du warst, er kümmerte sich nicht um dein öffentliches Bild, er wollte dich mit Haut und Haaren, er liebte deine Stimme, deinen Blick, dein Lächeln. Er war zutiefst bewegt von allem, was du tatest, davon, wie du dein Glas hieltest, wie du lachtest und weintest, wie du morgens aufwachtest und abends einschliefst, wie du gierig einen Hähnchenschenkel verschlangst oder appetitlos an einem Salatblatt knabbertest. Er konnte über dein Parfüm, deine Kopfhaltung oder deinen Tonfall in Verzückung geraten, über ein Buch, das du offen in einem Sessel liegen gelassen hattest, über das Hemd, das du vor dem Bauch verknotet trugst, über eine Haarsträhne in deinem Nacken.

Und dann war da noch der andere. Der Machtmensch, der Geheimdienstler, der Eroberer. Der Mephisto in Uniform. Das genaue Gegenteil von Papa.

Dein Mann war ein feinsinniger, gütiger, zurückhaltender Mensch, der alles hinterfragte, während dein Geliebter eine machohafte Gewissheit zur Schau trug, eine animalische Gnadenlosigkeit.

Im Internet finde ich nicht viel zu İsmail, nur sein Geburts- und Todesdatum und eine Liste der offiziellen Posten, die er bekleidet hat. Auf manchen Websites, die ich anklicke, erscheint folgende Fehlermeldung: »Seite nicht erreichbar.« Offenbar können die »beruflichen Aktivitäten« deines Liebhabers gewissen Leuten immer noch gefährlich werden, und man hat dafür gesorgt, dass die Informationen aus dem Netz verschwinden.

Eine ganze Nacht lang unterhalte ich mich über den Bildschirm meines Computers mit Bahar und Nilüfer, und sie erzählen mir alles, was sie über İsmail wissen. Anschließend befrage ich ein paar Menschen, die ihn gekannt haben, hauptsächlich linke Journalisten und Politiker, mit denen Aziz' Tochter mich in Kontakt gebracht hat.

İsmail

İsmails Familie stammt aus einer ärmlichen Gegend. Einer verfluchten Region, in der sich Gebeine stapeln und die Leute sich abends Geschichten von Auswanderung, Mord, Genozid, Ehrverbrechen und täglichem Überlebenskampf erzählen, einer Region, in der die Kinder den Blick von Erwachsenen haben und mit der Kalaschnikow umgehen können, bevor sie schreiben und rechnen lernen.

Wie so viele Familien kam auch İsmails mit der ersten großen Landflucht Ende der Vierzigerjahre nach Istanbul. Die Neuankömmlinge verband eine ähnliche Geschichte: Das Landleben bot ihnen keine Zukunft, und so glaubten Tausende von ungebildeten Anatoliern an einen Neuanfang in der Stadt, in einem Haus aus Stein mit festen Wänden, Milchpulver für die Kinder, Kelvinator-Kühlschränken, Coca-Cola und Parizyen-Nylonstrümpfen.

Nach dem Zweiten Weltkrieg war die Türkei für die USA von großer strategischer Bedeutung, deshalb beschloss der amtierende Außenminister Marshall, dass das Land ebenfalls von dem Plan, der seinen Namen tragen würde, profitieren sollte. Der Marshallplan katapultierte die Türkei zu Beginn des Kalten Krieges in die westliche Hemisphäre und löste einen ähnlichen Wirtschaftsboom aus wie in Europa. Man musste sich nicht dafür schämen, die großzügigen Geschenke von Uncle Sam anzunehmen, denn nach den Entbehrungen der Kriegszeit bot er der halben Welt Hilfe an. Auch in Frankreich fehlte es an vielem: Straßen, Autos, Nahrung, Treibstoff, also an allem, was für ein modernes Leben in der Stadt nötig war, und um es zu bekommen, musste man nur den Kommunismus bekämpfen. In der Türkei gaben die Bauern ihre Äcker, ihr Vieh und ihre primitiven Hütten auf und zogen nach Istanbul, in das Kleinamerika von Kleinasien.

İsmails Familie gehörte zu diesen Nomaden der Neuzeit. In ihrer Heimat im Südosten des Landes war das Leben mühsam und beschwerlich gewesen. In Mesopotamien, in dem Delta zwischen Euphrat und Tigris mit seinen unsicheren Grenzverläufen und wechselnden Namen, färbten sich die Flüsse seit Jahrhunderten rot. Nach jedem neuen Massaker floss Blut ins Wasser, und die Bauern glaubten, sie hätten nichts zu verlieren, wenn sie diesen unwirtlichen Landstrich verließen.

Das erste Wegstück legte die vierzehnköpfige Familie auf drei Karren zurück, gezogen von Gäulen, deren Fell von Ungeziefer und schwärenden Wunden übersät war. Die Alten und Kleinkinder saßen auf Bündeln und Taschen, in die die Eltern ein paar Habseligkeiten gepackt hatten, ohne so recht zu wissen, was sie in der Stadt brauchen würden. Am Bahnhof nahmen sie »den Arme-Leute-Zug«. In überfüllten, muffigen Waggons reisten sie zwei Tage und zwei Nächte lang durchs Land, teilten nicht nur Brot, Zwiebeln und Äpfel mit den anderen Passagieren, sondern auch Ängste und Hoffnungen. Auf der Fahrt hörte İsmail seinen Vater sagen: »Wir hätten nicht fortgehen sollen. Auf dem Land mussten wir nur die wilden Tiere fürchten, in Istanbul müssen wir die Menschen fürchten. Die Stadt wird uns fressen.« Seine Mutter widersprach: »Nein, es wird andersherum sein: Wir werden die Stadt fressen.« Diesen Satz hatte İsmail nie vergessen. Ja, er würde die Stadt fressen! Seine Mutter trug den Hass auf Reiche ins Herz tätowiert wie eine Hennazeichnung, und jedes Mal, wenn ihr Sohn später ein Stipendium bekam, ein Auswahlverfahren bestand oder die Karriereleiter erklomm, sagte sie zu ihrem Mann: »Siehst du, ich wusste es, mein Sohn frisst die Stadt.« (Noch 1980 auf dem Sterbebett, als İsmail ihr stolz verkündete, dass der Putsch erfolgreich gewesen sei, hauchte sie mit letzter Kraft, dass sie nun in Frieden gehen könne: Die Geschichte wiederhole sich, sie teile das Land erneut in zwei Lager, aber diesmal stehe ihr Sohn auf der richtigen Seite, auf der Seite der Sieger nämlich. Der Fluch sei gebrochen, ihre Familie gehöre jetzt zu den Gewinnern, und sie starb »nicht mit offenen Augen«.)

Als İsmails Familie in der Stadt aus dem Zug stieg, fragten seine Eltern nach dem Weg zum »Hügel der Dschinn«, einem Viertel von Istanbul, wo ein entfernter Cousin lebte. Man schickte sie zum Hafen. Sie bestiegen ein Boot und sahen zum ersten Mal im Leben das Meer. Sie wagten nicht, sich auf die Bänke zu setzen, um sie nicht zu beschmutzen, stattdessen ließen sie sich an Deck auf ihren verschlissenen Bündeln und Taschen nieder. Am europäischen Ufer, in der Nähe des anderen Bahnhofs, der extra für den Orientexpress erbaut worden war, verließen sie das Boot. Sie nahmen einen *banliyö treni*, einen Vorortszug, gelangten zum »Hügel der

Dschinn«, fanden dort aber nichts als eine Brache vor, übersät mit selbst gebauten Verschlägen. Die wilden Siedlungen vor den Toren der Stadt wurden *varoş* genannt, abgeleitet vom ungarischen Wort für Stadt, während das aus dem Französischen stammende Wort *banliyö* malerischen Vororten vorbehalten war, in denen wohlhabende Familien ihre Sommerfrische verbrachten. In den nächsten Jahrzehnten würden die *varoşlar* unaufhaltsam wachsen und sich immer weiter ins Umland ausbreiten.

Dort, am Fuß eines byzantinischen Aquädukts, an dessen Pfeiler man praktischerweise seinen Verschlag anlehnen konnte, ließ sich İsmails Familie nieder, zusammen mit anderen Familien, die frisch aus Anatolien eingetroffen waren. Während sie ihre eigene Behausung bauten, boten ihnen Nachbarn Unterschlupf. Solidarität war an diesem Ort selbstverständlich, sie war das einzige Mittel gegen das Elend. Innerhalb von zwei Tagen bauten seine Eltern aus Steinen, Kartons und Plastikplanen eine provisorische Unterkunft, die aus einem Raum bestand. In den folgenden Wochen vergrößerten sie die Hütte mithilfe von Wellblech, Sperrholz und Brettern, die sie auf den Baustellen der umliegenden Viertel fanden. Eines Tages brachten sie sogar einen elektrischen Heizkörper mit nach Hause, der natürlich nicht funktionierte, auf den sie aber trotzdem furchtbar stolz waren, weil nur reiche Leute einen *kalorifer* besaßen. Am Anfang gab es nicht einmal eine Tür. Abends verschlossen die Eltern die Lücke, die sie in einer Wand gelassen hatten, mit Ziegelsteinen, und bevor sie die Hütte am Morgen verlassen konnten, mussten sie die Steine mühsam wegräumen. Doch die Eltern waren zufrieden, die Großstadt hatte sie nicht gefressen, sie hatten ein Dach über dem Kopf. İsmails Vater arbeitete als Tagelöhner, die Mutter putzte in einer Fabrik, Istanbul hatte sein Versprechen gehalten.

Eines Tages hörte İsmails Vater von einer freien Hausmeisterstelle. Für ein Mehrfamilienhaus in einem guten Viertel wurde ein vertrauenswürdiges Ehepaar gesucht. Solche Stellen waren heiß begehrt, man reichte sie unter Verwandten und Freunden weiter. Die Hausmeisterehepaare wohnten mit ihrer Familie im Keller, zahlten keine Miete, bezogen einen festen Lohn, bekamen zusätzlich Trinkgeld, und manchmal verschenkten die Hausbewohner sogar abgelegte Kleider oder Möbel, die sie nicht mehr brauchten. Es war ein großes Glück, eine solche Stelle zu ergattern. İsmails Eltern sprachen vor und wurden in einem Gründerzeitwohnhaus im wohlhabenden Viertel Maçka eingestellt.

Zwischen dem eleganten Foyer, dem gepflegten Garten, den luxuriösen Wohnungen und den zwei beengten Kellerräumen, in denen İsmails sechsköpfige Familie wohnte, lagen Welten. Der erste Raum, den sie bewohnten, befand sich neben dem Kohlenkeller, der zweite beherbergte den Heizkessel. In beiden Räumen gab es knapp unter der niedrigen Decke ein schmales Fenster, das auf den Bürgersteig hinausging, auf Höhe der Füße der Passanten. İsmails Eltern ließen die Fenster immer offen stehen, selbst im Winter, denn in dem Keller roch es nach Kohlenstaub, Schimmel und Fett, eine Mischung, die İsmail nie vergessen würde. Ein weiterer, drei Quadratmeter kleiner Raum mit Spülbecken und Kohleofen diente ihnen als Küche. Das »Badezimmer« war ein Hockklo auf dem Treppenabsatz, und wenn man sich waschen wollte, musste man ein Brett über das Loch im Boden legen. Sechs übereinandergestapelte Matratzen bildeten tagsüber das Sofa und verwandelten sich nachts in Betten für İsmails Eltern, seine Großmutter, ihn selbst und seine beiden Brüder.

Die Eltern schliefen neben dem Klingelbrett, denn es konnte zu jeder Tages- und Nachtzeit läuten. Mal war ein Spülkasten defekt, mal mussten Gäste bewirtet werden, mal eine Besorgung erledigt oder Müll runtergebracht werden. Von İsmails Eltern wurde erwartet, dass sie sich rund um die Uhr bereithielten und jeden noch so kleinen Wunsch der Bewohner erfüllten. Frühmorgens sammelte sein Vater die Müllbeutel und Einkaufslisten vor den Türen ein. Dann ging er einkaufen, während seine Frau das Treppenhaus schrubbte. Der Vater war auch für den Garten und die Autos zuständig. In seiner ersten Woche gaben ihm die Besitzer ausführliche Anweisungen zur Pflege ihrer Fahrzeuge, und ein winziger Kratzer im Lack kostete ihn einen Monatslohn.

İsmails Vater war außerdem für die Sicherheit im Haus verantwortlich. Mit manischer Besessenheit überwachte er jeden, der das Haus betrat oder verließ, Gäste, Lieferanten, Maniküren und Schneider. Manchmal musste er Straßenhändler rauswerfen, die Gemüse, Joghurt, Eis oder gegrillte Maiskolben feilboten, und Roma, die Bettwäsche oder bestickte Tischdecken verkauften. Seine Mutter sagte, bei denen müsse man besonders aufpassen, schließlich sei bekannt, dass »die Zigeuner« gern die Kinder von Reichen klauten. Wenn ein Straßenhändler sich nicht abwimmeln ließ oder allzu lange vor dem Haus herumlungerte, wurde İsmails Vater handgreiflich. İsmail würde sein Leben lang nicht den Tag vergessen, als sein Vater den Karren eines Straßenverkäufers umgeworfen hatte. Während der Mann seine Waren einsammelte, brüllte er: »Du hältst dich wohl für was Besseres! Dabei saßt du früher genauso in der Scheiße wie ich. Und jetzt leckst du den Reichen die Stiefel!«

Die Eltern meldeten ihre drei Söhne an der Grundschule im Viertel an. Die drei Jungs waren verspätet eingeschult worden und hatten bisher nur die Schule im *varoş* besucht. Jetzt fanden sie sich plötzlich in einer Umgebung wieder, in der ein ganz anderer Leistungsdruck herrschte, und gingen mit Kindern in eine Klasse, die zwei bis drei Jahre jünger waren. Als İsmails Vater sah, wie schwer sich seine beiden älteren Söhne mit dem Lernen taten, beschloss er, sie nach dem Ende der Pflichtschuljahre zur Ausbildung in eine Autowerkstatt zu schicken. Nur İsmail sollte weiter zur Schule gehen. Er lernte gern, hatte gute Noten, und anders als seine Brüder biss er sich durch. Vielleicht würde er ja sogar studieren und im Alter für seine Eltern sorgen.

Kurz nach dem Umzug fiel İsmail ein Junge aus dem obersten Stockwerk auf, der mit ihm zur Schule ging. İsmails Eltern hatten jeder Familie im Haus einen Spitznamen gegeben, und die Familie des Jungen hieß bei ihnen nur *yahudiler* (»die Juden«), ein Wort, das ihm nichts sagte. Als es im Frühjahr wärmer wurde, begann »der Sohn der Juden« vor dem Haus Rollschuh zu fahren. Jeden Tag nach der Schule schnallte er sich die *Kings* mit den kleinen Metallrädern und den verstellbaren Schienen an und fuhr auf dem asphaltierten Weg hin und her, während İsmail durch das winzige Kellerfenster die Füße des Jungen beobachtete. Er hätte alles darum gegeben, die Rollschuhe ausprobieren zu dürfen, er hätte den Jungen gern gefragt, ob er ihn mal fahren ließ, nur ganz kurz, für ein paar Meter, aber er wusste, dass er den Sohn von Hausbewohnern auf keinen Fall um so etwas bitten durfte.

***

An einem Samstagnachmittag geschieht ein Wunder. İsmails Vater bringt ein Lamm nach Hause, er zieht es an einem Strick hinter sich her und bindet es im Garten fest. Dann sagt er zu seinem Sohn, er solle sein Herz nicht zu sehr an das Tier hängen, ihm keinen Namen geben und es nicht streicheln, denn die alte Dame aus dem zweiten Stock wolle es zum Opferfest schlachten lassen. Später hört İsmail, wie sein Vater zu der alten Dame sagt, am nächsten Morgen werde wie vereinbart der Schlachter kommen, und er werde alles mitbringen, einschließlich des weißen Tuchs, mit dem er dem Tier die Augen verbinden werde. In dem Moment beginnt das Lamm an seinem Strick zu zerren und laut zu blöken, als hätte es begriffen, welches Schicksal es erwartet.

Gleich darauf kommt der Junge aus dem oberen Stock mit seinen Rollschuhen aus dem Haus. İsmail weiß, dass dies seine Gelegenheit ist. Er geht zu ihm und fordert ihn auf mitzukommen, er wolle ihm etwas zeigen. Der Junge folgt ihm wortlos. İsmail führt ihn nach hinten in den Garten und zeigt ihm das Lamm.

»Wenn du willst, kannst du es streicheln.«

»Wirklich?«

»Ja. Du kannst es sogar füttern. Komm, wir pflücken Gras.«

Der Junge streichelt das Lamm, füttert es mit Gras

und sagt, dass er es sehr süß finde mit seinen kurzen Beinen und dem feuchten Maul, das seine Finger kitzelt. Dankbar lächelt er İsmail an.

»Du wohnst ganz unten, oder?«

»Ja.«

»Ich wohne im fünften Stock.«

»Ich weiß.«

»Ich heiße İshak, und du?«

»İsmail.«

»Wir müssen ihm einen Namen geben.«

»Was?«

»Dem Lamm. Such dir einen Namen aus.«

»Vielleicht ›Blume‹?«

»Prima. Wir nennen es ›Blume‹.«

»Deine Rollschuhe sind toll.«

»Es sind *Kings*. Willst du sie mal ausprobieren?«

»Wirklich?«

»Ja. Jetzt muss ich leider wieder nach oben, aber du kannst ja morgen früh bei mir klingeln, dann komme ich runter.«

Es ist Zeit fürs Abendessen, und beide Jungen laufen ins Haus. Drinnen verabschieden sie sich, der eine geht hoch in den fünften Stock, der andere runter in den Keller.

Als er am nächsten Morgen aufwacht, hört İsmail draußen Stimmen. Er zieht sich hastig an, rennt die Treppe hoch, und sieht seinen Vater, den Schlachter und die Frau aus dem zweiten Stock in den Garten gehen. Er klingelt bei İshak, und sein neuer Freund kommt mit den Rollschuhen nach unten.

»Soll ich dir zeigen, wie man sie anzieht?«

»Ja, gern! Aber erst gehen wir zu Blume.«

İsmail zieht İshak hinter einen Busch, von wo aus sie den Garten überblicken können.

»Lass uns zuschauen.«

»Was haben sie denn mit Blume vor?«

»Sie opfern sie.«

»Was?«

»Sie opfern sie. Blume wird geschächtet.«

İsmail erschauert vor Ehrfurcht, auch wenn er nicht weiß, was das Wort bedeutet. Instinktiv spürt er den Tod nahen. Die alte Dame aus dem zweiten Stock murmelt ein Gebet, bläst auf das Tuch und reicht es dem Schlachter. Der faltet es zum Dreieck und verbindet dem Tier die Augen. Dann wirft er das Lamm auf den Rücken und hält seinen Hals über das Loch, das er zuvor gegraben hat. Der Strick, mit dem İsmails Vater das Lamm festgebunden hat, zieht an dem Rosenstrauch. İsmails Vater drückt das strampelnde Tier zu Boden, und der Schlachter schneidet ihm mit einem schnellen Schnitt die Kehle durch. İshak stößt einen leisen Schrei aus und kneift die Augen zusammen. İsmail raunt ihm zu: »Sieh hin, sonst bist du ein Mädchen!« İshak reißt die Augen auf und sieht alles, den Dampf, der vom Fleisch aufsteigt, die zuckenden Füße, den zitternden Bauch, das Blut.

An jenem Tag im Garten schließen İshak und İsmail Freundschaft. Im Angesicht einer Opferszene. Im Angesicht des Todes.

***

Anfangs sehen die Erwachsenen es nicht gern, wenn die beiden Zeit miteinander verbringen. Eigentlich soll ein Hausmeistersohn nicht mit den Kindern der Bewohner spielen. Doch nach und nach gewöhnen sich sowohl »die Juden« als auch İsmails Eltern an die ungewöhnliche Freundschaft. İsmails Eltern bleiben misstrauisch, sind aber auch stolz auf ihren Sohn. Der kleine İsmail ist klug, fleißig und hilfsbereit, und İshaks Eltern sagen sich, dass es ihrem Sohn guttut, wenn er Umgang mit Leuten aus dem einfachen Volk hat.

Eines Tages beobachtet meine Großmutter die beiden Jungen beim Spielen und beschließt, dass İsmail zusammen mit ihrem Sohn die Aufnahmeprüfung für das staatliche Gymnasium ablegen soll, an dem auf Französisch unterrichtet wird. İsmail ist intelligent genug, um ein staatliches Begabtenstipendium zu bekommen. Sie spricht mit ihrem Mann, er ist einverstanden, sie laden İsmails Eltern zu einem Gespräch ein. İsmails Eltern ziehen ihre besten Kleider an, steigen die Treppe hoch, klopfen an die Tür. Meine Großmutter öffnet und bittet sie mit autoritärer Stimme herein. İsmails Eltern fragen sich, ob sie etwas falsch gemacht haben oder ob ihr Sohn etwas angestellt hat.

İsmail und seine Eltern bleiben beschämt im Treppenhaus stehen, und meine Großmutter drängt sie erneut, hereinzukommen. Zum ersten Mal in ihrem Leben betreten sie eine solche Wohnung, eine fremde Welt. Sie wollen den teuren Perserteppich auf keinen Fall mit ihren Schuhen beschmutzen, also ziehen sie sie an der Tür aus und gehen auf Socken ins Wohnzimmer. Dieses Bild, die alten Socken seiner Eltern neben den eleganten Schuhen von İshaks Eltern, wird İsmail sein Leben lang verfolgen.

İsmails Eltern lauern auf ein Zeichen, einen Blick, eine Geste, die ihnen bedeutet, dass sie kehrtmachen und wieder gehen sollen, weil es sich doch um einen Irrtum handelt, weil sie nicht das Recht haben, hier zu sein. Doch stattdessen fordert meine Großmutter sie auf, sich zu setzen.

»İsmail ist ein kluger Junge. Ich habe mit seiner Lehrerin gesprochen. Er sollte unbedingt weiter zur Schule gehen. Ich weiß, dass Sie auf seine Hilfe angewiesen sind, aber ich möchte Sie bitten, ihn nicht von der Schule zu nehmen und arbeiten zu schicken. Wir werden dafür sorgen, dass er im nächsten Jahr auf ein gutes Gymnasium kommt.«

İsmail fragt sich, ob er richtig gehört hat.

»Wir werden Sie unterstützen. İshak nimmt Unterricht bei einem Privatlehrer, um sich auf die Aufnahmeprüfung vorzubereiten, die beiden können zusammen lernen. Wenn İsmail gut abschneidet, bekommt er ein Stipendium vom Staat, dann müssen Sie kein Schulgeld zahlen.«

İsmail traut seinen Ohren nicht, er blickt zu seinen Eltern, aber ihre Gesichter sind ausdruckslos. Sie zeigen weder Überraschung noch Dankbarkeit noch Ablehnung. Warum reagieren sie nicht? Warum sind sie so unterwürfig? Haben sie keine eigene Meinung? Obwohl sie gerade einmal vierzig Jahre alt sind, sind sie bereits so ausgelaugt vom Leben, dass sie keine Freude mehr empfinden können, und wie viele arme Leute leben sie in der ständigen Angst, über den Tisch gezogen zu werden, deshalb trauen sie niemandem über den Weg. Meine Großmutter bricht das Schweigen: »Sie wirken überrumpelt, das verstehe ich. Aber ich bin sicher, dass İsmail die Prüfung bestehen wird.«

İsmails Mutter gibt sich einen Ruck und murmelt:

»Wenn Sie es sagen«, und sein Vater fügt leise hinzu: »Wir kennen uns mit so was nicht aus, wenn Sie es für das Richtige halten, wird es so sein.«

Mein Großvater lächelt zufrieden und sagt laut und deutlich, als rede er mit Leuten, die etwas einfältig sind: »Sie werden Ihre Entscheidung nicht bereuen. Ihr Sohn wird Sie stolz machen, glauben Sie nicht? Und was ist mit dir, İsmail, freust du dich?«

İsmails Eltern nicken wie zwei Marionetten. İsmail sieht seine Eltern an, und als er gerade antworten will, donnern Kampfflugzeuge über das Haus hinweg. Alle halten inne und warten, dass es wieder still wird, aber das ohrenbetäubende Dröhnen hält an. Sie blicken zur Decke, das Geräusch entfernt sich, meine Großeltern stehen auf und treten zum Fenster, um zu sehen, was los ist. Dann gehen alle wortlos zur Wohnungstür. Mein Großvater hält die Tür auf, und als İsmails Eltern bereits im Treppenhaus sind, sagt meine Großmutter: »Wenn du willst, kannst du noch etwas bleiben, İsmail. Hier hast du mehr Ruhe für deine Hausaufgaben.«

Das Hausmeisterehepaar nickt stumm. Die Flugzeuge sind verschwunden, man sieht nur noch die Kondensstreifen am Himmel. İshaks Mutter ist so taktvoll, die Tür offen stehen zu lassen, damit der Junge sich frei entscheiden kann. İsmail überlegt fieberhaft, ob er seinen Eltern folgen soll, die die Treppe hinuntergehen. In diesem Moment fällt ihm auf, dass sie nie den Aufzug nehmen, vermutlich, um ihn nicht »grundlos« zu belegen, vielleicht aber auch, um nicht ihren Geruch und ihren Atem in der Kabine zu hinterlassen. Er beobachtet ihren gebeugten Gang, denkt darüber nach, was die Großstadt aus ihnen gemacht hat, wie sehr die kurzen

Nächte und der Kohlenstaub ihnen zusetzen, wie sehr das Leben in der Großstadt sie erschöpft. Sie sind jetzt Hausmeister, ein Wort, das ihnen an der Haut klebt wie eine Schmach. Seine Eltern waren nicht immer Hausmeister gewesen, früher waren sie Bauern und liebten ihre Äcker und ihr Vieh, aber jetzt sind sie Diener, müssen den Müll anderer Leute einsammeln und die angelieferte Kohle mit Eimern in den Keller schleppen. Und İsmail ist ein *kapıcı çocuğu*, ein Hausmeistersohn, was in Istanbul eine Beleidigung ist. Wenn reiche Leute mit ihren Kindern schimpfen, sagen sie: »Was sind denn das für Manieren? Führ dich nicht auf wie ein Hausmeistersohn!«

An diesem wunderschönen Frühlingstag nimmt sich İsmail vor, dass er später einmal kämpfen wird. Er wird Soldat werden und anderen Menschen Angst einjagen, so wie die Kampfflugzeuge, die über den Himmel von Istanbul hinweggedonnert sind. Er wird nicht wie seine Eltern werden. Er wird sich seine Träume nicht stehlen, sich seine Gefühle nicht betäuben lassen. Dieser Gedanke sticht ihm ins Herz wie eine Nadel aus kaltem Stahl. Nein, das Leben wird ihn nicht kleinkriegen, er wird sich seine Leidenschaft bewahren, und deshalb darf er seinen Eltern nicht in den Keller folgen, darf er nicht länger die Füße der Passanten durch das Kellerfenster beobachten, muss er hier oben bleiben, in dieser luxuriösen, holzvertäfelten Wohnung.

Langsam schließt er die Wohnungstür von innen, hört, wie sich die Schritte seiner Eltern auf der Treppe entfernen, und blickt zu İshak und dessen Eltern, die ihm aufmunternd zulächeln. Um die Stimmung aufzuheitern, ruft mein Großvater: »Monsieur!«, und erklärt dann:

»Auf Türkisch sagt man ›bey‹, auf Französisch ›Monsieur‹. Ab heute lernst du Französisch!«

Hätten meine Großeltern nicht das Bedürfnis gehabt, dem klugen Jungen aus einer armen Familie zu helfen, hätten seine Eltern sich geweigert, ihren Sohn zu »den Juden« zu schicken, oder hätte İsmail beschlossen, an jenem Tag mit ihnen zusammen zurück in den Keller zu gehen, wäre er ein anderer Mensch geworden. Er hätte kein Stipendium vom Staat erhalten, hätte nicht Politik studiert und hätte seinen Namen nicht ins Schwarzbuch der Geschichte eingetragen.

Von nun an geht İsmail jeden Tag nach der Schule zu meinen Großeltern, um zusammen mit İshak Unterricht bei einem Privatlehrer zu nehmen. Eines Abends bietet meine Großmutter ihm an, bei ihnen zu übernachten.

»Bei deinen Eltern ist es so eng, hier oben kannst du besser lernen und musst auch nicht den Kohlenstaub einatmen. Wenn du willst, kannst du im Gästezimmer schlafen.«

Natürlich will er. Das ist gar keine Frage, er hat sich längst für eine Seite entschieden. Er verbringt mehr und mehr Zeit bei İshak, sie lernen gemeinsam für die Schule. Der Kühlschrank ist immer gut gefüllt, wenn er hungrig ist, darf er sich einfach bedienen. Im Wohnzimmer stehen Regale voller Bücher, und zum ersten Mal in seinem Leben hat er ein eigenes Zimmer, mit einem richtigen Schreibtisch und einer weichen Matratze. Er liebt die Samtsessel, die weichen Teppiche, die Kristallleuchter, die Massivholzmöbel und insbesondere das Röhrenradio. Der Rundfunkempfänger aus lackiertem Holz der Firma Pathé Marconi ist sein Fenster zur Welt, und oft murmelt er die zwei Worte wie ein Gebet vor sich hin:

»*Pateemarkoni.*« Vorne auf dem Gerät stehen Städtenamen: Teheran, Bagdad, Ankara, Budapest, Athen, Moskau, Paris, und wenn er an den Bakelitknöpfen dreht, ist ihm, als reiste er um die Welt. Manchmal verstummt das Radio, dann muss man mit der flachen Hand auf das Holzgehäuse schlagen, damit es wieder Empfang hat, und schon weichen die Wände zurück und der Horizont öffnet sich. Gemeinsam mit İshak und dessen Eltern lauscht er den Geschichten, Nachrichten und der Musik aus fremden Ländern. Die näselnden Stimmen aus dem Lautsprecher entführen ihn in eine andere Welt. Er vergisst das schrille Geschrei seiner Mutter, das Gebrüll seines Vaters, das Stöhnen seiner Großmutter, die Zankerei seiner Brüder um ein Stück Fleisch. Er lernt, sich in einer Umgebung zu bewegen, in der Eheleute sich beieinander bedanken und in der nie jemand die Stimme erhebt. İsmail bemüht sich, ebenfalls leiser zu sprechen und nicht mehr den ländlichen Dialekt seiner Eltern zu gebrauchen, er imitiert die Aussprache und Wortwahl von İshaks Eltern. Er schaut sich von ihnen ab, wie man langsam und ohne zu schmatzen isst, lernt, dass Arbeit auch etwas anderes sein kann als demütigende Schufterei, dass sie einen mit Leidenschaft erfüllen kann, dass er eine Rolle in der Welt zu spielen hat. Er hält es in den Kellerräumen, in denen seine Familie lebt, kaum noch aus, der Gestank, die rauen Sitten, die lauten Stimmen. Er lernt wie besessen. Im Mai legen beide Jungen die landesweite Aufnahmeprüfung für das Gymnasium ab, und während sie auf die Ergebnisse warten, gibt es für ihn keinen Grund mehr, bei İshaks Eltern zu wohnen. Er zieht zurück in den Keller.

An einem Julimorgen steigen İshak und seine Mutter

die Treppe in den Keller hinunter und klopfen an İsmails Tür. İsmail öffnet. Zum ersten Mal sieht İshak, in welchen Verhältnissen sein Freund wohnt, aber er lässt sich nichts anmerken. Er tut so, als sähe er den bröckelnden Putz nicht, als röche er den Kohlestaub und den Schimmel nicht. Meine Großmutter zeigt İsmails Eltern die Tageszeitung mit der Liste der Schüler, die die Prüfung bestanden haben. Die Namen beider Jungen sind dort aufgeführt, und nicht nur das, İsmail bekommt ein Stipendium vom Staat, seine Eltern müssen nichts bezahlen. Für das Hausmeisterehepaar ist allein die Tatsache, dass der Name ihres Sohns in der Zeitung steht, unglaublich, ein Sieg über ihre Herkunft. İshaks Mutter murmelt: »Ich wusste, dass mein Sohn die Stadt fressen wird«, beide Frauen lachen, İshaks Mutter will ihrer Arbeitgeberin aus Dankbarkeit die Hand küssen, aber İsmails Mutter entzieht sich ihr. Noch so eine Angewohnheit vom Land, eine weitere Demütigung für İsmail, die İshak geflissentlich übersieht. İshaks Mutter erklärt, natürlich gebe es trotzdem einige Kosten, für die Stifte und Hefte, die Uniform und den Sportanzug mit dem aufgestickten Schullogo, aber darum würden sie und ihr Mann sich kümmern. Sie werden alles bezahlen, das sei ihnen ein Vergnügen. Die Gesichter des Hausmeisterehepaars verschließen sich, İsmails Eltern verfallen erneut in dumpfes Schweigen, sagen kein Wort, stellen keine Fragen, bedanken sich nicht einmal. Zum ersten Mal liest İsmail Verachtung im Blick seines Freundes, nicht, weil seine Eltern arm sind, sondern weil sie so passiv sind. In diesem Moment trifft er eine Entscheidung: Wenn ihm in Zukunft reiche Leute helfen, wird er sich ihnen nicht zu Dank verpflichtet fühlen, schließlich kommen auch sie dabei auf ihre Kosten: Sie können sich in ihrer Großzügigkeit sonnen, in dem Gefühl, ein guter Mensch zu sein. Sie brauchen die Armen zu ihrer Selbstvergewisserung. Es ist ein gegenseitiges Geben und Nehmen, also steht er nicht in ihrer Schuld. Seinen Erfolg wird er allein sich selbst zu verdanken haben, niemandem sonst.

***

Auf dem Gymnasium lässt İsmail İshak bald links liegen. Er empfindet die Freundschaft als Bürde, sie erinnert ihn an seine Herkunft, an sein Leben in Armut. Seine Klassenkameraden wissen nichts von ihm, sie ahnen nicht, dass seine Mutter den Dreck von İshaks Eltern wegmacht und dass er nur dank ihrer Großzügigkeit hier ist. Er weiß, dass sein ehemals bester Freund niemand ist, der vor anderen damit angeben würde, aber er geht trotzdem auf Abstand. Er kann nicht anders, in İshaks Nähe ist und bleibt er der Hausmeistersohn. Erst ist İshak traurig über İsmails Verhalten, aber bald findet er neue Freunde, der Unterricht ist interessant, die Schule öffnet ihm das Tor zu einer neuen Welt. Die beiden Jungen gehen getrennte Wege. In vielen Fächern sind sie unter den Klassenbesten, oft wetteifern sie sogar um den ersten Platz, zum Beispiel in Geschichte und Geografie. Auch im Sportunterricht treten sie häufig gegeneinander an. İsmail liebt es, İshak zu provozieren, aber İshak geht nicht darauf ein. Ihr Verhältnis verschlechtert sich, ihre Klassenkameraden sind überzeugt, dass es nur eine Frage der Zeit ist, bis sie sich prügeln, bis der kriegerische Zentaur und das edle Pferd ihre Kräfte messen.

Im nächsten Sommer finden İsmails Eltern und Brüder Arbeit in einer Fabrik vor den Toren der Stadt und verlassen das Haus. Jetzt sehen sich die beiden Jugendlichen nicht mehr in ihrer Freizeit. In der Schule reden sie kaum noch miteinander.

Vier Jahre später treffen sie im Debattierklub der Schule aufeinander. Sie diskutieren heftig, stacheln sich gegenseitig an. Beide haben großen Spaß an den Streitgesprächen, und bald stehen sie einander wieder sehr nah. Sie verstehen sich wortlos, haben denselben Humor, machen sich zusammen über die anderen lustig. İshak ignoriert die Sticheleien und verletzenden Bemerkungen seines Freundes. Beide begeistern sich für Politik und lieben es, stundenlang zu debattieren. Kurz vor dem Abitur beschließen sie, gemeinsam die Aufnahmeprüfung an der neuen Fakultät für Politikwissenschaften in Ankara abzulegen, aber dann teilt İshak İsmail mit, dass er zum Studium in die USA geht. İsmail wird an der Universität von Ankara angenommen, er besteht die Aufnahmeprüfung mit Auszeichnung und bekommt zum zweiten Mal ein staatliches Stipendium. İshak geht nach Berkeley, sie verlieren einander wieder aus den Augen.

An der Universität Ankara wird ein älterer Student auf İsmail aufmerksam und führt ihn in nationalistische Zirkel ein. Nach ein paar Monaten hat er sich in diesen Kreisen seine Sporen verdient. Einige seiner neuen Freunde vertreiben sich die Zeit damit, linke Studenten zu terrorisieren, öffentlich ermuntert von rechten Politikern: »Die Jugend muss die Tugenden unseres Landes verteidigen.« Zum ersten Mal in seinem Leben fühlt er sich respektiert, zum ersten Mal »gilt« er etwas.

Im achten Semester wird İsmail Mitglied einer nationalistischen Zelle, dessen Anführer ihn zunächst mit kleineren Aufträgen auf die Probe stellt: Mal soll er Studenten einschüchtern, indem er ihnen vermummt auflauert und sie mit Stockschlägen traktiert, ein anderes Mal einen kleinen Brand legen. Er findet Gefallen daran, »schmutzige Aufgaben« zu erledigen, und lernt viel dazu. Nachdem er seine »Tapferkeit« und »Treue« bewiesen hat, steigt er schnell auf und ist bald unentbehrlich: Er koordiniert die Einsätze von Schlägertrupps, bespitzelt seine Kommilitonen und bewegt sich in einem Untergrundnetzwerk, dessen Verästelungen bis in die Armee, in die Ministerien und in die Polizeibehörden reichen. Ein beteiligter General sagt Jahrzehnte später aus, die Gruppe habe damals mehrere Attentate verübt. İsmail redet sich ein, wer sein Vaterland liebt, dem ist jedes Mittel recht. Seine Spezialität ist es, Hass zu schüren. Er übernimmt mehrere geheime Missionen, aber erst im Zuge der Studentendemonstrationen 1968 rückt er ins Zentrum der Macht vor. In der Türkei wie in vielen anderen Ländern tritt der Fluss über die Ufer, die Bevölkerung probt den Aufstand, und die Polizei ist überfordert. Da braucht es einen klugen Kopf, der die Situation wieder unter Kontrolle bringen kann. Ein Berater der Regierung sagt: »Ich kenne da jemanden.« İsmail ist noch jung, aber er geht schon genauso gnadenlos vor wie in späteren Jahren. Da er fließend Französisch spricht, verfolgt er genau, was in Frankreich geschieht, er kennt Maurice Papon und seine Methoden. Er ist sehr ehrgeizig und steht immer auf Abruf bereit. Er brüstet sich damit, dass er Extremisten mobilisieren und Straßenschlachten auslösen kann: Auf sein Fingerschnipsen hin zieht ein wütender Mob los, bewaffnet mit Stöcken, Messern und Säbeln. In diesen Jahren geraten linke und rechte Studenten immer häufiger aneinander, an den Universitäten kommt es zu gewalttätigen Auseinandersetzungen. Je mehr die Situation eskaliert, desto glücklicher ist İsmail. Er liebt es, Verletzte, Verhaftungen und Verhöre zu zählen. »Wir müssen unsere Trupps aufrüsten«, erklärt er und spricht davon, seine Männer Polizeiwagen anzünden zu lassen, »um der Bevölkerung zu beweisen, dass die Sicherheitskräfte angegriffen werden«. Das sei in allen Ländern üblich, man müsse sich nur mal ansehen, was die französische Polizei in Paris mit den algerischen Demonstranten angestellt habe. »Manche Ziele erreicht man nicht durch blinde Gesetzestreue. Wir müssen der Öffentlichkeit zeigen, dass dieses linke Pack gefährlich ist, dass die Studenten zwar harmlos aussehen, in Wahrheit aber kriminell sind.« Als jemand einwendet, man könne doch nicht auf halbe Kinder schießen, erwidert İsmail: »Der Staat darf sich keine Blöße geben. Wir haben keine Wahl, sonst stehen wir als Schwächlinge da.« Vor sich selbst rechtfertigt er seine Taten damit, all das diene der Bekämpfung des Kommunismus, der sein Vaterland zerstören wolle.

Bei jeder unliebsamen Demonstration ruft man ihn zu Hilfe. Er kennt sich aus mit Häuserkämpfen, brennenden Barrikaden, Wasserwerfern, Scharfschützen auf den Dächern, Tränengas und mit per Megafon verkündeten Ultimaten. Er liebt es, seine Männer zu dirigieren, er verfügt über eine richtige kleine Armee. Ohne sich um geltende Gesetze zu scheren, rekrutiert er verurteilte Verbrecher, Ex-Kriminelle und Ex-Polizisten und besorgt ihnen illegale Waffen aus geheimen Depots. »Wir müssen unsere Männer gut im Blick behalten, sie sind unberechenbar. Wenn irgendwo in der Menge ein Feuerwerkskörper losgeht, können sie ein Blutbad anrichten. Wer skrupellose Schlägertypen bewaffnet, muss sie auch zu führen wissen.«

Am meisten aber gehen ihm die »Bürgersöhnchen« auf den Geist, junge Leute wie İshak, die nicht wissen, was echte Armut ist, die keine Ahnung haben, was es heißt, ständig kämpfen zu müssen, Idealisten, die glauben, man könne die Welt verändern, nur weil man es will, Söhne und Töchter aus gutem Hause, die kommunistische Parolen skandieren, ohne sie richtig zu verstehen. Ihre Väter sind Fabrikdirektoren und Firmenchefs, die kaum Steuern zahlen, und ihre Mütter tragen Pelzmäntel und teuren Schmuck und bilden sich etwas darauf ein, dass sie Almosen an die Armen verteilen.

Ein paar Jahre später hat İsmail sich hochgearbeitet. Er hat Zugang zu internen Geheimdienstberichten, beherrscht die Sprache der Diplomatie und hat die Telefonnummern einflussreicher Männer in seinem Adressbuch stehen. Man schickt ihn ins Ausland, er kommt herum, lernt verschiedene Geheimdienst- und Polizeimethoden kennen. Bei seiner Rückkehr in die Heimat ist sein Hass auf die reichen Sprösslinge größer denn je: auf ihre Selbstverständlichkeit, ihre zur Schau getragene Überlegenheit, ihre Maßanzüge und italienischen Schuhe. Er kennt das gefährliche Zusammenspiel von Geld und Macht, er ist im Besitz von Informationen über ein Prostitutionsnetzwerk, er weiß genau, welcher Politiker voyeuristische Tendenzen hat, wer auf Analsex steht, wer gerne Orgien feiert, wer sich aus Paris gewisse Spielzeuge schicken lässt. Er hat gegen alle und jeden etwas in der Hand. Er hasst diese Nichtsnutze, denen immer alles in den Schoß gefallen ist, die immer alles gehabt haben, eine schöne Wohnung, einen Weihnachtsbaum, Spielzeug, elegante Kleider, hübsche Frauen, Urlaub am Meer und in den Bergen, vor allem aber ein sorgloses Leben. Sie leben völlig unbekümmert, während er anderen immer böse Absichten unterstellt. Das Misstrauen ist ein Erbe, das man nicht loswird.

Als sie jung waren, planten İshak und İsmail, gemeinsam Politik zu studieren. Ihr Antrieb war derselbe: Sie wollten gegen Ungerechtigkeit und für eine bessere Welt kämpfen. Sie wuchsen wie Brüder auf; jetzt gehören sie zwei verfeindeten Lagern an, die sich bis aufs Blut bekämpfen.

* * *

Als İsmail seinem Freund aus Kindertagen auf einem Empfang wiederbegegnet, mustert er die berühmte Schauspielerin an dessen Arm von Kopf bis Fuß. Sein Blick ist dir unangenehm. Ich vermute, dass İsmail an diesem Abend von denselben Gefühlen geplagt wird wie als Kind, als İshak Tag für Tag mit seinen Rollschuhen vor dem Haus herumfuhr. Bestimmt geht ihm durch den Kopf, dass der Mann, dessen Eltern seine Eltern ausgebeutet haben, zu allem Überfluss mit dieser wunderschönen Frau zusammen ist. Vielleicht fasst er an diesem Abend den Plan, dich zu erobern, so wie er sich als Kind die Rollschuhe erobert hat. Beides war ihm qua Geburt verwehrt, und in beiden Fällen war ihm jedes Mittel recht, um zu bekommen, was İshak hatte.

Bei eurer zweiten Begegnung sind die Voraussetzungen perfekt. Die Frau des Mannes, den er sein Leben lang beneidet hat, steht in seinem Büro und bittet ihn um Hilfe. Er kann sein Glück kaum fassen. Vom ersten Moment an empfindet ihr eine animalische Anziehung füreinander. Er gelobt sich, dich irgendwann in seinen Armen zu halten. Eines Tages wird er das nationale Heiligtum besitzen.

Ich weiß nicht, wann und auf welchem Weg Papa von der Affäre zwischen euch erfuhr und wie er darauf reagierte, aber İsmail muss sich tausendmal gefragt haben, was eine Frau wie du von ihm wollte. Ihr wart so ein ungleiches Paar, wirkte das nicht lächerlich? Für dich mochte die Beziehung ein Zeitvertreib, eine Zerstreuung, ein *divertimento* sein, aber konnte er dir überhaupt das Wasser reichen? Wieso sollte es ihm, der es im Leben nie leicht gehabt hatte, gelungen sein, eine Diva zu verführen? Paranoid, wie er war, dachte er sicher manchmal, du und İshak würdet ihm etwas vorspielen und bei eurem nächsten Treffen würdest du ihm sagen, alles sei nur ein Scherz, wie in den Seifenopern, für die du manchmal vor der Kamera standst. İsmail muss oft gedacht haben, dass die Beziehung zu jemandem wie dir keine Zukunft hatte und dass er sich mit seiner Ehefrau begnügen sollte, einer patriotischen, gut gelaunten Bäuerin vom Schwarzen Meer, die ungemein stolz darauf war, einen einflussreichen Mann geheiratet zu haben.

Doch eure Leidenschaft war zu groß, ihr konntet nicht die Finger voneinander lassen. Und damit İsmail dich ganz für sich haben konnte, musste İshak aus deinem Leben verschwinden.

***

Nachdem Papa fort war, zeigtet ihr euch gelegentlich zusammen in der Öffentlichkeit. İsmail wusste, dass das nicht ohne Risiko war, aber es war ihm egal. Er sehnte sich nach der Anerkennung, er wollte mit dir gesehen werden, wollte um die Frau an seiner Seite beneidet werden. Die Leute sollten sagen, dass er trotz seines ungehobelten Auftretens offenbar ein kultivierter, empfindsamer Mann war, dass er zwar ein stämmiger, behaarter Hausmeistersohn sein mochte, anscheinend aber über eine Finesse verfügte, die man ihm nicht ansah. Dies empfand er als wahren Sieg über seine Herkunft: dass er das nationale Heiligtum für sich hatte.

***

Meine ganze Jugend über warst du mit İsmail zusammen, aber irgendwann schwand eure Liebe. Er ertrug deinen Lebenswandel nicht mehr, du ertrugst die Gerüchte über ihn nicht mehr, die du bis dahin geflissentlich ignoriert hattest. Ich habe herausgefunden, dass ihr euch einige Zeit nach meinem Umzug nach Frankreich getrennt habt und dass er 1998 gestorben ist. Woran, ist unklar. Bahar sagt, du wärst nicht auf seiner Beerdigung gewesen, weil du die Journalisten gefürchtet hättest, aber bis vor Kurzem hättest du regelmäßig Blumen an sein Grab gebracht, sehr zum Ärger seiner Ehefrau. Bei jedem deiner Besuche hättest du ihre Chrysanthemen weggeworfen und das Grab mit Seerosen geschmückt. Wie ich dich kenne, wirst du dich diebisch darüber gefreut haben.

Iphigenie Nummer Zwei, 1977

Mit zwölf ist meine Kindheit schlagartig vorbei. Bis dahin habe ich in einer von dir erschaffenen Schwerelosigkeit gelebt, in der alles möglich schien. 1977 ist das Jahr, in dem ich aus deinem kosmischen Einfluss heraustrete, aus deiner Scheinwelt aus Lügen, in der ich immer ein leises Gefühl der Unwirklichkeit hatte. Von nun an werde ich nie wieder sorglos durchs Leben schweben. Stattdessen lande ich auf einem Planeten, wo die Gesetze der Physik gelten, wo die Schwerkraft alles zu Boden zieht, und der Aufprall ist hart. 1977 ist das Jahr, in dem ich zum ersten Mal eine Ahnung davon bekomme, was damals wirklich passiert ist: Ich höre einen Streit zwischen dir und Fırat mit an, in dem ein ungeheuerlicher Satz fällt.

»Er hat den Vater deiner Tochter auf dem Gewissen, und du bist weiter mit dem Dreckskerl zusammen?«

Anfangs weiß ich nicht, was dieser Satz bedeutet, ob ich ihn wörtlich nehmen muss oder ob er nur so dahingesagt ist, ob er ein Scherz ist. Ich habe keine Ahnung, was ich mit den Worten anfangen soll, aber nach und nach setzen sie sich in mir fest und bilden eine Mauer zwischen dir und mir. Von diesem Tag an tue ich alles, um dich zu hassen.

Ich bin zwölf, und deine Gefallsucht beginnt mir auf

die Nerven zu gehen, die übertriebene Dramatik, mit der du rauchst und sprichst, dein Bedürfnis, ständig die Diva zu spielen. Vor allem aber verabscheue ich es, Zeit mit dir und İsmail zu verbringen. Wenn er bei uns zu Besuch ist, empfinde ich unsere Wohnung als düster. Ich bin oft eingeschnappt, wir streiten viel. Du glaubst, das seien bloß »die Freuden der Pubertät«, wirfst mir vor, ich sei humorlos und wolle nur provozieren, »*épater le bourgeois*«, wie du – natürlich auf Französisch – sagst.

In diesem Jahr beginnt für mich eine neue Zeitrechnung, und ich habe eine fixe Idee. Ich will nicht mehr zu deiner Welt gehören, ich will mich von allem absetzen, wofür du stehst. Mein einziges Ziel im Leben ist es, anders zu sein als du. Die alte orangefarbene Remington Riviera von Papa habe ich schon lange nicht mehr angerührt, denn nach reiflicher Überlegung will ich doch kein Tschechow werden. Am Gymnasium gibt es Dutzende AGs, hauptsächlich für Kunst und Sport. Mich für die Theater-, Musik-, Tanz- oder Literatur-AG anzumelden, kommt nicht infrage. Dort treffen sich arrogante Nachwuchslinke, mit denen ich nichts zu tun haben will. Also melde ich mich für die Karate-AG an. Du zeigst dich überrascht und sagst, du hättest mich außer Schwimmen im Sommer noch nie Sport treiben sehen. Schnippisch antworte ich: »Wie auch, du bist ja immer nur mit dir selbst beschäftigt.«

Wer sich 1977 in der Türkei nicht für Politik interessiert, ist tendenziell rechts und hat mit Kultur nichts am Hut. Da dies deine Welt ist, werde ich keinen künstlerischen Beruf ergreifen, und damit basta. Du verstehst mich nicht. Ich bin anders als du, und du wusstest noch nie, wie du mit mir umgehen sollst. Von heute auf morgen ertrage ich deine Nähe nicht mehr. Wenn du mich umarmen willst, schiebe ich dich weg, deine Stimme geht mir auf den Geist, deine Beziehung zu İsmail widert mich an.

Meine Freunde und Freundinnen hingegen sind voller Bewunderung für dich. Sie wollen mich ständig besuchen kommen, weil sie insgeheim hoffen, dir zu begegnen. Wenn du nicht da bist (was meistens der Fall ist), himmeln sie deine Fotos an, bestaunen deine Preise, deine Kostüme, deinen Krimskrams. Bist du zu Hause, versuchen sie, unter irgendeinem Vorwand ein paar Worte mit dir zu wechseln. Einige bitten dich sogar um ein Autogramm, was mich rasend macht. Da du nett zu ihnen bist, glauben sie, du würdest sie mögen, dabei scherst du dich einen Dreck um sie. Du merkst dir nie ihre Vornamen, nennst sie immer nur »die kleine Blonde mit dem fetten Hintern«, »der lange Lulatsch mit den Pickeln« oder »die beiden Mädels mit den Kuhaugen«. Manchmal findest du auch freundlichere Worte: »der hübsche Junge, der wie Terzieff aussieht« oder »die Kleine, die etwas von Françoise Fabian hat«. Ich kenne die französischen Schauspieler nicht, mit denen du meine Freunde vergleichst, also zeigst du sie mir in den Zeitschriften auf unserem Couchtisch, *Avant-Scène* und *Jours de France*, die du in der französischen Buchhandlung auf der İstiklal Caddesi kaufst.

Eines Abends, als ich vom Karatetraining nach Hause komme, sitzt du im Wohnzimmer in deinem Sessel. Du hältst einen Theatertext in der Hand. Offenbar hast du dich nicht vom Fleck gerührt, während es draußen dunkel geworden ist. Ich schalte das Licht ein und sehe, dass deine Augen gerötet sind. Ich nehme an, dass du an Papa gedacht hast und weinen musstest, und plötzlich habe ich das Bedürfnis, dich zu umarmen. Ich gehe zu dir, und du zuckst zusammen. Zwischen uns gibt es keine Zärtlichkeit mehr. Wir haben verlernt, die andere zu berühren, jede Zuneigungsbekundung ist tabu. Unbeholfen gebe ich dir einen Kuss auf die Wange, und du siehst mich verwirrt an. Meine Nähe scheint dir fast unangenehm, auch wenn dein Gesicht kurz aufleuchtet. Doch schon im nächsten Moment verfinstert sich deine Miene wieder.

Mir schwant, dass etwas anderes dahintersteckt, etwas Schwerwiegenderes als ein verunglückter Wangenkuss deiner Tochter.

Mit Tränen in den Augen zeigst du mir den Text in deiner Hand.

»Die Iphigenie.«

»Was ist damit?«

»Ein Regisseur will die Iphigenie neu inszenieren und hat mir eine Rolle angeboten ... Die Iphigenie habe ich vor zwanzig Jahren schon einmal gespielt, also habe ich voller Begeisterung zugesagt. Ich sei sehr glücklich, an der Neuinszenierung mitzuwirken, blablabla, du weißt schon ... Der Regisseur, dieser Flegel, sagt: ›Wunderbar‹, und erzählt mir von seiner Idee. Wir unterhalten uns eine halbe Stunde, ich war die ganze Zeit überzeugt, dass er mir die Rolle der Iphigenie anbietet ... (Lautes Schluchzen.) Weißt du, was er am Ende gesagt hat? ›Sie werden eine großartige Helena abgeben!‹ DIESER FLEGEL!«

Stöhnen, Schluchzen, empörtes Schnaufen. Als ich nicht reagiere, starrst du mich fassungslos an: »Das ist die Mutter! Er bietet mir an, Iphigenies Mutter zu spielen! VERSTEHST DU? Es ist vorbei! Ich bin am Ende!«

Die hysterische Alte vor mir führt einen überzeugenden Sketch auf, der im Theater zum Totlachen wäre, aber leider finde ich ihn überhaupt nicht komisch, denn sie ist meine Mutter, und das hier ist mein Leben.

»Ich kann gar nicht mehr in den Spiegel sehen: Alles an mir hängt. Es zieht mich gen Boden. Sieh mal hier, die Haut meiner Wangen, meiner Ellbogen, meiner Zehen, alles hängt, selbst meine Knie, ja, selbst meine Knie ...«

Mit einem Mal finde ich die Tirade auf die Knie, die den Kampf gegen die Schwerkraft verloren haben, deklamiert mit der Theatralik einer großen Tragödin, wahnsinnig lustig. Ich muss lachen, obwohl ich weiß, wie grausam das ist. Du verstummst abrupt. Im Wohnzimmer herrscht Totenstille. Wie in einem Bruce-Lee-Film, wo die Kamera auf sein Auge zoomt, kurz bevor er seinen legendären Fausthieb anbringt, starre ich dir ins Gesicht. Ich rechne damit, dass du mir einen Schlag à la Bruce Lee versetzt, einen tödlichen *one inch punch*. Doch dann geschieht ein Wunder: Du brichst ebenfalls in Gelächter aus. Wir krümmen uns vor Lachen, wir lachen, bis uns Tränen über die Wangen laufen, wir lachen, um nicht weinen zu müssen, wir lachen über Mütter und Töchter, über den Fluch unserer Familie, über Patriotismus, Verrat, Schicksal und Untreue. Unsere Geschichte steht der von Iphigenie in nichts nach, ach was, verglichen mit unserem Leben ist der Trojanische Krieg ein Kaffeekränzchen.

Nachdem wir uns wieder beruhigt haben, erzählst du mir von der Iphigenie, die du zwanzig Jahre zuvor gespielt hast. Du sagst, wie sehr dich die Adaptation des Stoffes 1958 berührt hat. Plötzlich bist du wieder eine 24-jährige Schauspielerin. Mit jugendlicher Stimme deklamierst du einige Zeilen:

»Kein Tag war so tödlich dem griechischen Lande:
Schon beherrschte die Zwietracht am hiesigen Strande,
Hatt' alle verblendet und alle entzweit
Und gab uns das traurige Zeichen zum Streit.«

Du lächelst, jetzt wieder du selbst, und sagst dann leise:

»Natürlich werde ich die Mutter geben. Was bleibt mir auch übrig? So ist der Lauf der Dinge: Als alte Frau spielt man eben alte Frauen.«

Ein köstlicher Moment, eine Seltenheit zwischen uns.

Der Wald

Ich mache mir Notizen, telefoniere mit deinen Freundinnen, krame in der Tasche, lese Internetartikel, beschwöre Erinnerungen herauf und versuche, die Kluft aus mehreren Jahrzehnten zu überbrücken. Das Einzige, was mich mit der Gegenwart verbindet, sind die E-Mails meines Liebsten. Jeden Tag schickt er mir Fotos vom Regenwald, die er Tausende Kilometer entfernt mit einer Drohne aufgenommen hat.

Nachdem ich die Recherchen zu İsmail beendet habe, träume ich von einem Wald: Ich laufe mit gleichmäßigen Schritten zwischen den Bäumen hindurch. Sonnenstrahlen fallen durch die Blätter. Ich laufe immer weiter. Nichts geschieht, und ich weiß genau, dass auch in Zukunft nichts geschehen wird, nichts Beunruhigendes, nichts Unvorhergesehenes, nicht Unerwartetes. Solange ich nicht stehen bleibe, kann mir nichts passieren. Ich werde stundenlang, tagelang, monatelang, jahrelang so weiterlaufen. Ich fühle mich seltsam schwerelos, ich empfinde keine Müdigkeit, keine Angst, keine Beklemmung, nichts. An diesem merkwürdigen Ort bin ich in Sicherheit. Ich muss nicht nach Gefahren Ausschau halten, muss nicht nach links oder rechts blicken, muss nicht darüber nachdenken, was hinter mir liegt oder vor mir kommt, muss nicht auf irgendwelche Geräusche achten. Ich muss nichts tun, als immer weiterzulaufen.

Doch dann gelange ich mit einem Mal an eine unsichtbare Grenze. Ich bleibe stehen. Der Wald wird an dieser Stelle dunkler und dichter, auch die Bäume sehen anders aus, eher wie in einem tropischen Dschungel. Ich weiß, wenn ich diesen Wald betrete, gibt es kein Zurück mehr.

In dem Moment schwebst du von den Baumwipfeln herab, stark geschminkt und mit großen Ohrringen, zwei Lotusblumen, die dein Gesicht umrahmen. Du rufst mir zu: »Komm, meine Şeker, komm auf diese Seite des Waldes.« Ich zögere, aber ich spüre, dass mich dort etwas Wichtiges erwartet. Auch wenn mir nicht wohl bei der Sache ist, setze ich mich in Bewegung. Nach wenigen Schritten bin ich von fleischfressenden Pflanzen umgeben, Äste verzweigen sich in alle Richtungen, um mich herum wuchert Moos, feuchter Nebel steigt vom Boden auf. Das Grün der Pflanzen wird dunkler, die Blätter wachsen dichter, die Bäume stehen enger. Es dringt kein Licht mehr zu mir durch. Ich höre die Schreie wilder Tiere, die Luft ist schwer, ich komme kaum noch voran, bei jedem Schritt bleiben meine Füße im Morast stecken. Lianen schlingen sich um meine Arme und Beine, scharfe Blätter schneiden mir in die Haut, aber merkwürdigerweise empfinde ich keine Angst, sondern Erleichterung. In diesem wilden, dunklen, gefährlichen Wald fühle ich mich lebendig.

Das, was bleibt

Am Morgen greife ich gleich nach dem Aufwachen zu meinem Telefon. Auf Twitter scrolle ich unter dem Hashtag #EsraZaman durch Fotos aus den verschiedenen Epochen deines Schaffens. Zwei Verlage geben unabhängig voneinander bekannt, sie würden demnächst eine Biografie über dich veröffentlichen, konservative Bewunderer verlautbaren, sie würden *helva* an Bedürftige verteilen, damit diese für dich beten, Schauspielkollegen erzählen Anekdoten aus deinem Leben, Freunde, Fans und Journalisten, die dich im Krankenhaus besuchen wollten, berichten, niemand dürfe mehr in dein Zimmer, die Menschen würden im Flur warten, auf der Straße, in Cafés, es würden sich sogar Neugierige auf den Balkonen der umliegenden Häuser drängen, in der Hoffnung, einen Blick auf dich zu erhaschen. Jeder hat etwas beizutragen, erinnert an dieses Theaterstück oder jenen Film. Der offizielle Twitter-Account »Esra Zaman«, der von einem *community manager* verwaltet wird, hat 852000 Follower. Auf deinem Profilbild, einem Schwarz-Weiß-Foto, bist du Mitte dreißig, du trägst ein Haarband, hast nackte Schultern und lachst aus vollem Hals.

Die neuesten Posts auf deinem Account geben Auskunft über deinen Zustand. Auf dem letzten Foto aus dem Krankenhauszimmer bist du blass, aber man sieht, dass Bahar ihre Finger im Spiel hatte. Du hättest sicher nicht zugelassen, dass man dich ungeschminkt auf dem Sterbebett fotografiert. Das Bild wurde über 20 000 Mal geliked und mehrere hundert Mal retweetet. Bei der Lektüre der Kommentare wird mir klar, dass die allgemeine Begeisterung nicht nur auf eine Leidenschaft für das Theater und den Film zurückzuführen ist, sondern auf eine kollektive Nostalgie für die »alte Welt«, die du repräsentierst, und auf eine Ablehnung dessen, was die Islamisten die »neue Türkei« nennen.

Manche Kommentarschreiber behaupten, du hättest auf dem Friedhof am Bosporus ein Grab unter Platanen reserviert. Andere sagen, du wolltest eingeäschert werden. Ein bekannter Sänger schreibt, wenn dies überhaupt stimme, könne man dir diesen letzten Willen unmöglich erfüllen, denn in der Türkei sei es nicht erlaubt, Leichen zu verbrennen. Ein Fan widerspricht, es sei nicht ausdrücklich verboten. Eine Parlamentsabgeordnete erklärt, es gebe zwar kein Gesetz dagegen, aber bei deiner Berühmtheit könne man davon ausgehen, dass sich das Präsidium für Religionsangelegenheiten einmischt. Jemand schimpft auf die Islamisten, »die uns selbst im Jenseits noch auf den Sack gehen«. Ein anonymer Gläubiger fleht: »Esra, bitte lassen Sie sich nach muslimischem Brauch bestatten, sonst findet Ihre Seele keine Ruhe.«

Natürlich gibt es auch die üblichen *hater*, Trolls, die nur darauf warten, andere zu beleidigen. Diese Leute haben als Profilbild meist eine Seite aus dem Koran oder einen Wolfskopf. Sie hetzen – in Posts voller Rechtschreibfehler –, du wärst seit drei Generationen wahlweise »ein schlechtes Vorbild für unsere Töchter/eine unmoralische Frevlerin/das Trojanische Pferd des Westens/eine der heimtückischsten Ketzerinnen des Landes/eine Ungläubige, die im Höllenfeuer brennen wird/eine Gefahr für die Gesellschaft/eine Feindin der türkischen Nation …«

Andere schreiben, man dürfe deinen Twitter-Account auf keinen Fall löschen, damit deine Fans dich weiter begleiten können, damit sie Fotos, Erinnerungen, Videos, Texte, virtuelle Blumen und vielleicht sogar Gebete posten können. Ich wusste schon immer, dass sich die sozialen Medien in der Türkei großer Beliebtheit erfreuen, aber diese Überschwänglichkeit finde ich angesichts deines bevorstehenden Ablebens doch etwas befremdlich.

In diesem Moment wird auf deinem Account ein neues Video hochgeladen. Du sitzt in deinem Bett im *American Hospital*, umgeben von Dutzenden von Blumensträußen. Hinter dir sieht man Nilüfer, Bahar, weitere Freunde und Aziz' Tochter. Du trägst einen purpurroten Schal und einen farblich darauf abgestimmten Lippenstift. Du lächelst. Im Hintergrund sind Krankenhausgeräusche zu hören. Du hauchst in die Kamera: »Meine lieben Şeker …« Ich glaube, mich verhört zu haben, ich spiele das Video noch mal von vorne ab, aber nein, du sagst tatsächlich »meine lieben Şeker«. Das ist ein Schock. Du sprichst deine Fans mit meinem Kosenamen an. Esra Zaman, du bist wirklich unmöglich …

»Meine lieben Şeker. Ich möchte auf die wilden Gerüchte eingehen, die über meine Beerdigung kursieren. (Lacht.) Vor 35 Jahren habe ich eine Gruft mit Blick auf die Bosporusbrücke reservieren lassen. Es war ein Sonderangebot, wirklich spottbillig. (Lacht, dann wieder ernst.) Eigentlich sollte das Grab für meinen Mann und mich sein. Er konnte leider nicht dort beerdigt werden, aber ich habe die Reservierung trotzdem behalten. Dort werde ich meine letzte Ruhe finden. Ich werde ganz allein in einer großen Gruft liegen, also kommt mich besuchen!«

Lachen. Cut. Dein Gesicht in Großaufnahme. Du schürzt die Lippen und schickst mit kokettem Augenaufschlag einen Kuss in die Kamera. Dieses letzte Bild hat etwas Verstörendes: Du siehst aus wie eine junge Frau mit einem uralten Gesicht. Geschmacklose rote Herzchen überfluten mein Display.

Ich weiß nicht, ob ich über die groteske Inszenierung in dem Video lachen oder über seine Tragik weinen soll. Du hattest ein Grab für Papa reserviert. Also hattest du nie die Hoffnung aufgegeben, eines Tages etwas von ihm beerdigen zu können. Du dachtest vielleicht, irgendwann würde ein Regierungsbeamter vor deiner Tür stehen und sagen: »Hier, bitte sehr, Frau Zaman, das sind seine Kleider«, oder: »Frau Zaman, hier, bitte sehr, die Gebeine des Mannes, den Sie über alles geliebt haben.«

Wenn kein Leichnam da ist, den man beerdigen oder einäschern könnte, wenn nichts von einem geliebten Menschen übrig geblieben ist, verstehen viele Leute nicht, wie man um ihn trauern kann. Dabei kann ein Begräbnis auch darin bestehen, auf einer Terrasse eine Frucht des Vergessens in einen Blumentopf zu pflanzen.

Mein Vater gehört zu den Millionen unbegrabenen Opfern der Türkei, und meine Mutter erhält ein Staatsbegräbnis. Nach İshak Hazans unorthodoxer Beerdigung komme ich jetzt in den Genuss von Esra Zamans größenwahnsinniger Trauerfeier. Da ich nicht daran teilnehmen kann, wird mir ihr kubistisches Porträt, zusammengesetzt aus all den Rollen, die sie in ihrem Leben gespielt hat, als Grab dienen. Ich werde um meine Mutter trauern, indem ich mir ihre Filme ansehe. Das ist alles, was von ihr bleibt.

Die meisten Menschen haben konkrete körperliche Erinnerungen an den Tod ihrer Eltern. Sie haben ihrer Mutter ein letztes Mal die Hand gehalten, haben das Gesicht ihres Vaters gesehen, bevor er friedlich eingeschlafen ist, haben einen kalten, steifen Arm berührt oder Lider zugedrückt, haben einen letzten Atemzug gehört. Sie haben den Tod mit allen Sinnen wahrgenommen: die bleiche Haut, das Leichentuch, die Kerzen, die Blumen, den Sarg, die Urne, die Totenlieder, den Grabstein, die Erde auf dem Friedhof. Bei Papa habe ich nichts von all dem erlebt. Du sagtest mir einfach eines Tages, er sei tot und du wüsstest nicht, wie er ums Leben gekommen sei. Wir weinten, kauften auf dem Basar eine Lotusblume, und das war's.

Papas sterbliche Überreste liegen vielleicht schon seit Jahrzehnten im Betonbett einer Autobahn oder im Fundament eines Einkaufszentrums. Als ich ihn das letzte Mal gesehen habe, wusste ich nicht, dass es das letzte Mal war. Bei dir war es genauso. Und wer hätte gedacht, dass ich nicht einmal eine Handvoll Erde auf deinen Sarg werde werfen können, um mich von dir zu verabschieden.

Von dir bleiben, *anne*, wird dein Gesicht. Dein Gesicht, das längst zum Kulturgut, zum Nationalheiligtum geworden ist, deine Wimpern, dein Mund, deine Augen, deine Nase, deine schimmernde Haut. Das wird dein Mausoleum sein.

Ich trage die Erinnerungen an meine Eltern in mir, an ihr Leben und ihre Träume, und wenn ich selbst eines Tages sterbe, werde ich in den Erinnerungen fortleben, die meine Tochter an mich hat. Auf diese Weise sind wir alle miteinander verbunden.

Prinzessin Zara, 1978

Ich entfalte das dritte Filmplakat. Der Anblick deines Gesichts ruft eine Erinnerung wach. Ich kann allerdings nicht sagen, ob ich dich damals wirklich so gesehen habe oder nur Bilder von dir in diesem Kostüm, vor dieser Kulisse. Deine Zähne sind generalüberholt, du trägst eine lange Robe und eine Krone, du hältst ein Schwert in der Hand. Ich meine, den Schauspieler neben dir wiederzuerkennen, auch er im historischen Kostüm – aus welcher Epoche eigentlich genau?

Ich schaue mir einen Ausschnitt des Films auf YouTube an: An der Seite eines jungen Schönlings, der sich offensichtlich für unwiderstehlich hält, spielst du eine böse Stiefmutter, die eine Jungfrau gefangen hält, dargestellt von einer Schauspielerin mit unfassbar leerem Blick. Ungeniert beweist du deine Begabung für Klamauk, mit diabolischen Blicken und sardonischem Gelächter. Als dir zu Ohren kommt, dass der Held seine Liebste, die du in deinem Pappmaschee-Schloss eingesperrt hast, befreien will, stellst du dich ihm entgegen. Bei dem folgenden Kampf reißt deine königliche Robe und entblößt das Kreuz, das du um den Hals trägst. Großaufnahme auf das gottlose Objekt und bei der Gelegenheit gleich auch auf deine Brüste, gefolgt von einer Großaufnahme auf das Gesicht des Helden, der dir auf den Busen starrt. Dann wieder die Totale: Der Held stürzt sich auf dich, du kämpfst wie eine Löwin, stößt leise Schreie aus, dein Körper zuckt und windet sich, man könnte meinen, du hättest kleine Orgasmen. Ich staune über die sexuellen Untertöne der Szene. Das Ganze erinnert mich an manche islamistischen Webseiten. Alle Zutaten sind da: der attraktive Krieger, die unschuldige Muslimin, die ungläubige Sünderin, ein bisschen Sex, eine gehörige Portion Frauenfeindlichkeit, ein auf *halal* getrimmter Frauenmord. Der Dschihad wie er im Buche steht.

In einem Interview mit dir, das ich im Netz finde, fragt eine Journalistin, ob euch die unterschwellige Frauenfeindlichkeit der Szene damals eigentlich aufgefallen sei.

»Natürlich nicht, im Gegenteil, wir hielten den Film für feministisch. Wir sahen nichts als eine starke Frau, die sich einem Mann in den Weg stellt. Und die es wagt, viel nackte Haut zu zeigen!«

»Was verstanden Sie damals eigentlich unter Feminismus?«

»Ich wollte vor allem frei über meinen Körper verfügen. Meine sexuelle Selbstbestimmung war mir immer wichtig, und die radikale Linke wollte nichts davon wissen. Ihrer Meinung nach sollte die Frauenbewegung der Revolution dienen. Arbeiter und Frauen sollten Seite an Seite kämpfen.«

»Aber einige Ihrer engsten Freundinnen waren politisch aktiv, oder?«

»Ja, und sie wurden verhaftet und im Gefängnis gefoltert und vergewaltigt.«

»Hatten Sie kein schlechtes Gewissen? Sie standen

auf der Bühne, während Ihre beste Freundin in Haft war …«

»Wissen Sie, Colette wurde auch oft vorgeworfen, sie interessiere sich nicht für Politik, aber das ist unwichtig, denn sie hat großartige feministische Texte geschrieben. Ich war durch meinen Lebensstil Feministin.«

»Man könnte also zugespitzt sagen, Sie waren eine Schlafzimmerfeministin?«

»Ja, das gefällt mir, das trifft den Nagel auf den Kopf!«

»Aber warum haben Sie, wenn ich fragen darf, in einem derart naiven Machwerk mitgespielt? Wo Sie doch sonst für anspruchsvolle Stoffe bekannt waren?«

»Irgendwovon musste ich ja das Schulgeld für meine Tochter bezahlen. Sie ging aufs *Lycée français* …«

Ich lese den Satz zweimal, ich kann nicht glauben, dass du mich in einem Interview erwähnst. Ich bin es gewohnt, in deinem öffentlichen Leben keine Rolle zu spielen. Diese beiden Wörter, »meine Tochter«, auf meinem Bildschirm zu lesen, wühlt mich auf.

Irgendwie mag ich diese byzantinische Königin mit ihrem Nylonkostüm und ihren viel zu weißen Zähnen, diese Nymphomanin, Frevlerin und Kriegerin, die putzen geht, um das Schulgeld ihrer Tochter zu bezahlen. Im Grunde ist sie eine moderne Feministin.

***

Ich befrage Nilüfer zu deinem damaligen Verständnis von Feminismus. Sie ruft mir eine Episode in Erinnerung, die ich längst vergessen hatte: die der Manguste.

***

An einem Sonntagmorgen lernten wir dieses kleine Raubtier gemeinsam kennen.

Du arbeitetest für ein paar Monate als Ansagerin bei einem Fernsehsender, der reihenweise US-amerikanische Filme und Serien einkaufte. Das Programm wurde von Schauspielerinnen präsentiert, weil sie eine angenehme Stimme und eine klare Aussprache hatten. Die Ansagerinnen mit ihren abgeschnittenen Oberkörpern, den makellosen Föhnfrisuren und der westlichen Kleidung waren der Inbegriff der modernen türkischen Frau. Du warst die Sonntagvormittagsfrau. Zu dieser Zeit schalteten viele Familien ein, sowohl aus dem bürgerlich-laizistischen als auch aus dem konservativ-religiösen Milieu. Deine Ansagen wurden vorab aufgenommen, und wir schauten uns das Programm gemeinsam an. Das hatte für mich etwas Magisches: Du saßt neben mir auf dem Sofa und warst gleichzeitig im Fernsehen zu sehen. Um zehn Uhr ging es los. Zu Beginn sagtest du den Sonntagswestern an. War der Film zu Ende, kamst du wieder ins Bild und präsentiertest *Wild Life*, eine Serie von Tierdokumentationen.

An besagtem Sonntagmorgen sitzen wir wie immer mit Tee und ägäischen Oliven vor unserem gelben Telefunken-Gerät. Die Episode der Woche trägt den Titel »Furchtlos in den Tod«. Man sieht, wie ein Löwe eine Antilope erlegt, eine Kobra den Löwen tötet und eine Manguste die Kobra frisst. Die Manguste kennt keine Angst. Das kleine Säugetier hat einen ausgeprägten Geruchssinn, scharfe Schneidezähne und ist ungeheuer flink. Es schleicht sich mit der Selbstsicherheit eines Löwen an, trotz seiner geringen Körpergröße, und geht zum Angriff über, wenn sein Opfer es am wenigsten erwartet. So nimmt es dieses unscheinbare Tier mit viel gefährlicheren Gegnern auf, mit Schlangen, Krokodilen und Skorpionen. In der letzten Szene wird die Manguste wie aus dem Nichts von einem Bussard angegriffen. Noch immer zeigt sie keine Angst, sie versucht nicht zu fliehen, gerät nicht in Panik, sondern bleibt ganz ruhig, während der Raubvogel sie bei lebendigem Leib verschlingt. Furchtlos blickt sie dem Tod ins Auge.

Nach dem Abspann von *Wild Life* erscheinst du wieder auf der Mattscheibe. Während du dich von den Zuschauern verabschiedest und ihnen eine gute Woche wünschst, sagst du neben mir auf dem Sofa: »Hast du gesehen, meine Şeker? Bei uns ist es genauso: Der Gläubige will den Imam fressen, der Imam will den Polizisten fressen, der Polizist will den Soldaten fressen, und alle wollen sie die freiheitsliebende Frau fressen. Man sollte jeder Frau diesen Film über die Manguste zeigen. Denn darum geht es doch: Irgendwann werden wir alle gefressen, und man darf dem Feind auf keinen Fall zeigen, dass man Angst hat. Dieses Vergnügen darf man ihm nicht gönnen. Man sollte furchtlos wie eine Manguste in den Tod gehen.«

Das war deine Vorstellung von Feminismus. An jenem Tag beschlossest du, dass du irgendwann furchtlos wie eine Manguste sterben würdest.

Yildiz, 1979

Ende der Siebzigerjahre ist die gesellschaftliche Stimmung in der Türkei düster. Das Land ist gespalten, jeden Tag sterben Dutzende von Menschen bei Demonstrationen, und die Polizei führt Razzien durch, um linke Aktivisten einzuschüchtern. Die Leute gehen nicht mehr vor die Tür, und die Ölkrise und der Nahostkonflikt haben dazu geführt, dass euch das griechische, israelische und arabische Kinopublikum weggebrochen ist. Der türkische Film stirbt.

Ein Jahr vor dem Putsch von 1980 bietet dir ein junger türkischer Regisseur, der sich für Truffaut hält, die Rolle einer alternden Schauspielerin an. In dem Film geht es um Dreharbeiten zu einem Film, wie in *Die amerikanische Nacht*. Der Vorname der Hauptfigur, Yıldız, bedeutet »Stern« oder »Star«.

Der Regisseur schmeichelt dir und behauptet, mit diesem »Ausnahmefilm« würdet ihr garantiert nach Cannes eingeladen. Das war schon immer dein großer Traum: Du wolltest nicht nur eine gewöhnliche Schauspielerin sein, sondern weltberühmt wie ein Hollywoodstar. Er erklärt, er wolle ein selbstreferenzielles Spiel mit deiner Identität treiben und dieser »Film im Film« käme genau zum richtigen Zeitpunkt deiner Karriere. (Du erklärst mir das Prinzip am Beispiel des *La-vache-qui-rit*-Käses von dem Lebensmittelhändler, der Produkte aus Frankreich importiert. »Siehst du hier, auf der Packung? Die lachende Kuh, nach der der Käse benannt ist, trägt Ohrringe, auf denen eine lachende Kuh abgebildet ist. Und ich werde eine Schauspielerin sein, die eine Schauspielerin spielt ...«)

Im Drehbuch finden sich gewagte erotische Szenen. Du sollst nackt durch eine Wohnung laufen und mehrere Männer küssen, was schlimmer ist als eine »normale Liebesszene« von einem Mann und einer Frau in einem Bett. Selbst einige deiner Freunde finden das grenzwertig, sie fragen dich, was İshak wohl dazu gesagt hätte, wenn er noch da wäre. Du erklärst kategorisch, Papa habe deine künstlerischen Entscheidungen nie hinterfragt. Solange du überzeugt von etwas warst, hat er dich immer bedingungslos unterstützt.

İsmail ist da anders, auch wenn er sich in Gegenwart deiner Freunde zurückhält, »deiner Eierköpfe aus dem Sironyan«, wie er sie nennt. Ihr trefft euch weiterhin in der armenischen Kneipe. Manchmal kommt İsmail mit, aber er fühlt sich nie richtig wohl, und deine Freunde empfangen ihn nicht gerade mit offenen Armen. Normalerweise sagt er nicht viel, er ist eher ein stiller Beobachter.

Doch als er dich an diesem Abend von dem Drehbuch erzählen hört, zeigt er sein wahres Gesicht. Erst redet ihr einigermaßen sachlich miteinander, aber bald wird die Diskussion hitziger. Die Gäste an den anderen Tischen und deine Freunde (Bahar war an dem Abend dabei, sie hat mir davon erzählt) hören alles mit an. İsmail sagt, er verstehe nicht, warum man keine Geschichten mehr erzählen könne, »ohne dass sich die Frauen nackt ausziehen«. Der Satz ärgert dich, aber du bemühst dich, ruhig zu bleiben. Dann sagt er etwas, was ein rotes Tuch für dich ist:

»Ich verbiete dir, die Rolle anzunehmen.«

»Mit welchem Recht?«

»Du bist meine Frau, oder?«

»Nein, ich bin nicht deine Frau, falls du das vergessen haben solltest. Das ist eine andere.«

»Hör doch auf, jeder weiß, dass wir zusammen sind.«

»Mhm ... Bisher habe ich gezögert, aber jetzt bin ich mir sicher, dass ich die Rolle annehmen werde.«

Es ist euer erster öffentlicher Streit.

Du redest dich in Rage:

»Weißt du was? Du wirst den Faschos mit Schnurrbart, mit denen du dich abgibst, immer ähnlicher!«

İsmail steht auf und geht. Sobald er durch die Tür ist, verkündest du so laut, dass es die ganze Kneipe mitbekommt, es werde dir ein Vergnügen sein, mindestens die Hälfte des zweistündigen Films nackt durch die Gegend zu laufen.

Die Dreharbeiten sind anstrengend. Bahar weicht während der Liebesszenen nicht von deiner Seite, verscheucht manche Techniker vom Set und hüllt dich in einen Bademantel, sobald »Cut« gerufen wird, aber trotzdem liegst du an manchen Abenden weinend in der Badewanne, als wolltest du dir all die fremden Blicke von der nackten Haut schrubben. Der Film kommt in die Kinos, er ist ein Flop. Das Publikum findet ihn viel zu intellektuell, als Normalsterblicher verstehe man nur Bahnhof. Man spottet über diese letzte Gelegenheit, deinen Körper zu zeigen, bevor er nicht mehr vorzeigbar ist.

Yıldız ist deine erste Rolle, für die ich mich schäme. Ich schäme mich für meine skandalumwitterte Mutter in einer Gesellschaft, die von Frauen erwartet, dass sie züchtig den Blick niederschlagen, ich schäme mich für deine dunkle Vergangenheit, die ich nicht durchschaue. Acht Jahre zuvor war etwas zwischen dir, Papa und İsmail passiert, was ich nicht verstand. Ein schwarzes Loch, über das ich mit niemandem reden konnte. Ich kam zu dem Schluss, dass ich von zu Hause wegmusste. Ich musste aus dieser Stadt und aus diesem Land weg, so schnell wie möglich, um mich zu retten und den Fluch zu bannen. Aber ich war erst vierzehn Jahre alt.

Das Ende einer Epoche

Die späten Siebziger sind von bürgerkriegsähnlichen Zuständen geprägt. Rechtsextreme bewaffnen sich, unterstützt von der Polizei. Die Gewalt nimmt zu, jeden Tag sterben junge Leute bei Straßenkämpfen, überall lauern Faschisten, nationalistische Gruppen verbreiten Angst und Schrecken. Am späten Abend des 12. September 1980 setzt ein Militärputsch dem Chaos ein Ende und bei der Gelegenheit auch eurer kunterbunten Filmwelt. Die Generäle lassen Filmrollen zerstören, Istanbullywood ist tot. Das türkische Kino wird nie wieder zu seiner alten Größe zurückfinden.

Außerdem ist eine subtile Form von Gewalt auf dem Vormarsch: Die Leute bleiben abends zu Hause und sehen fern. Interessante und finanzierbare Projekte kann man an den Fingern einer Hand abzählen, und niemand denkt bei der Besetzung von Hauptrollen mehr an dich. Die anspruchsvollen Regisseure haben sich von dir abgewandt, die Verantwortlichen der Fernsehsender wollen nichts mehr mit dir zu tun haben, und für die Produzenten von Unterhaltungsfilmen bist du Schnee von gestern. Jetzt zahlst du den Preis für dein skandalöses Privatleben, für die Wahl deiner Freunde, für deine gewagten Rollen, für all die Eklats. Die Öffentlichkeit unterscheidet nicht zwischen dir als Schauspielerin und den Figuren in deinen Theaterstücken und Filmen. Bei Auftritten wirst du manchmal sogar ausgebuht. Konservative Politiker fordern, man solle dir deinen Titel als Nationales Heiligtum aberkennen, linke Künstler nennen dich eine Verräterin, und das westlich orientierte Publikum hat dem türkischen Kino längst den Rücken gekehrt. Die Leute leihen sich in den neu eröffneten Videotheken ausländische Filme aus oder schauen US-amerikanische Fernsehserien: am Mittwochabend *Drei Engel für Charlie*, am Donnerstag *Columbo*, am Sonntag *Dallas*. Falls sie nach Einbruch der Dunkelheit überhaupt noch aus dem Haus gehen, besuchen sie illegale Nachtklubs in alten Fabrikhallen: Dort treten Travestiekünstler auf, man raucht und trinkt, nimmt Drogen und flirtet schamlos. Das alte Gewerbegebiet mit seinen verruchten Kabaretts, in denen du manchmal die Liza Minnelli gibst, hat etwas vom Berlin der frühen Dreißigerjahre.

Da du ständig pleite bist, musst du jede Arbeit annehmen, die man dir anbietet. Du drehst in der anatolischen Einöde einen Western mit türkischen Cowboys, die mexikanische Sombreros tragen, stehst für einen Superheldenfilm vor der Kamera, in dem die türkischen Doppelgänger von Batman, Superman und Spiderman aufeinandertreffen, und steuerst in einem Science-Fiction-Film mit einem silbernen Fahrradhelm auf dem Kopf ein Raumschiff durchs All.

In meiner Jugend bist du in Varietéshows, Werbespots für Matratzen und Margarine und billigen Fernsehproduktionen aufgetreten. Du hast Filme und Serien synchronisiert und sogar der Tochter eines Firmenchefs mit dickem Portemonnaie Schauspielunterricht erteilt, einer dummen Trine mit fettigem Haar, die jeden Samstag in unserem Wohnzimmer ihre absolute Talentfreiheit unter Beweis stellte.

Du warst wie deine Karriere, Esra: anspruchsvoll, verrückt, spektakulär, komisch, tragisch, billig, burlesk, glamourös, ernsthaft, grotesk, tragisch, chaotisch, wild, wunderschön, warmherzig, eiskalt und exzentrisch. Ein Ebenbild deines Landes.

* * *

Während der Militärherrschaft in den frühen Achtzigerjahren kommt mir des Öfteren İsmails Name zu Ohr, in der Schule, bei Nachbarn, bei Treffen mit deinen Freunden. Ich schnappe Gesprächsfetzen auf, in denen das Unsagbare offen ausgesprochen wird. Mittlerweile weiß ich, dass Journalisten, die zum »Tiefen Staat« recherchieren, oft ermordet werden, und ich weiß, dass İsmail zu den Männern gehört, die im Hintergrund die Fäden ziehen. Allmählich komme ich zu der Gewissheit, dass er tatsächlich an Papas Verschwinden schuld ist. Ich frage mich oft, ob du davon wusstest, aber ich habe nicht den Mut, das Thema anzusprechen. Du verlierst nie ein Wort darüber.

Deine Freunde bevölkern schon lange nicht mehr unsere Terrasse. Sie ertragen İsmails Anwesenheit nicht, und du bist zwischen ihnen und deinem Liebhaber hin- und hergerissen. Du leidest unter deiner eigenen Schwäche, aber du verfällst ihm jedes Mal aufs Neue. Immer wieder versprichst du deinen engsten Freunden, dass du ihn verlassen wirst, aber wenn er anruft, wird deine Stimme ganz weich, und meist kommt er anschließend vorbei. Sein Chauffeur und Leibwächter, ein bulliger

Kerl mit Schnauzbart, stellt seinen Wagen in der Sackgasse neben unserem Haus ab, bleibt im Auto sitzen und raucht eine Zigarette nach der anderen. Hin und wieder steigt er aus, um sich die Beine zu vertreten, und schiebt sich die Daumen in den Gürtel wie ein Polizist aus einer US-amerikanischen Fernsehserie.

Oft fährt İsmail spät am Abend, wenn ich längst schlafe, wieder davon, aber manchmal bleibt er auch über Nacht, und dann steht der kackbraune Renault 12 die ganze Nacht neben unserem Haus, und die Nachbarn haben etwas, worüber sie sich das Maul zerreißen können.

Manchmal kritisiert İsmail an dir herum, schimpft auf deine Freunde, deine künstlerischen Aktivitäten, deine Interviews, sagt, er könne dich »nicht länger schützen«, und du entgegnest, du hättest ihn nie um etwas gebeten. Mich behandelt er mit ausgesuchter Höflichkeit, er ist immer freundlich und bringt mir manchmal sogar kleine Geschenke mit. Trotzdem fürchte ich mich vor ihm.

Wenn deine Freunde dich fragen, ob du keine Angst vor ihm hast, antwortest du: »Angst? Niemals. *Fear eats the soul.*«

Diesen Satz sagtest du oft, immer auf Englisch: »*Fear eats the soul*«. Wenn İshak in Kriegsgebieten unterwegs war, wenn jemand zu laut an die Tür klopfte, wenn das Telefon um vier Uhr morgens klingelte, wenn ihr bei einem eurer Projekte die Schere im Kopf hattet, wenn ein Gouverneur euch verbot, in seiner Provinz einen Film zu drehen, wenn Freunde verschwanden, war das deine Antwort: »Hört auf, ständig vor allem Angst zu haben. *Fear eats the soul.*« Als Kind waren die Worte für mich nur eine Abfolge von Silben ohne jede Bedeutung, wie eine deiner Sprechübungen.

Sehr viel später erfuhr ich, dass dein Zauberspruch der Titel eines Fassbinder-Films war. Der Film hatte dich tief beeindruckt, und der Satz war dein Mantra geworden. Angst frisst die Seele auf, macht die Menschen wahnsinnig, sperrt sie in einen Käfig. »Man darf die Angst nicht in seine Seele lassen, sonst wird man zum Zombie«, entgegnetest du, wenn jemand sagte, es sei gefährlich, dieses oder jenes Stück auf die Bühne zu bringen, diese oder jene Person zu treffen, diesen oder jenen Satz in einem Interview zu sagen. Du verabscheutest Moralapostel, und denjenigen, die dich vor İsmail warnten, antwortest du: »Wenn ich die Gefahr nicht lieben würde, wäre ich keine Schauspielerin. Ich stürze mich jeden Abend auf der Bühne in die Flammen.« Damit schmälertest du natürlich deine wahren Heldentaten, die Unterstützung von Streiks, die Durchführung von Theaterworkshops in einem von Rechtsextremen beherrschten Stadtviertel, die Organisation von Demos. Du hast die Angst immer ignoriert, Esra, und dein grenzenloses Vertrauen in das Leben war deine große Stärke. Deine Sorglosigkeit machte dich frei.

Heute haben wir in den westlichen Demokratien Angst vor allem und jedem: vor Geflüchteten, Attentaten, Überfällen, Viren. Wir haben Angst vor Weißen, Schwarzen, Arabern, Asiaten, vor Punks mit Hunden, verschleierten Frauen, Gruftis, Transen und Islamisten. Wir haben Angst zu verreisen. Wir haben sogar Angst vor der Natur. Vor Lawinen, Tsunamis, Erdbeben, Vulkanausbrüchen, Sturmfluten, Meteoriten, Erdrutschen, Überschwemmungen, Tornados, Hurrikanen, Hochwasser. Wir haben Angst, an einer Moschee, Kirche oder Synagoge vorbeizugehen.

Du, Esra, hast in sehr viel unsichereren Zeiten in einem sehr viel unsichereren Land gelebt und trotzdem niemals zugelassen, dass die Angst in deine Seele eindringt und sie auffrisst.

Lass uns das alles vergessen

Eines Tages im Frühjahr 1982 lag eine linksextreme Zeitung in unserem Briefkasten, zusammen mit einer handschriftlichen Notiz: »Damit dich die Angriffe nicht unvorbereitet treffen.« Fırat hatte beides am Morgen eingeworfen. Der Artikel handelte von einer geheimen Zelle, die in illegale Verhaftungen, Entführungen von linken Aktivisten und Waffentransporte verwickelt war. İsmails Name wurde mehrfach erwähnt. Du führtest ein langes Telefonat und saßt danach weinend auf unserer Terrasse. Ich ging zu dir und warf einen Blick auf die Zeitung. Du sahst mich an. »Ich hätte es wissen müssen, aber ich habe die Augen vor der Wahrheit verschlossen.«

Plötzlich vibrierte mein ganzer Körper, von den Schläfen bis zu den Fußsohlen, als trommelte jemand in mir auf einer *darbuka*. Zum ersten Mal in meinem Leben wagte ich auszusprechen, was mich schon so lange verfolgte, wenn auch nur halb: »Heißt das … Papa …?« Ich starrte dich an, aber du bliebst stumm. Der Himmel war bewölkt, das Meer schäumte weiß, ich trug meine roten Shorts und litt unter Krämpfen, weil ich zum ersten Mal meine Tage hatte. Du sagtest: »Verzeih mir, meine Şeker«, und nahmst mich in den Arm. Dann flüstertest du unter Tränen: »Lass uns das alles vergessen.«

Ich wandte den Kopf zur Seite und sah den vertrockneten Lotus in seinem Topf. Es war, als wäre Papa ein zweites Mal gestorben.

***

Eine Woche später begann ich, bei meinem neuen Freund zu übernachten. Er hatte eine große Wohnung für sich allein, weil seine Eltern im Ausland arbeiteten. Ab und zu schaute ich zu Hause vorbei, um ein paar Klamotten oder Schulbücher zu holen. Manchmal blieb ich auch über Nacht, und wenn du da warst, redeten wir kurz miteinander. Wenn İsmail zu Besuch war, verschwand ich wortlos in meinem Zimmer.

Am letzten Schultag im Juni stand ich mit Freunden vor dem Schultor des *Lycée français* herum. Wir verglichen unsere Zeugnisse und redeten über die bevorstehenden Ferien. Mehrere von uns würden nach Frankreich in ein Ferienlager fahren, für das man sich über die Schule hatte anmelden können, und ich gehörte zu den Glücklichen. Wir würden im Reisebus Bulgarien, Jugoslawien und Italien durchqueren. Wir unterhielten uns darüber, was wir mitnehmen wollten, über das Wetter in Frankreich, die Hits dieses Sommers und das Windsurfen, eine neue Sportart, die wir ausprobieren wollten. Ein Mädchen begann zu weinen, weil ihr Vater, ein ranghoher Polizeibeamter, sie nicht mitfahren ließ. Daraufhin sagte irgendwer: »Das ist bestimmt ätzend, wenn dein Vater Bulle ist«, jemand anderes fügte hinzu: »Oder dein Stiefvater«, und jemand Drittes sagte mit einem Blick zu mir: »Oder wenn dein Stiefvater ein Mörder ist.« Ich begann zu zittern, ich dachte, schnell, spann den Schirm in deinem Kopf auf, das war meine Überlebensstrategie, ich hatte gelernt, in solchen Momenten so zu tun, als würden die Worte von mir abperlen, als könnten sie mir nichts anhaben. Aus heiterem Himmel baute ich mich vor meinem Freund auf und gab ihm vor aller Augen einen Zungenkuss, einen leidenschaftlichen Filmkuss, was in Istanbul in der Öffentlichkeit absolut verpönt war. Alle starrten uns fassungslos an, niemand ahnte, dass es ein Ablenkungsmanöver war, mit dem ich beweisen wollte, dass der Satz mir nichts ausmachte. Anschließend wischte ich mir mit dem Handrücken über den Mund, wie ich es in einem Western gesehen hatte, rief: »*Bye, everybody!*«, und rauschte davon.

Zu Hause litt ich wie ein Hund. Ich hoffte, der Schmerz würde vergehen, wenn ich in meinem Zimmer in voller Lautstärke Pink Floyd hörte, aber am Abend hielt ich es nicht mehr aus. Als du nach Hause kamst, nahm ich all meinen Mut zusammen, ging ins Wohnzimmer und sagte dir auf den Kopf zu, ich wisse Bescheid, alle wüssten Bescheid, die ganze Türkei: Dein Liebhaber habe Papa entführen und umbringen lassen, und er habe noch weitere Menschen auf dem Gewissen. Alle würden davon reden. Du erwidertest nur: »Du bist verrückt«, woraufhin ich sagte: »Nein, *du* bist verrückt.« Dann packte ich meine Sachen und zog endgültig zu meinem Freund. Ein paar Tage später fuhren wir ins Ferienlager nach Frankreich.

Nach der *colonie de vacances* überredete ich meinen Freund, noch etwas länger mit mir in Frankreich zu bleiben. Unsere Visa liefen erst ein paar Wochen später ab, wir hatten noch etwas Geld, und statt ins Flugzeug zurück in die Türkei zu steigen, kamen wir bei Leuten unter, die wir vor Ort kennengelernt hatten. Wir schlossen neue Freundschaften, und ich entschied, mich erst mal nicht bei dir zu melden. Du kamst vor Sorge um. Mitte August begann mein Freund zur Rückreise zu drängen, aber ich wollte bleiben, und so trennten wir uns, eine Entscheidung, die ich keine Sekunde bereut habe, denn besagter Freund, der mit fünfzehn ein verträumter Poet war, ist inzwischen Chef einer Baufirma, ein schwitzender Mann mit einem goldenen Ring am kleinen Finger, der sich an dubiosen Regierungsaufträgen bereichert.

Im Spätsommer rief ich eines Abends aus einer Telefonzelle bei dir an und teilte dir mit, dass ich nicht mehr nach Hause kommen würde. Du warst so erleichtert, von mir zu hören, dass du keine Fragen stelltest. Du warst sofort einverstanden, du würdest nach Paris kommen und dich um alles kümmern. Wir trafen uns im Hôtel du Louvre und redeten nur über Formalitäten, du hattest dich bereits mit einem Freund in der türkischen Botschaft in Verbindung gesetzt. Eine Woche später war alles organisiert, du hattest mir eine Wohnung gemietet, ein Bankkonto eröffnet und mich am Lycée angemeldet. Du fragtest kein einziges Mal, warum ich nicht nach Hause kommen wollte. Ich hatte mir fest vorgenommen, mich nicht bei dir zu bedanken, und bei unserer Verabschiedung sagtest du nur, du hättest eine einzige Bitte: Ich solle dich einmal pro Woche aus der Telefonzelle vor meinem Haus anrufen.

Im Herbst teilte ich dir mit, dass ich nicht vorhatte, in den Weihnachtsferien in die Türkei zu kommen. Du besuchtest mich zweimal für ein paar Tage in Paris. Kurz vor dem Abitur schrieb ich dir, ich wolle in Frankreich studieren, woraufhin du mir die Perlmuttschatulle mit euren Eheringen und dem Foto brachtest. Du reistest wieder ab, ich blieb, und im Laufe der Jahre wurde aus Hülya Julya. Und all das nur, weil ich als Sechzehnjährige Angst davor hatte, in die Türkei zurückzukehren, Angst vor den Blicken, Angst davor, dass mir jemand sagen würde, was zehn Jahre zuvor geschehen war.

* * *

Während der Militärherrschaft Anfang der Achtzigerjahre gab es insgesamt 650 000 Verhaftungen, 210 000 Gerichtsverfahren, 230 000 Verurteilungen, 14 000 entzogene Staatsbürgerschaften, 388 000 entzogene Pässe, 23 700 Vereinsverbote, 52 000 Häftlinge in 644 Gefängnissen, 229 tot aufgefundene Insassen, davon 144 »unter verdächtigen Umständen«, 14 Hungerstreiktote, 16 auf der Flucht erschossene Häftlinge, 74, die bei Zusammenstößen mit dem Sicherheitspersonal ums Leben gekommen sind, 43 Selbstmorde, 71 Foltertote, 544 Polizisten, die Häftlinge gefoltert haben sollen, 151 Gesetze zur Beschneidung der Pressefreiheit, 927 verbotene Zeitungen, 927 zensierte Filme, 7000 Anträge auf Todesstrafe und 26 Hinrichtungen. Und das sind nur die offiziellen Zahlen.

Der große Organisator dieses Massakers, ein Mann mit dem Spitznamen »der Pascha«, kam nie vor Gericht. Bis vor Kurzem lebte er sorgenfrei in einem Haus am Meer. Er starb im stolzen Alter von 98 Jahren. Die letzten zwanzig Jahre seines Lebens malte er Aquarelle, für die bürgerliche Kunstliebhaber horrende Preise bezahlten.

Es gibt ein Foto von ihm, das ich oft in türkischen Zeitungen gesehen habe, und das immer noch in den sozialen Medien zirkuliert. Es zeigt den pensionierten General auf einer Vernissage, umringt von Leuten. Er trägt Leinenhemd und Turnschuhe im *casual chic*. Ganz rechts im Bild ist İsmail zu sehen. Hinter ihm hängt das »Meisterwerk« des Generals, eine nackte Frau, die sich auf einem Bett rekelt, lasziv wie eine Odaliske in einem Harem. Die Frau ähnelt dir verblüffend. Angeblich hat sich der »Künstler« von einem Foto von dir zu seinem Werk inspirieren lassen. Man sagt, er habe all deine Filme gesehen.

***

Jahre später – ich lebte schon lange in Frankreich – brach ich den Kontakt zu dir endgültig ab. Damals interessierte ich mich sehr für die politischen Verhältnisse der Siebzigerjahre, die Entführungen, illegalen Verhaftungen und dubiosen Verhörmethoden. Dafür, wie Menschen einfach so »verschwinden« konnten. Eines Tages sah ich einen Dokumentarfilm, in dem ein ehemaliger Geheimdienstler von seinem Arbeitsalltag berichtete. Nachdem er den ganzen Vormittag linke Aktivisten gefoltert hatte, fuhr er nachmittags nach Hause, ging unter die Dusche, um sich das Blut vom Körper zu waschen, und kochte Abendessen. Wenn seine Frau und seine Töchter nach Hause kamen, aßen sie im Kreis der Familie gemütlich zu Abend. Hinterher spülte seine Frau das Geschirr, während er mit seinen Töchtern spielte. Er bereute seine Taten aufrichtig. Am Anfang seiner Laufbahn war er ein einfacher Verkehrspolizist gewesen. In dem Film wurde ein Foto eingeblendet, auf dem er mit erhobenen Armen auf einer Kreuzung steht, ein stämmiger junger Mann mit weißen Handschuhen, ein fast schon alberner Anblick. Später war er dann gegen seinen Willen in diesen »Beruf« reingerutscht. Eines Tages hatte sein Vorgesetzter ihm einen entsprechenden Befehl erteilt. Man habe ihm keine Wahl gelassen. In dem Dokumentarfilm hält er eine handgeschriebene Liste mit Namen in die Kamera, die er erstellt hatte, um sie nicht zu vergessen. Sowohl die Namen der Folterknechte als auch die der Entführten standen auf dem Zettel. Es waren hauptsächlich Vornamen, in einigen Fällen auch Nachnamen, und es gab keinen Hinweis darauf, welche zu den Opfern und welche zu den Tätern gehörten. Zwei Namen waren mir vertraut: İshak und İsmail. Sie standen nur wenige Zeilen auseinander. Ich schickte eine E-Mail an die Produktionsfirma, um Kontakt zu dem Mann aufzunehmen, aber man teilte mir mit, er sei verstorben.

Jahrelang stellte ich mir vor, wie İsmail seinen Folterknechten Befehle erteilte und dann seelenruhig zum Abendessen nach Hause fuhr, zu uns oder zu seiner anderen Familie.

Doch du hattest mich aufgefordert, »das alles« zu vergessen, und ich hatte auf dich gehört. Ich war von zu Hause weggegangen, um zu vergessen, was für ein grauenerregendes Paar ihr beiden wart, um sogar zu vergessen, wer ich selbst war.

Unser Leben, Esra, war auf Lügen aufgebaut, genau wie die Nation, dessen offizielles Heiligtum du bist. Vielleicht ist das ja die größte Ähnlichkeit zwischen mir und meinem Land, das ich jeden Tag schmerzlich vermisse.

Jetzt, wo meine Heimat mich nicht mehr haben will, verlassen mich auch die Erinnerungen. Jetzt, wo ich nicht mehr in die Türkei einreisen darf, versuche ich vergeblich, mir den Blick aus unserem Fenster auf die Hügel von Istanbul, auf die Straßenbäume, auf das gegenüberliegende Haus ins Gedächtnis zu rufen. Die Orte, an denen ich aufgewachsen bin, verblassen, die Farben, vertrauten Gerüche und Geräusche verschwinden, wie bei einem Polaroidfoto, nur andersherum.

Nilüfer ruft an und will wissen, wie es mir geht. Ich antworte, dass ich die Erinnerung an mein Land verliere. Sie erwidert:

»Du bist wenigstens weit weg, Columbo, während wir hier vor Ort unsere Vergangenheit verlieren. Sie machen das mit Absicht, sie stehlen uns unser Land. Die Türkei, die du als Kind gekannt hast, existiert nicht mehr. Aus Theatern werden Einkaufszentren, aus Museen Moscheen, aus Fischerdörfern Sommerresidenzen für Reiche. Das alte Istanbul gibt es nur noch in den Filmen deiner Mutter und auf den Fotos deines Vaters.«

Nationales Heiligtum

Ich habe viel über deine Auszeichnung nachgedacht: »Nationales Heiligtum«.

Meine Therapeutin Madame Klajmann, »Spezialistin für bikulturelle Patienten«, vertritt die These, Kinder seien entweder Rebellen oder Traditionalisten. Ersteres treffe auf mich zu, das zweite auf dich, denn du hättest dir deine Mutter zum Vorbild genommen, während ich meine Identität in Abgrenzung zu dir konstruiert hätte. Du hättest deine Mutter idealisiert und deine Tochter verstoßen, während ich andersherum meine Mutter verstoßen hätte und meine Tochter idealisieren würde. Mein Mann, dieses durch und durch rationale Wesen, findet, das sei »Küchenpsychologie«, aber ich bin der Meinung, da ist durchaus etwas dran. Jedenfalls ist Madame Klajmann überzeugt, ihre These könne mein »Leiden an der Mutter« (wozu sie die üblichen Anführungszeichen in die Luft malt) etwas lindern.

Ich weiß nicht, ob es daran lag, dass ich dich »verstoßen« hatte, aber jedes Mal in meinem Leben, wenn ich einen Schritt auf dich zu machen wollte, hielt mich ein Gedanke davon ab: Wie konntest du diese Auszeichnung, »nationales Heiligtum«, annehmen? Die Frage ließ mich nicht los, sie klebte mir an der Haut wie das Blut, nach dem deine Hände »trotz aller Wohlgerüche

Arabiens« rochen, als du Lady Macbeth spieltest. Wie konntest du diesen Titel tragen, angesichts der Tatsache, dass die Nationalisten deinen Mann getötet und deine beste Freundin gefoltert hatten? Dass man ständig Phrasen wie »nationaler Stolz«, »nationale Sicherheit«, »nationale Einheit« und »nationale Verteidigung« hörte? Wie konntest du dich als »Nationalheldin« begreifen, obwohl du wusstest, was dieses Wort in anderen Zusammenhängen bedeutete?

Vor einiger Zeit sagtest du in einer Talkshow, der Titel sei deine Antwort auf die Frauenfeindlichkeit.

»Als ich die Auszeichnung vor fünfzig Jahren entgegennahm, war das ein Statement: Meine Herren, Sie mögen meine Mutter und mich für Prostituierte halten, aber jetzt sind wir wenigstens staatlich anerkannte Prostituierte!«

Deine Mutter und du, ihr seid Teil der nationalen Erzählung, der offiziellen Geschichtsschreibung. Ihr seid zwei kulturelle Monumente, und als solche gehört ihr zur Mythologie dieses Landes, genauso wie die dunklen Kapitel, die Männer wie İsmail geschrieben haben. Ihr hattet in eurem Leben immer wieder mit solchen Männern zu tun. Überall auf der Welt verkehren junge Schauspielerinnen mit Männern, die keine Scheu haben, sich die Finger schmutzig zu machen. Mächtige Männer umschwirren mit Vorliebe berühmte Frauen und träumen davon, Perón an der Seite von Evita oder Kennedy an der Seite von Marilyn zu sein. Wie Lady Macbeth, eine Rolle, die ihr beide gespielt habt, verschlosst ihr die Augen vor ihren Machenschaften und arrangiertet euch mit der Situation. Hacers Vater hat euch nie erzählt, wie er sich nach der Vertreibung der Armenier an deren Hab und Gut bereichert hatte. Doch du ahntest, dass es einen Zusammenhang gab zwischen dem von deinem Großvater geraubten Besitz und der Wohnung, die du von Hacer geerbt hattest, der Wohnung, in der du aufgewachsen bist und in der du mich großgezogen hast. Hacer Zaman war eine großartige Schauspielerin, und sie setzte sich ihr Leben lang für Gerechtigkeit ein, aber die Verbrechen ihres eigenen Vaters verdrängte sie.

Du führtest die Familientradition fort. Demonstriertest gegen die Regierung, spieltest in subversiven Filmen, bekämpftest die Zensur, erhobst deine Stimme gegen Unterdrückung, ließest dich nackt fotografieren, um zu beweisen, wie emanzipiert die türkische Frau ist, ignoriertest aber gleichzeitig die Gräueltaten, an denen İsmail beteiligt war. Die Liebe und die Kunst machten dich blind. Du erzähltest dein Leben lang Märchen, um der Wahrheit nicht ins Gesicht sehen zu müssen.

Statt euch mit eurer eigenen Familie auseinanderzusetzen, stelltet ihr beide, deine Mutter und du, lieber fremde Familien auf der Bühne dar. Ich habe dich oft sagen hören, das Dasein auf Erden sei trist und du seist Schauspielerin geworden, um es durch Poesie zu versüßen. Du wolltest dein Publikum zum Träumen bringen und hattest keine Skrupel, die Wahrheit zu verfälschen und dir hanebüchene Geschichten auszudenken. Wenn jemand dich deswegen kritisierte, entgegnetest du:

»Na und? Denk nur an die Orientalisten ... Sie haben Haremsdamen gemalt, ohne je einen Fuß in einen Harem gesetzt zu haben. Trotzdem sind ihre Bilder interessanter als die realistischen Darstellungen. Loti und Lamartine waren notorische Lügner. In Wahrheit ist der Orient ungeheuer banal! Dafür haben wir dieses wunderbare, einzigartige Licht, das uns all die Grässlichkeiten vergessen lässt. Ex oriente lux, meine Lieben, aus dem Orient kommt das Licht!«

Du blendetest alles Hässliche aus. Das war deine Überlebensstrategie.

***

Ich habe Familienflüche und generationsübergreifende Traumata immer gefürchtet, aber ich vertraue auf meine Tochter: Wenn es wirklich so sein sollte, dass Leiden und Schmerz von der Mutter auf die Tochter übergehen, wird sie die Kette durchbrechen, da bin ich mir sicher. Sie verfügt über eine bewundernswerte Bodenhaftung und einen ausgeprägten Realitätssinn, beides Eigenschaften, die meiner Großmutter, dir und mir völlig abgehen. Anders als meine Tochter haben wir Geschichten immer für bare Münze genommen. Wir sind alle drei mit der Krankheit (oder der Begabung?) zur Welt gekommen, Erzählungen mehr Glauben zu schenken als der Wirklichkeit. Wir können nichts dafür, das ist unser Erbe, so wie man mit blauen oder schwarzen Augen geboren wird.

Das vorletzte Telefonat

Ich rufe dich an, und du gehst nach dem zweiten Klingeln dran. Fest entschlossen, endlich die alte Rechnung zu begleichen, halte ich mich nicht mit Höflichkeiten auf. Ich darf keine Sekunde zögern, sonst gewinnst du die Oberhand, du beherrschst dieses Spiel viel besser als ich. Sobald du etwas sagst, habe ich verloren. Also falle ich mit der Tür ins Haus:

»Wie stellst du dir das eigentlich vor, Esra? Du rufst aus heiterem Himmel bei mir an, verkündest, dass du im Sterben liegst, und bittest mich, eine Grabrede zu verfassen. Was soll ich deiner Meinung nach denn schreiben?«

Kurz bist du überrumpelt, aber du bist Meisterin darin, deine Gefühle zu überspielen und deine Stimme unter Kontrolle zu bringen, also fasst du dich gleich wieder:

»Du hast natürlich recht, meine Şeker, ich hätte dich vorwarnen sollen … Aber ich rede nun mal nicht gern über den Tod. Schreib doch einfach, was dir durch den Kopf geht. Schließlich bist du die Autorin, nicht ich.«

»Ernsthaft? Soll ich etwa auf deiner Beerdigung alles auf den Tisch packen?«

Schweigen. Dann:

»Ich weiß, es war für dich damals nicht einfach, aber

für mich war es das auch nicht … Außerdem ist es nicht meine Schuld. Dieses Land ist schuld!«

»Wie bitte?«

»Dieses Land hat schon immer seine Kinder gefressen, seit Urzeiten nährt es sich von den Qualen seines Volkes … Du bist früh weggezogen, du weißt gar nicht, was du für ein Glück hast. Dieses Land macht uns alle wahnsinnig. Nicht ohne Grund wurde das Schauspiel hier erfunden!«

»*Anne*, hör auf, vom Theater zu reden. Ich will mit dir über die Wirklichkeit sprechen!«

»Darüber gibt es nichts zu sagen. Das Leben ist ein Trauerspiel, aber auf der Bühne können wir es transzendieren! Ah, da fällt mir ein, ich lasse dir die Entwürfe für das Bühnenbild schicken, sie sind wunderbar geworden! Nilüfer hat mich genau in der Mitte platziert, und das Rednerpult wird direkt vor mir stehen. Ha, ich sage ›vor mir‹, aber natürlich meine ich ›vor meinem Sarg‹. Weißt du was? Ich habe mich jetzt doch für einen weißen entschieden, das ist weniger deprimierend. Und es ist ein bequemeres Modell. Das ist wichtig, wer weiß, wie lange ich in dem Sarg liegen muss. Die Ewigkeit kann ganz schön lang sein …«

Du lachst über deinen eigenen Witz und plapperst einfach immer weiter. Schon zählt nichts anderes mehr als die Inszenierung deiner Beerdigung.

»Nilüfer wird übrigens ein Kunstwerk für mich anfertigen. Keine Statue, wie die Callas sie hätte haben wollen, ein abstraktes Werk natürlich, du kennst ja ihre Arbeit. Offenbar plant die Regierung, an einem besonderen Ort ein Denkmal für mich aufzustellen. Ich habe dem Minister am Telefon gesagt, dass ich nichts gegen ein kleines Fischerdorf hätte, du weißt schon, damit ich mir die Meeresluft um die Nase wehen lassen kann.«

»Du bist wirklich unmöglich, Esra.«

»Was denn? Nach so einer langen Karriere habe ich ja wohl das Recht auf eine kleine Würdigung, findest du nicht?«

Du verstummst und atmest schwer.

»Also ... wegen ... deiner Rede ... Ich wollte ... dir sagen ... Herrje, ich vergesse alles, das sind die Medikamente. Die Worte schwimmen in meinem Kopf herum wie die Buchstabennudeln in der Suppe, die du als Kind so gern mochtest, weißt du noch? Oh, meine Şeker, wenn du wüsstest, wie erschöpft ich bin.«

»Ist schon gut, *anne*. Ruh dich aus. Es tut mir leid.«

Ich wollte eine Aussprache auf deinem Sterbebett, und jetzt fühle ich mich schlecht, weil ich dich überanstrengt habe. Ein großer Fehler: Meine Entschuldigung gibt dir neue Kraft, und schon geht es von vorne los. Ich hatte kurz vergessen, dass man gegen dich nicht ankommt, Esra Zaman.

»Ich dachte auch an eine Fernsehübertragung. Eine Art Reality Show von meiner Beerdigung, verstehst du? Bahar wird mich ... also meine Leiche ... zurechtmachen. Die Arme, ihre Hände zittern in letzter Zeit stark, aber sie kann immer noch so gut schminken wie früher. Bahar und ich haben auch überlegt, welches mein letztes Kostüm sein soll. Vielleicht Evita, was meinst du? *Don't cry for me Mesopotamia*! Du wirst es nicht glauben, aber in das Kleid passe ich immer noch hinein, und jetzt besteht wenigstens nicht mehr die Gefahr, dass ich bis zu meinem Auftritt zunehme ... Oder vielleicht Lady Macbeth?«

Dein Monolog nimmt kein Ende, und ich schaffe es wie üblich nicht, dich zu unterbrechen.

»Die Kamera wird meinen offenen Sarg umkreisen, wie in Jules und Jim, *schabadabada*, verstehst du? In dem Film hätte ich nämlich fast die Hauptrolle gespielt und –«

»Ja, *anne*, ich weiß, du warst zum Vorsprechen in Paris, blablabla …«

»Was heißt hier blablabla? Das ist die Wahrheit, diese Brünette hat mir die Rolle vor der Nase weggeschnappt!«

»Das hast du mir schon tausendmal erzählt, Esra.«

»Aber habe ich dir schon gesagt, dass die Trauerfeier im Stadttheater von Istanbul stattfinden wird?«

»Ja, auch das hast du mir schon erzählt.«

»Erinnerst du dich noch an den Saal? Nilüfer wird unzählige Filmstreifen von der Decke hängen lassen. Sie hat es ausgerechnet: Wenn wir alle Filme, die ich je gedreht habe, aneinanderkleben würden, wären es viertausend Kilometer. Ich sage dir, das wird spektakulär! Mein Ableben wird … Wie soll ich sagen … ein rauschendes Fest werden!«

Du malst mir deinen allerletzten Bühnentod in allen Einzelheiten aus, dabei bleibt uns so wenig Zeit, über das wirklich Wichtige zu sprechen. Du hast immer gesagt, Talent sei im Grunde nur die Fähigkeit, sich obsessiv mit einer Sache zu beschäftigen. Die tragischsten Geschichten seien unterhaltsam, wenn man sie mit einer gewissen Besessenheit erzählt. Jetzt beschäftigst du dich obsessiv mit der Inszenierung deines eigenen Todes. In dem Moment platzt mir der Kragen, und ich höre mich sagen:

»Ja, das wird ein rauschendes Fest werden, wenn das ganze Land um eine Frau trauert, die zusammen mit ihrem Liebhaber ihren Ehemann umgebracht hat.«

Ich höre im Hintergrund ein medizinisches Gerät piepen. Dann herrscht mindestens zehn Sekunden lang Stille.

»İsmail hat nie herausgefunden, wer İshak getötet hat. Das hat er mir geschworen. Er hat überall nach ihm gesucht. Dessen bin ich mir sicher, Hülya.«

»Wie kannst du dir da so sicher sein?«

»Ich bekomme kaum noch Luft, ich rufe dich später zurück.«

Die Wahrheit

Aziz' Tochter schickt mir eine eingescannte Akte, die 378 Seiten umfasst. Fırat, der İsmail von Anfang an nicht ausstehen konnte, hatte Aziz gebeten, zu Papas Tod zu recherchieren. Offenbar hatte sich Aziz zunächst geweigert, weil er fürchtete, dir wehzutun, falls er tatsächlich herausfand, dass İsmail hinter Papas Entführung steckte. Doch die Idee ließ ihn nicht mehr los, und nach einer Weile begann er doch, Nachforschungen anzustellen. Je mehr Ergebnisse er zutage förderte, desto weniger Anhaltspunkte gab es für die These. Bei der Befragung eines Zeugen kam heraus, dass İsmail im Gegenteil alles darangesetzt hatte, Papa wiederzufinden und dafür sogar persönliche Risiken eingegangen war. Er hatte sämtliche Polizeiwachen und Gefängnisse des Landes abgeklappert. Und nicht nur das: Alles wies darauf hin, dass İsmail seinen Kindheitsfreund auch zu Lebzeiten geschützt und ihm mehrfach aus der Klemme geholfen hatte.

Und dann ist da noch dieses Video. Vom Abend vor Papas Abreise. Fırat hatte es aufgenommen. Niemand von euch ahnte, dass es eure letzte Zusammenkunft sein würde. Nilüfer und Bahar erzählen mir am Telefon von dem Abend, nachdem ich mir das ungeschnittene Bildmaterial angesehen habe.

Ihr seid bei uns zu Hause. Fırat hat seine Kamera dabei. Er geht euch mit seiner Filmerei auf die Nerven, ihr ruft ihm immer wieder zu, er solle das Ding ausmachen, aber er stellt sich taub. Dann kommst du ins Bild, und man hört dich sagen, İshak solle nicht auf seine Rechercheréise fahren, das sei zu gefährlich. Papa fällt dir ins Wort, du wirst immer lauter, Nilüfer versucht die Wogen zu glätten, Papa will nicht vor euren Freunden darüber reden, Fırat fragt, worum es gehe, Papa antwortet, die Öffentlichkeit habe ein Recht auf die Wahrheit. Er sagt nicht genau, worüber er in seiner Reportage berichten will, und die Diskussion wendet sich politischem Engagement im Allgemeinen zu. Du sagst, Politik hin oder her, man dürfe dafür nicht sein Leben aufs Spiel setzen, Fırat vertritt die gegenteilige These, er findet, İshak müsse die Wahrheit um jeden Preis ans Licht holen. Irgendwann drückt Fırat Papa die Kamera in die Hand und macht sich auf die Suche nach einer Flasche Wein. Er ruft in die Kamera: »Wir dürfen nicht tatenlos zusehen, wie die Faschisten unsere Genossen umbringen. Selbst wenn das heißt, dass wir für die Revolution in den Tod gehen!«

Fırat entkorkt die Flasche, übernimmt wieder die Kamera, dann hört man seine Stimme aus dem Off: »Nur der politische Kampf zählt, alles andere ist nebensächlich.« Du entgegnest mit einem strahlenden Lächeln: »Ich liebe Nebensächlichkeiten! Das Leben an sich ist so traurig, dass es ohne gewisse Erleichterungen unerträglich wäre. Flaubert.«

»Hör mir auf mit deinen bürgerlichen Schriftstellern! Flaubert hat kein Wort über die Pariser Kommune verloren. Zum Glück gibt es Menschen, die auf die Straße gehen, Barrikaden bauen und Parolen an die Wände malen!«

»Wer Gewalt als Mittel zum Zweck sieht, verändert sich und verliert das Interesse an Literatur, Musik, Malerei. Willst du das etwa? Ein militanter Kämpfer sein, obwohl du eigentlich Künstler bist?«

Nilüfer hat mir am Telefon erzählt, ihr hättet an dem Abend bis um vier Uhr morgens heiß diskutiert und du seist nicht für Argumente zugänglich gewesen. Im Video sagst du, der Mensch sei nun mal schlecht, du hättest alle wichtigen Klassiker gespielt, deshalb würdest du die menschlichen Abgründe in- und auswendig kennen, man könne die Welt nicht ändern. Man sieht Nilüfer erst nicken, aber dann widerspricht sie dir doch: »Das mag ja sein, aber die Kunst kann sie ein kleines bisschen besser machen.« Fırat, der sich mitten in seiner Bewaffneter-Kampf-und-wer-da-nicht-mitmacht-ist-ein-Verräter-Phase befindet, steuert aus dem Off ein Sprichwort aus seiner anatolischen Heimat bei:

»Bravo! Ihr wollt das Lamm mit dem Wolf fressen und mit dem Schäfer um es trauern.«

»Der Schäfer geht mir am Allerwertesten vorbei! Ich will nur nicht, dass mein Mann sein Leben aufs Spiel setzt! Mir wäre es lieber, er würde irgendwelche Prominenten auf langweiligen Empfängen fotografieren.«

Bahar hat mir erzählt, sie habe dich noch nie so besorgt erlebt. Wenn İshak sonst auf Reisen gegangen war, sei es in den Iran oder nach Afrika, hättest du ihn immer ermutigt und gesagt, wie stolz du auf seine Arbeit wärst. Doch an jenem Abend hättest du keinen Widerspruch geduldet: Papa dürfe nicht fahren.

Je später es wird, desto angeheiterter seid ihr. Irgendwann legt Bahar Musik auf, du beginnst zu tanzen und rufst: »Das Beste, was man für das einfache Volk tun kann, ist, es ins Kino zu locken, um seine Dummheit zu bekämpfen!« An einem Punkt hältst du deinen nackten Hintern in die Kamera und schreist: »Ich spiele in klassischen Theaterstücken, um den Horizont der Zuschauer zu erweitern, und in erotischen Schmachtfetzen, damit sie sich einen runterholen können. Beides ist ein patriotischer Akt!«

Gelächter, İshak wird wütend und geht kurz raus auf die Terrasse, um sich abzuregen, Nilüfer sagt, du würdest deine feministischen Ideale verraten, Fırat schimpft, du hättest das einfache Volk schon immer verachtet, Aziz doziert über die Utopie, Bahar entkorkt eine weitere Flasche, Fırat zitiert Marx, Nilüfer erzählt von ihrem neuen Werk, einer riesigen Klitoris, das sie demnächst ausstellen wird, Bahar ruft: »Vergiss die Nervenenden nicht, bei der Klit sind die Nervenenden sehr wichtig, das weiß ich am besten«, ihr lacht, raucht eine Zigarette nach der anderen, Fırat philosophiert über das politische Kino, du sagst, du könntest mit aktivistischen Filmen nichts anfangen, İshak macht sich über dich lustig: »Meine Frau liebt nur die Clochards in Paris, Bohemiens, die aus freien Stücken unter einer Brücke leben. Sie romantisiert die Armut. Mit der echten Armut hier bei uns kann sie nichts anfangen.« Fırat schlägt in dieselbe Kerbe: »Ja, Esra Zaman liebt nur das Bildungsbürgertum, das ins Theater rennt, um sich türkische Schauspieler anzusehen, die gestikulieren, als wären sie Franzosen.« Die Diskussion wird hitziger, ihr werft euch Beleidigungen an den Kopf, du rennst aus der Wohnung und knallst die Tür hinter dir zu, Papa ruft von der Terrasse, »komm zurück, Liebling, ich bitte dich!«, du tauchst wieder auf und tust so, als wäre nichts gewesen, um drei Uhr morgens macht Bahar Börek, İshak sagt zu dir, Kriege zu fotografieren sei auch ein Weg, für den Frieden zu kämpfen, Aziz zitiert aus einem Gesetzestext, zu dem er gerade arbeitet, du küsst Papa, murmelst, du hättest Angst um ihn, du brichst in Tränen aus, Nilüfer, mittlerweile recht betrunken, lallt: »Liebe kann rechts oder links sein, Esra. Du musst ihn seine Reportage machen lassen, weil eure Liebe eine linke Liebe ist«, woraufhin Fırat trocken erwidert: »Und ihre rechte Liebe ist İsmail.« Die Worte wirken wie eine kalte Dusche.

Ihr schenkt euch ein letztes Glas ein, raucht eine letzte filterlose Birinci, stimmt wie immer am Ende des Abends ein Lied an, und Fırat geht noch einmal zum Angriff über: Er fragt Papa, ob es ihm nichts ausmache, dass du neben ihm auch İsmail liebst. Papa grinst und bestätigt mit seiner Antwort das, was ich aus Aziz' Akte weiß: »İsmail mag Dreck am Stecken haben, aber er ist für mich wie ein Bruder. Er hat mir schon oft bei meinen Recherchen geholfen und hat mir sogar dreimal das Leben gerettet.«

Du gibst ihm einen Kuss und drehst dich zu Fırat um: »Ich weiß, dass du İsmail nicht ausstehen kannst, aber er hat uns in der Vergangenheit schon mehrmals gewarnt, wenn İshak in Gefahr war. Deshalb will ich ja auch nicht, dass er morgen fährt.«

Und Papa sagt: »Seien wir ehrlich, niemand kann seine Hände in Unschuld waschen. Du warst schon Mitglied in gewaltbereiten Gruppen, und ich habe mit zwielichtigen Typen zusammengearbeitet, um an Informationen zu kommen.« Er greift nach seiner braunen Ledertasche. »Ich gehe jetzt packen, in drei Stunden muss ich aufstehen.« Er verlässt den Raum, und Fırat schaltet die Kamera aus.

Bahar hat mir erzählt, dass kurz darauf alle gegangen sind und Papa wenige Stunden später zu seiner letzten Reportagereise aufgebrochen ist.

***

Als ich endlich den Mut fand, Nilüfer und Bahar die große Frage zu stellen, die mich all die Jahre umgetrieben hat, die Frage danach, wer mein Vater war, mussten beide lachen. Sie versicherten mir, ich sei İshaks Tochter, du hättest nie auch nur eine Sekunde daran gezweifelt. Ganz davon abgesehen, dass angesichts meiner Ähnlichkeit mit Papa wohl niemand auf die Idee kommen könnte, seine Vaterschaft infrage zu stellen.

Die Feier

In zehn Minuten beginnt in Istanbul die Trauerfeier. Ich sitze an meinem Laptop und bin per Skype zugeschaltet. Der Technikchef des Stadttheaters macht einen kurzen Soundcheck mit mir und synchronisiert Ton und Bild. Während meiner Rede wird er mich auf eine große Leinwand hinter deinem Sarg projizieren. Er ruft: »Alles klar, es läuft, ihr könnt die Leute reinlassen!« Die Türen werden geöffnet, und auf meinem Bildschirm in Paris beobachte ich, wie der Saal sich füllt.

Mein Mann und meine Tochter sitzen mit mir im Wohnzimmer vor einem zweiten Laptop, um die Feier zu verfolgen. Meine Tochter findet das alles »megacool«, mein Mann »völlig verrückt«. Ich beobachte die beiden aus den Augenwinkeln, aber sie wirken nicht, als wollten sie schreiend davonlaufen. Vielmehr lächeln sie, halb betroffen, halb belustigt, und scheinen keine Sekunde des Spektakels verpassen zu wollen. Sie zeigen sich gegenseitig Dinge auf dem Bildschirm und sprechen leise miteinander, aus Gründen der »Pietät«. Dabei ist mir die Pietät ehrlich gesagt piepegal. Ich bin voll und ganz darauf konzentriert, was ich bei Esra Zamans letztem Auftritt sagen will.

Alles ist so, wie du es dir vorgestellt hattest, *anne*: die Bühne mit dem Blumenschmuck, der weiße Sarg, die

Fotos, das Publikum. Ich habe sogar eure Eheringe nach Istanbul geschickt, und Bahar hat sie dir in den Sarg gelegt.

Ich habe viele Erinnerungen an das Stadttheater, in dem ich das letzte Mal als Teenager gewesen bin. An die Holzvertäfelung, an die alten Sitze mit den Lederbezügen, an den Samtvorhang, an das Technikpult, von wo aus ich mir deine Vorstellungen ansah, an die Bar, wo mir ein alter Kellner in der Pause immer ein Eskimo-Eis schenkte. Nach der Vorstellung, wenn die letzten Zuschauer gegangen waren, kletterte ich auf die Bühne und ging durch die Kulissen zu deiner Garderobe. Die Beleuchter, Platzanweiserinnen, Bühnenarbeiter und Toilettenfrauen kannten mich, ich durfte mich überall in dem verwinkelten Gebäude frei bewegen. Ich liebte den Geruch des Kleisters, der in der Luft hing, wenn ein neues Bühnenbild gebaut wurde, den Staub, der im Licht der Scheinwerfer tanzte, die komplizierte Maschinerie des Schnürbodens mit seinen Seilen, Zügen, Winden, Kulissenteilen und Vorhängen, ich liebte den Steinway-Flügel, der je nach Vorstellung woanders stand, und das schummrige Notlicht, das immer brannte, vor allem aber liebte ich deine Garderobe, in der es nach deinem Parfüm roch, deine Perücken, deine Kostüme, deine Schminktöpfe, den von Glühbirnen umrahmten Spiegel und die Sprechanlage, durch die du hören konntest, was auf der Bühne geschah.

Das Theater, das ich jetzt auf meinem Bildschirm sehe, mit seiner neuen Bestuhlung und seiner Hightech-Bühne, hat nicht mehr viel mit dem Ort von damals zu tun. Sicher riechen die Kulissen auch nicht mehr nach Leim, ein Geruch, bei dem ich, wenn ich ihn heute irgendwo rieche, jedes Mal zusammenzucke, bei dem »die Katastrophen des Lebens mit einem Schlage zu harmlosen Missgeschicken« werden, um es in den Worten deines geliebten Marcels zu sagen (er sprach von dem Moment, als die Madeleine seinen Gaumen berührte).

Die Feier verläuft genau nach deinen Wünschen. Es werden Texte gelesen, Fotos und Filmausschnitte gezeigt, auf vielen Bildern ist Papa zu sehen, manchmal auch ich, die Rednerinnen und Redner erzählen von deinem Schauspieltalent, von deiner Schönheit, von deinem feministischen Engagement, und irgendwann, nach einem Lied, das du sehr geliebt hast, sagt die Ansagerin: »Und nun wird Esra Zamans Tochter zu Ihnen sprechen. Sie lebt in Frankreich und konnte leider nicht anreisen.« Den Grund nennt sie nicht.

Ich ergreife das Wort.

Als meine Mutter mich bat, eine Trauerrede zu halten, habe ich lange gezögert. Sie lag da schon im Krankenhaus, und letztlich habe ich Nein gesagt, auch wenn es mir schwerfiel. Ich habe sie angerufen und gesagt: *Anne,* es wäre einfach, eine Lobrede auf dich zu halten. Das wäre eine Auftragsarbeit, wie ich sie kenne: Schreib einen Film zu diesem oder jenem Thema mit soundso vielen Figuren, nicht zu vielen Schauplätzen, oder im Gegenteil mit einem besonders spektakulären Schauplatz, weil irgendein Star mitspielt, einen Fernsehfilm für diesen oder jenen Sender, eine Komödie, ein Drama … In so was bin ich gut. Ich hätte deine großen Rollen aufgezählt und hin-

zugefügt: »Aber auch ihre Rolle als Mutter und Ehefrau liebte sie sehr«, das wäre ein perfekter Übergang gewesen. Ich hätte von deinem privaten Gesicht geredet, »das das Publikum nicht kannte«, davon, dass du trotz aller Schwierigkeiten immer für mich und Papa da warst, dass du Rollen abgelehnt hast, um dich um mich zu kümmern.
Ich hätte ein paar berührende Sätze darüber gesagt, was du jenseits des Rampenlichts alles erlitten hast, und geendet hätte ich mit einer lustigen Anekdote vom Set eines deiner Filme. Meine Rede wäre von einer bekannten Schauspielerin gelesen worden, mit übertrieben viel Gefühl.
Es wäre eine sichere Nummer gewesen, und hinterher hätten Leute bei mir angerufen, um mir zu sagen, dass meine Worte sie zum Lachen und zum Weinen gebracht hätten, und dass ich froh sein könne, so jemanden wie dich zur Mutter gehabt zu haben. Aber genau das will ich nicht, Esra, auf keinen Fall! Und das habe ich meiner Mutter auch gesagt: Dass ich die Wahrheit sagen will, dass das Publikum erfahren soll, dass unsere Familiengeschichte kein Märchen mit einer schönen Sultanin als Hauptfigur war, sondern eines, in dem es vor Ungeheuern, bösen Geistern, Dschinn und *zebani* nur so wimmelte. Und als ich ihr das am Telefon gesagt habe, wissen Sie, was meine Mutter da geantwortet hat? »Großartig! Solche Geschichten liebe ich. Die Hauptfigur ist eine verfemte Künstlerin, wird aber trotzdem vom Publikum geliebt.« Das war unser letztes Gespräch. So war Esra Zaman.

Als Kind beneidete ich meine Freunde um ihre Eltern, die normale, seriöse Erwachsene waren, denn es war nicht leicht, eine Mutter zu haben, die in einer Traumwelt lebte. Das ist der Grund, warum ich mich immer von Menschen ferngehalten habe, die Realität und Fiktion nicht auseinanderhalten können, das heißt, im Prinzip von allen Künstlern. Erst vor Kurzem habe ich begriffen, dass diese Selbstvergessenheit, diese fantastische Fähigkeit, sich außerhalb jeder Logik zu bewegen, eine wunderbare Eigenschaft ist. Esra Zaman besaß diese Fähigkeit, und heute liebe ich meine Mutter dafür.

Ich möchte mit einer Zeile von Camus enden, die meine Mutter einst auf der Bühne deklamiert hat: »Nur Träumer verändern die Welt. Alle anderen haben keine Zeit dazu.«

Ich höre die Leute im Saal applaudieren, dreitausend Kilometer von mir entfernt. Mein Mann drückt meinen Arm und gibt sich Mühe, dabei nicht ins Bild zu geraten. Im Stadttheater von Istanbul wird ein Foto auf die Leinwand hinter deinem Sarg projiziert: Du und ich im Jahr 1974 auf der Bosporusbrücke.

Als die Trauerfeier zu Ende ist, erzähle ich meiner Tochter die Geschichte des Fotos. 1974 war die Brücke über den Bosporus gerade eröffnet worden, und damals war sie noch für Fußgänger freigegeben. Die Menschen waren völlig fasziniert davon, dass sie zu Fuß von einem Kontinent zum anderen gehen konnten, und an einem Samstag beschlossest du, dass wir genau das tun würden. Du nahmst eine Handvoll Erde aus dem Topf mit dem Lotus, den wir für Papa gepflanzt hatten, und packtest sie in eine Tüte. An dem Tag war es sehr windig, und die Hügel von Istanbul waren grün und noch nicht von hässlichen Bauprojekten verschandelt. Das Meer schimmerte in verschiedenen Farben, smaragdgrün, türkisfarben, saphirblau, jadegrün. Als wir auf Höhe der kleinen Insel angekommen waren, die mein Vater sehr gemocht hatte, bliebst du stehen, holtest die Erde heraus, streutest sie ins Meer und sagtest zu mir: »Wenn du traurig bist, weil dein Vater kein Grab hat, denk einfach daran, dass er hier in diesem Meer ruht. Ich bin sicher, das hätte ihm gefallen, er hätte diese Brücke sehr geliebt.«

Als du das sagtest, wurde mir leicht schwindlig und gleichzeitig ganz warm im Bauch. Du drücktest meine Hand, der Wind vertrieb die Traurigkeit, und ich fand den Gedanken beruhigend, dass İshak sich irgendwo dort unten befand, in diesem wellenschlagenden Meer.

Dann erzähltest du mir, dass Papa die Golden Gate Bridge sehr geliebt habe, seit er sie als junger Erwachsener in San Francisco mit eigenen Augen gesehen hatte. Er habe dir versprochen, eines Tages mit dir zusammen hinzufahren, das sei sein großer Traum gewesen, aber leider hätte sich nie die Gelegenheit ergeben. Du sagtest, Papa habe oft Isaac Newton zitiert: »Die Menschen bauen zu viele Mauern und zu wenig Brücken«, und er sei von der Notwendigkeit einer Brücke über den Bosporus überzeugt gewesen. Er war gestorben, bevor die Istanbuler Brücke, die der Golden Gate Bridge täuschend ähnlich sieht, fertiggestellt worden war.

Seit diesem Tag habe ich es immer geliebt, den Bosporus auf dieser Brücke zu überqueren. Sie ist schon lange für Fußgänger gesperrt, und im Auto dauert die Fahrt nur wenige Minuten, aber ich habe diese kurze Zeit jedes Mal in vollen Zügen genossen. Als ich erfuhr, dass ich nicht mehr in die Türkei einreisen darf, war mein erster Gedanke, dass ich die Bosporusbrücke so schnell nicht wiedersehen würde. Ich tröstete mich damit, dass ich eines Tages nach San Francisco fliegen und die Golden Gate überqueren würde. So könnte ich mir vorgaukeln, ich befände mich in meiner Heimatstadt. Sollte mir das Exil unerträglich werden, kann ich auf einer Brücke in den USA so tun, als wäre ich in Istanbul.

Die Bosporusbrücke, dieses Bindeglied zwischen Europa und Asien, Okzident und Orient, wurde vor einigen Jahren in »Brücke der Märtyrer« umbenannt. Einst stand sie für das Leben, jetzt trägt sie den Tod sogar im Namen. Früher erzählte sie von Begegnung und Gemeinsamkeit, mittlerweile trennt und spaltet sie.

Manchmal kommt einem ein Teil der Vergangenheit wie ein schwarzes Loch vor. Man denkt, man habe alles vergessen, doch dann tauchen eines Tages Bilder auf, so klar wie ein Sommertag am Bosporus. Wenn in meiner Kindheit der *poyraz* wehte, der kühle Wind aus Russland, der den feuchtwarmen *lodos* aus Griechenland vertrieb, hatten wir den Eindruck, wir müssten nur die Hand ausstrecken und könnten von unserer Terrasse aus das asiatische Ufer berühren. Dein Tod, *anne*, hat die Lücke zwischen Vergangenheit und Gegenwart geschlossen. Wie ein *poyraz* hat er Bilder von früher herbeigeweht.

Dein Tod, *anne*, gibt mir das Gefühl, ich müsste nur die Hand ausstrecken und könnte das Ufer meiner Kindheit berühren, das ich längst vergessen zu haben glaubte.

Epilog

Golden Gate Bridge, Februar 2020

Das Hotelzimmer, das die University of Berkeley für mich angemietet hat, ist geräumig, aber karg eingerichtet, mit einem Holzbett, einem Schrank und einem alten Schreibtisch. Wären die Wände nicht weiß, sondern mit Blümchentapete verziert, würde man sich in den Fünfzigerjahren wähnen.

Ich öffne Papas Ledertasche, entnehme ihr einige Kleider, einen Kulturbeutel, zwei Bücher, ein Notizheft. Das ist alles, was ich für vier Tage brauche. Ich ziehe meine Jacke an und gehe hinaus auf die Telegraph Avenue, die Papa Hunderte Male überquert haben muss, als er hier Student war. Die üppige Vegetation, die kalifornische Sonne, die blühenden Magnolien, der Campus, der sich bis zum Horizont erstreckt, Studierende, die auf dem Rasen sitzen und miteinander diskutieren, alles ist genauso, wie ich es mir vorgestellt hatte.

Vor dem Eingang zur Moses Hall bleibe ich stehen und öffne auf meinem Telefon das Foto von Papa, das im Juni 1958 genau an dieser Stelle aufgenommen worden ist. Ich vergleiche es mit dem Anblick vor mir: Die Treppe, das Mäuerchen, auf dem Papa sitzt, der Rundbogen, der neugotische Turm, alles ist noch genauso wie damals. Auf dem Foto trägt der junge Student eine runde Brille, eine weite Hose und einen Pullover mit Karomuster, und er wirkt tausendeinhundert Kilometer von seiner Heimatstadt entfernt etwas verloren.

Ich betrete die Eingangshalle, gehe einen Flur entlang und öffne die Tür zu Raum 221, wo mich Frau Professor Torange erwartet, eine hübsche Frau Mitte fünfzig mit einem strahlenden Lächeln. Sie begrüßt mich auf entspannt-amerikanische Art, sagt, sie sei »*so glad*«, dass ich mich bereit erklärt habe, als »*visiting scholar*« in ihr Seminar *Middle-Eastern Cinema* zu kommen, und auch ihre Studierenden seien »*really excited*«. Sie hätten meinen Film im Seminar durchgenommen, und die Studierenden hätten tausend Fragen zur türkischen Geschichte und zu der Dreiecksbeziehung, die der Film thematisiert.

***

Nach meinem Vortrag erzähle ich den Studierenden, dass mein Vater sechzig Jahre zuvor in diesem Gebäude studiert hat. Ich sage auch, dass es eine große Ehre für mich ist, an dieser Universität, die hundertvier Nobelpreisträger und neunzehn Oscar-Gewinner hervorgebracht hat, über meinen Film *Die Frucht des Vergessens* zu sprechen.

Ich verlasse die Moses Hall, wo mein Vater sich monatelang mit einem Studium herumgeschlagen hat, das ihm keinen großen Spaß machte, und steige in ein Taxi. Wir überqueren die Bay Bridge und fahren an der Bucht von San Francisco entlang. Der Fahrer setzt mich am Fuß der Golden Gate Bridge ab. Ich betrete die Brücke. Es ist sehr windig, und die Hügel von Sausalito sind grün. Das Meer schimmert in verschiedenen Farben, smaragdgrün, türkisfarben, saphirblau, jadegrün. Ich bleibe stehen, hole deine Asche hervor und streue sie ins Wasser. Mir wird leicht schwindelig und gleichzeitig ganz warm im Bauch, als das staubige Pulver in dem wellenschlagenden Meer versinkt, genau wie 1974, als wir Papas Erde von der Bosporusbrücke rieseln ließen. Ich mache ein Foto und schicke es Nilüfer. Dann gehe ich weiter und denke daran, was du mir am Abend vor deinem Tod erzählt hast. Du warst noch im Vollbesitz deiner geistigen Kräfte und sagtest *accelerando*: »Ich will zu Hause sterben, meine Şeker, in der Wohnung, in der ich zur Welt gekommen bin, in der ich aufgewachsen bin, in der ich mit deinem Vater gelebt habe, in der du geboren bist. Ich will in meinem Bett sterben, das genau an der Stelle steht, wo meine Mutter meine Wiege aufgestellt hatte.«

***

Deinen Sinn für Theatralik hast du dir bis zum Ende bewahrt. Eine Woche nach deinem Tod bekam ich per Post einen Brief und ein Paket.

> Meine Şeker,
> im Türkischen gibt es zwei Worte für Waisen, eins für vaterlose und eins für mutterlose Kinder, und du hast sie immer verwechselt. Jetzt, wo du sowohl *öksüz* als auch *yetim* bist, kann dir der Unterschied egal sein. Hier kommt mein letzter Wille: Ich möchte eingeäschert werden, aber die Öffentlichkeit darf nichts davon erfahren. Alle sollen denken, ich läge in meinem Sarg, sonst brechen diese Idioten von Islamisten eine Diskussion

vom Zaun, die meine Trauerfeier überschattet.

Um die Sache unter Verschluss zu halten, ist der Plan folgender: Nilüfer hat eine Skulptur von mir angefertigt, und diese wird in meinem Sarg zu Grabe getragen. Bahar und Nilüfer kümmern sich darum, dass meine Leiche eingeäschert wird.

Sie werden die Asche auf zwei Urnen aufteilen.

Die eine Hälfte streuen sie von der Bosporusbrücke aus ins Meer. Die andere Hälfte wirst du, sobald du Zeit dafür findest, von der Golden Gate Bridge aus in die Bucht von San Francisco wehen lassen. So bekommst du wenigstens auch eine Abschiedszeremonie.

Es heißt, durch den Tod werde ein Leben zum Schicksal. Sehr bald werde ich mich meinem Schicksal stellen müssen.

Ich habe alles gespielt, meine Şeker: Exil, Krieg, Macht, Liebe. Ich habe die Klassiker der Weltliteratur auf die Bühne gebracht. Ich habe Unsterblichkeit erlangt. Der Tod ist nur ein weiteres kosmisches Ereignis. Das Verschwinden meines Körpers im Meer verblasst neben der Unvergänglichkeit meines Schaffens. Und du bist und bleibst meine geliebte Tochter.

PS: Verzeih mir die vielen Missverständnisse zwischen uns.

Im Taxi erhalte ich eine Nachricht von Nilüfer. »Bravo, Columbo, Mission erfüllt, vier Jahre später! Ich schicke dir den Link zu unserer Stiftung, die Seite ist gerade online gegangen.«

Ich klicke auf den Link. Die Startseite besteht aus

einem Foto von dir, auf dem du von Dutzenden von Frauen umringt bist. Darüber steht: »Lotus-Stiftung. Wir helfen Frauen, nach verschwundenen Angehörigen zu suchen. Im Gedenken an Esra Zaman und İshak Hazan.« Wenn man auf den Titel klickt, erscheint ein kurzer Text: »In der Antike war die Lotusfrucht ein Symbol für das Vergessen. Dank der Großzügigkeit privater Spenderinnen und Spender ist sie in unserem Fall ein Sinnbild für das Gedenken. Helfen Sie uns, die Menschen wiederzufinden, die nach einem der Militärputsche verschwunden sind. Spenden Sie jetzt.«

Dann verschwindet der Text und unzählige Lotusblüten erfüllen den Bildschirm. Nach und nach zeichnet sich Papas Gesicht ab. Wenige Sekunden später wird der Rest des Fotos scharf. Es ist das Foto aus der Schatulle, das Bild von uns dreien am Strand.

Meine Tochter

Anders als ihre Urgroßmutter, ihre Großmutter und ihre Mutter wird meine Tochter keine Geschichten erzählen. Sie hat sich für denselben Weg wie mein Mann entschieden und Botanik studiert.

Schon als Kind liebte sie die Natur. Sie beobachtete Blumen, Blätter und Algen, nahm sie in die Hand, zeichnete sie ab. Ihr Vater brachte ihr die Namen bei, nicht nur die der Pflanzen und Bäume, sondern auch die des Unkrauts, das in den Ritzen des Bürgersteigs und auf dem Supermarktparkplatz wuchs. Als Jugendliche färbte sie sich die Haare grün, ließ sich einen Baum auf die Schulter tätowieren, las die Bücher der großen Naturforscher und ging jedes Wochenende in den Botanischen Garten.

Nach dem Abitur studierte sie dann Botanik mit Schwerpunkt Taxonomie. Sie erforscht den Lebensraum von Pflanzen. Sie nimmt Bodenproben, betrachtet Zellstrukturen unter dem Mikroskop, klassifiziert Arten, katalogisiert die Flora eines bestimmten Gebiets. Sie sagt, jede Pflanze trüge die Spuren ihrer Epoche in sich, von Kriegen und Genoziden. Ihr zufolge haben Pflanzen ein Gedächtnis, aber sie finden immer einen Ort, wo ihre Samen keimen können, selbst in der Betonwüste unserer Städte. Wenn sie von der Widerstandsfähigkeit der Pflanzen erzählt, tut mir das gut. Dann denke ich, ja, es ist beeindruckend, wie robust Lebewesen sind, das ist wie bei einem Kind, es fällt hin und steht wieder auf.

Unergründlicherweise entwickelte meine Tochter nach deinem Tod ein besonderes Interesse an *Nelumbo nucifera*, der indischen Lotosblume. Sie liebt alles an dieser Pflanze, die langen, elastischen Stiele, das Rhizom, die riesigen Blätter, das schlammige Wasser, in dem sie wächst, die Art und Weise, wie sie sich auf dem Grund des Sees festhält. Meine Tochter hat mir erzählt, ein griechischer Botaniker habe die Pflanze bereits in der Antike beschrieben, und damals habe ihr Verbreitungsgebiet bis zu der Region gereicht, wo heute Istanbul liegt.

Zu ihrem Geburtstag habe ich ihr deine Nationalheiligtums-Trophäe geschenkt, und sie hat sich wahnsinnig darüber gefreut. Sie hat gesagt, im Buddhismus sei die Lotusblume ein Symbol für die Zeit und in der hinduistischen, ägyptischen, vietnamesischen und griechischen Kultur für Unsterblichkeit.

Sie hat mir auch erklärt, dass die Blüte umso schöner ist, je schlammiger das Wasser ist, in dem die Pflanze wächst.

Meine Tochter hat die Stirn, die Augen und die Nase ihrer Großmutter. In manchen frühen Filmen von Esra Zaman meint man wirklich, meine Tochter zu sehen.

Ihr Lächeln wiederum hat sie von İshak Hazan geerbt. Genauso wie das Muttermal auf dem Rücken, das gleiche wie ich.

2016–2020
Paris, Marseille, Avignon,
Teheran, San Francisco, Île d'Yeu.

Ich bedanke mich …

… bei meiner Herkunfts- und bei meiner Wahlfamilie, die beide durch diese Seiten geistern.

… bei den großen türkischen und französischen Schauspielerinnen, die ich kennenlernen durfte, und die das Buch wie Sternschnuppen durchziehen.

… bei İsmail Gezgin (Historiker), Gökhan Akçura (dito) und Marc Jeanson (Botaniker), Richard Dubelski, Estelle Meyer, Faouzia Zouari, Virginie Symaniec, Armelle Salpin, Valérie Ganne, Huguette Meunier-Chuvin, Alicia Dujovne Ortiz, Christina Oikonomopoulos und Françoise d'Avout für ihre Großzügigkeit.

… bei allen, die mir geholfen haben, weitere Versionen dieser Geschichte fürs Radio, für die Bühne und für den Film zu verfassen.

Ganz besonders bedanke ich mich …

… bei Mahir Güven dafür, dass er mein Manuskript gelesen und mich noch am selben Tag zurückgerufen hat.

… bei Anne-Sophie Stefanini, die meine Überarbeitung des Textes mit Einfühlsamkeit, rigorosem Auge und wertvollen Vorschlägen begleitet hat.

… bei Véronique Cardi für ihr Vertrauen, ihre Ermutigung und dafür, dass sie auf Anhieb an dieses Buch geglaubt hat.

Anmerkung

Umberto Eco schreibt, bei einem erzählenden Werk müsse der Leser »stillschweigend einen Fiktionsvertrag mit dem Autor« schließen. Bei dieser »willentlichen Aussetzung der Ungläubigkeit« tun wir so, als gäbe es die beschriebenen Orte tatsächlich. Zum Beispiel glauben wir Shakespeare in seinem *Wintermärchen*, dass Böhmen am Meer liegt. Man könnte also annehmen, dass alles, was ich in diesem Buch beschreibe, tatsächlich genau so in der Türkei passiert ist. Deshalb möchte ich ein paar Dinge klarstellen:

In der Türkei gibt es keinen Preis mit dem Titel »Nationales Heiligtum«, anders als in Japan, wo man zum »Lebenden Nationalschatz« ernannt werden kann. Einige der im Buch vorkommenden Filme existieren wirklich, aber für die Figur der Esra Zaman hatte ich keine konkrete Schauspielerin im Kopf. İsmail und seine Biografie habe ich erfunden, aber viele hohe Beamte wie er haben Verbrechen in Auftrag gegeben. Die erste muslimische Schauspielerin hieß nicht Hacer Zaman, sondern Afife Jale. Radikale Islamisten haben 1993 tatsächlich in Sivas ein Hotel angezündet, und bei dem Brand sind siebenunddreißig Künstler und Intellektuelle ums Leben gekommen. Im Militärgefängnis Mamak wurden viele Frauen gefoltert. Die erste Transsexuelle, die offiziell ihren Geschlechtseintrag ändern durfte, hieß nicht Bahar.

Während der vierjährigen Arbeit an diesem Buch haben mich zahlreiche Artikel, Filme und Bücher begleitet. Leider war ich nicht immer so geistesgegenwärtig, mir die Quellen zu notieren, vor allem am Anfang nicht, als ich mir lediglich hier und da eine Notiz machte und noch nicht wusste, dass aus dem Material einmal ein Buch entstehen würde. Mögen diejenigen, die hier nicht namentlich genannt sind und die im Buch Informationen aus ihren Werken wiederfinden, mir verzeihen.

Laßt den Drachen fliegen – Film von Feride Cicekoğlu, 1989

Bir Dönem İki Kadın – von Oya Baydar und Melek Ulagay, Verlag Can Yayınları, 2011

Mitternacht im Pera Palace – von Charles King, aus dem Französischen von Karl Heinz Siber, Propyläen Verlag, 2015

Işıkla Karanlık Arasında – von Lutfi Akad, Verlag İletişim Yayınları, 2016

Hurrem Erman: İzlenmemiş Yeşilçam Filmi – von Rıza Kıraç, Verlag Can Yayınları, 2008

Hayallerim, Aşkım ve Ben – Film von Atıf Yılmaz, 1991

»Ville Ottomane et Représentation du Corps Féminin« – von Nora Seni in *Les Temps Modernes*, 1984, S. 66–95

Das Gedächtnis der Welt – von Marc Jeanson und Charlotte Fauve, aus dem Französischen von Elsbeth Ranke, Aufbau Verlag, 2020

Les Quartiers populaires et la ville – von Mustafa Poyraz, Loic Gandais und Sukru Aslan, Verlag L'Harmattan, Logiques Sociales, 2010

1 Mayis Mahallesi 1980. Öncesi Toplumsal Mücadelelerve Kent – von Şukru Aslan, Verlag İletişim Yayınları, 2019

Zaman Bahçesinden Portreler – von Güneş Karabuda, Verlag Yapı Kredi Yayınları, 2001.